GABRIEL BARYLLI

Denn sie wissen, was sie tun

Roman

nymphenburger

Für Therese, Marcello und meine Freunde ...

Schutzumschlag: Wolfgang Heinzel
Schutzumschlagfoto: Piazza Navona, Archiv für Kunst und Geschichte, Berlin
Satz: Schaber Datentechnik, Wels
Gesetzt aus 10/13 New Caledonia in PostScript
Druck und Binden: Graphischer Großbetrieb Pößneck
Printed in Germany
ISBN 3-485-00782-X

Wer das Böse nicht verhindert –
wenn er es kann –,
der befiehlt es.

Marc Aurel

Ich saß in Rom und war voll Haß.
Die Piazza Navona lag breitgeschlagen von der Wucht einer unbarmherzigen Spätmaisonne vor mir wie ein zertrümmerter Legionär, dem in der Arena die Knochen zersplittert waren.
Es war heiß.
Es war heiß an diesem Tag, an dem ich in Rom angekommen war wie ein Schiffbrüchiger, der sich mit letzter Kraft in den Strand verkrallt, der nach tagelangem Sinken im Meer vor ihm daliegt wie ein Trittbrett in ein anderes Leben. Es war heiß, und ich war voll Wut und Haß und Ohnmacht und Schmerz.
Mein Leben war an dem Punkt angekommen, von dem man glaubt, daß es nicht mehr tiefer gehen kann – und an diesem Punkt wird man eines Besseren belehrt.
Es geht noch tiefer.
Es geht immer noch einen Abgrund tiefer, als man glaubt ertragen zu können. Vielleicht ist das der Moment, in dem einen das Leben Demut lehrt.
Ich hatte alle Stufen durchlaufen.
Als ich angefangen hatte zu begreifen, daß es Feinde gibt, die mir den Krieg erklärt hatten, wollte ich kämpfen, als ich begriffen hatte, daß sie stärker waren als ich, wollte ich fliehen, als ich erkennen mußte, daß ich in ihrer Falle saß, wollte ich mich ergeben, als ich verstand, daß sie keine Gefangenen machen wollten, ließ ich mich durchbohren.

In dem Moment aber, als ihre Schwerter in mich hineingestoßen waren, um den Punkt in mir zu finden, an dem die Mutter aller Schmerzen saß, fing ich an zu beten: »Dein Wille geschehe …« Ich wußte nicht, warum dieser Satz so wichtig ist – jetzt ist es mir klar. Das Ende aller Hoffnungen wird von diesem Satz markiert. Er ist der Endpunkt auf der Reise durch die Hoffnung. Die Hoffnung … Die Mutter aller Illusionen – die uns glauben läßt, daß es ein Entrinnen gibt –, diese Hoffnung muß erst verlorengehen, um zu begreifen, daß wir verloren sind in der Unendlichkeit der Wut unserer Gegner …

Ich war Filmregisseur und saß in Rom, weil ich Fellini so liebte, und weil es keinen anderen Platz auf der Welt für mich gab, auf den ich mich retten wollte.

Mein Leben war gescheitert – so einfach kann man es sagen, wenn man Lust hat, einfache Sätze zu finden für die nicht zu begreifende Springflut des Irrsinns, die in der letzten Zeit über mich hereingebrochen war.

Meine Ehe war gescheitert, mein letzter Film unwiederbringlich ruiniert, meine Wohnung verloren, mein Geld für die nächsten zehn Jahre gepfändet, die Aussicht, jemals wieder Arbeit zu finden, gleich Null und meine tägliche Schlaflosigkeit das einzige, worauf ich mich verlassen konnte. Mit dieser Realität allein gelassen, saß ich in Rom und starrte in die flirrende Hitze, die immer dichter und schwerer und enger wurde, und die Luft über dem Platz zum Stillstand zwang.

Stillstand …

Stillstand … Vielleicht war es das, was ich gesucht hatte, als ich mir von meinem letzten Geld, das ich in meinen Koffer gefunden hatte, ein Ticket nach Rom kaufte.

Aussteigen … Zur Ruhe kommen … Stillstand …
Ich kannte Rom besser als meine Geburtsstadt. Mein Körper ist an irgendeinem Punkt der Welt geboren worden – meine Seele aber ist in Rom aufgewachsen.
Rom war der Beginn meines Lebens …
In Rom habe ich zum ersten Mal in die Augen der Frau geblickt, die meine Frau werden sollte.

Es war ein Frühlingstag, wie es niemals wieder einen zweiten Frühlingstag geben wird.
Ich war mit dem Zug nach Rom gekommen, um ein Drehbuch zu schreiben. Natürlich hätte ich dieses Buch auch bei mir zu Hause schreiben können, aber ich war jung und voller Mut und voller Bilder, die ich erzählen wollte, und wenn ich jemand verehrte und als Vorbild akzeptierte, dann war es Fellini.
»Federico …«, sagte ich damals oft vor mich hin, wenn ich bei einer Szene, die ich schreiben wollte, nicht weiter wußte – »Federico – wie würdest du das machen?« Es ist kaum zu glauben, aber er hat mir oft geholfen. Er hat mir geholfen, indem er mir gezeigt hat, daß das einzige, worauf man sich verlassen darf, die eigene Kindheit ist. Sonst gar nichts.
Nur in den Bildern, den Düften, den Tönen unserer ersten Jahre liegt die Kraft, die uns durch ein Leben voller Widerstand treibt. Dieses Wissen um das Leben, das wir in den ersten Momenten unserer Reise über diesen Planeten mitbekommen, ist es, von dem wir den Rest unserer Tage erzählen wollen. Dorthin wollen wir in Wahrheit zurück – auch wenn wir behaupten, nach vorn zu wollen.
Diese ersten fliegenden Löwenzahnsamen, die wir über

eine Sommerwiese geblasen haben, sind es, die wir ein Leben lang fliegen sehen.

»Amarcord ...«

Ich liebe diesen Film, zwei Bilder hat er mir damit geschenkt, und das sind die zwei Bilder, in denen es schneit und in denen im Sommer die Pollen durch die Mittagshitze fliegen und in alle Türen und Fenster dringen, auf der sehnsuchtsvollen Suche nach Befruchtung ...

Langsam und weich treiben die weißen, leichten, dicken Blütenpollen fast waagerecht durch das Bild – hochgewirbelt durch den leisesten Lufthauch – fliehend, wenn man sie mit der Hand fangen möchte – duftend nach Zucker und Amaretto und Mandeln und Lachen und Mädchenaugen und Verliebtheit ...

Ja ... Das ist ein Bild, das ich kenne – dieses sich in der Musik des Frühlings drehen und den Winter hinter sich lassen – das ist es, was ich kenne und woran Federico mich mit diesem Bild in seinem Film erinnert hat ... Amarcord ... geliebtes Gedicht in einer Welt voller Kälte, voller Irrsinn, voller Wahnsinn.

So habe ich sie kennengelernt.

So, wie die langsam dahintreibenden Lebensboten am Sommerbeginn – so ist sie in mein Leben geflogen und in meinem Herzen gelandet und hat sich dort niedergelassen bis zum heutigen Tag.

Ich war damals aus dem Zug gestiegen, in ein Taxi gesprungen und sofort zur Piazza Navona gefahren. Keine Zeit war vorhanden, zuerst ins Hotel zu gehen, umständlich einzuchecken, den Schlüssel in Empfang zu nehmen und dem Pagen zwanzigtausend Lire in die Hand zu drücken. Kein Händewaschen, Gesicht erfrischen, Hotelbett ausprobieren, Fensterjalousien öffnen war möglich, in dieser schnellen Jugendzeit. Nein – fort mußte ich, an den Ort meiner Sehnsucht, meiner Intuition, meiner Phantasie …

La dolce vita …

»La dolce vita« heißt das kleine Café, das gleich am Beginn der Piazza Navona liegt und in dem tatsächlich Fotos von Federico an der Wand hängen, von denen er wissend und wehmütig auf die vorbeieilenden Fremden blickt, die nicht zu erkennen scheinen, wer sie da mit seinen ewigen Blicken verfolgt.

Ich bestellte ein Mineralwasser, eine Schokoladentorte, einen doppelten Espresso und einen doppelten Averna.

Als die Götter beschlossen hatten, Rom zu gründen, haben sie es in Wirklichkeit nur getan, um eine Kulisse zu schaffen, die würdig genug ist, in ihrem Angesicht Averna zu trinken. Es ist ein Likör, in dem sich die gesammelten Visionen, die man von Italien hat, verdichten und neu formulieren, bis zu dem Punkt, an dem man dieses Land wirklich begreift. Die Höhen seiner schneebedeckten Berge und die ausgedörrten, verbrannten Olivenhaine Siziliens findet man im Geschmack dieser dunklen, leicht öligen Flüssigkeit.

Zartbitter, mit einem süßen Klang von gesponnenem Zucker, duftet er im Glas und wartet …

Averna kann warten …

Er war schon immer da und wird noch immer da sein, wenn wir nur mehr Staub sind. Er ist aus einem Gefühl der Ewigkeit entstanden und hat den Sinn, unsere Zeit anzuhalten, wenn wir ihn trinken. Tausendundein Kräuter und ihr Lebensgeheimnis sind in ihm weich verschmolzen – weich verschmolzen, wie nicht enden wollende Weiblichkeit, und gleichzeitig wartet dahinter ein stiller, mächtiger Vater. Ein Vater und eine Mutter und ein tanzendes Kind, diesen dreien begegnet man, wenn man den ersten Schluck Averna über die Lippen fließen läßt. Der Mund wird warm, und der Atem dehnt sich aus, und das Blut steigt in die Wangen und sagt: »So, und jetzt vergißt du alles, was bisher war – warte eine Weile, und trinke dann weiter ...«

Man darf nicht gierig sein mit Averna – man darf ihn niemals in sich hineinschütten – man muß mit ihm reden und ihn um Rat fragen und ihm zuhören, wenn er antwortet.

An diesem Tag hatte er eine einzige Botschaft für mich. Ich nahm den ersten Schluck, ließ ihn eine Weile in meinem Mund duften und dann hinunterrinnen, wo er begann, ein Feuer anzuzünden mit seinem Echo von Pfeffer, Schokolade, Minze, Marzipan, Weihrauch und Honig. Dieses Echo sagte mir: »Schließ die Augen und atme aus.« Niemals würde ich mich dagegen wehren, was mir Averna sagt, also lehnte ich mich zurück und schloß die Augen.

Auf dem Tisch hatte ich einen dicken Packen voll weißem Papier, und quer darüber hatte ich meinen Kugelschreiber gelegt. Ich wollte mein Drehbuch hier auf diesem Platz beginnen, hier in diesem Café, das Federico gewidmet war, hier in der Wärme, in dieser Hitze, in dieser Geborgenheit und Freiheit meiner Stadt, die meine Stadt war, seit ich Federicos Filme gesehen hatte, die mir seine Verliebtheit in diesen Ort erzählten.

Ich saß da, hatte die Augen geschlossen und legte meine Hände aufs Gesicht, die noch etwas kühl waren von der Reise und meine Augen beruhigten.

»Zeit lassen ...«, hatte mir der Averna empfohlen, und dieser Ratschlag war mir wichtiger als die Aufforderung zu schneller Gier.

Ja – das würde ich tun – ich würde mir Zeit lassen – und in der Pause nach dem ersten Schluck würde ich mir eine Zigarette anzünden und den Rauch tief einziehen und mich, von dem leichten Nikotinschub überwältigt, wieder zurücksinken lassen.

Leise bauschte sich der helle Leinenstoff meines Sonnenschirms über meinem Platz, als die Kirchenglocke anfing, mir langsam zu erzählen, daß es mittlerweile ein Uhr geworden war. Ein Uhr ... Ein gutes Zeichen, dachte ich – da ich doch das Gefühl hatte, erst fünf Minuten hier zu sitzen und nicht schon eine ganze Stunde ...

Das hieß also, daß es schon begonnen hatte.

Das römische Tempo hatte schon begonnen, mich zu ergreifen und meinen Lebenssand langsamer durch das Glas rinnen zu lassen.

Als ich wieder tief einatmete, hörte ich ein neues Geräusch auf der Piazza.

Hundertfach schwirrend und flatternd, hob sich die Mittagsversammlung der römischen Tauben empor in die Luft, weil jemand durch ihre Mitte ging, ohne sich um ihre Ruhe zu kümmern, und als ich dieses aufhebende Geräusch hörte, nahm ich die Hände von meinem Gesicht und öffnete die Augen – und sah sie ...

Ich sah, wie eine junge Frau durch eine Wolke hochfliegender Vögel ging und ihnen nachlächelte ...

Die Sonne stand in so hohem Winkel hinter ihr, daß ich ihr Gesicht nicht sofort erkennen konnte, sondern nur ihre Silhouette wahrnahm, die langsam über die Piazza schlenderte. Sie war schlank und groß, und ihr langes, offenes, blondes Haar wehte wie goldene Blüten um ihren Hals. Sie trug ein leichtes Sommerkleid aus hellem, weichem Stoff, der sich behutsam um ihre Taille und ihre Hüften, ihren Rücken und um ihre Beine legte und vorne, über einer Reihe heller Stoffknöpfe, in einen halbrunden Ausschnitt mündete. Um den Hals sah ich eine kleine Kette aus bunten Holzperlen, so wie sie sich die Kinder basteln, wenn es Frühling wird – dieselbe Art von Kette trug sie auch um ihr Handgelenk.

Rot, Blau, Gelb, Grün und Violett. Das waren die Farben der Holzkugeln, die auf ihrer Haut hin und her rollten wie Zauberperlen in einer rosafarbenen Muschel in der Bucht von Yokohama …

An ihren Händen war sonst kein Schmuck – kein Ring, kein Stein, kein Metall –, nichts, was darauf hingedeutet hätte, daß irgendein Mann versuchte, Ketten um diese junge Frau zu werfen. Ketten aus wertvollem Schmuck, die zeigen sollten, was sie ihm wert war, und die vor allem der Welt zeigen sollten, daß diese Frau bereits der Besitz eines Beschützers geworden war.

Nein, all das hatte ich an diesem Tag nicht entdeckt, als sie langsam und immer noch lächelnd auf das Café »La dolce vita« zukam, um sich, zwei Tische von mir entfernt, hinzusetzen.

Sie trat an einen der Ecktische heran, zog ihn ein wenig von seinem Nachbartisch ab, schob einen schwarzen Korbstuhl nach, um Platz zu schaffen für ihre langen Beine, und setzte sich hin. Im Hinsetzen klaffte ein Schlitz an ihrem Kleid auf, als sie ihre Beine übereinanderschlug, und ich konnte sehen, daß ihre Haut von einer warmen, hellen und doch satten, samtigen Sonnenfarbe war. Das ist selten bei blonden Menschen, die ja eher verbrennen als zu bräunen, wenn sie sich der Sonne aussetzen – aber bei ihr war das nicht der Fall. Ich sah ihre Oberschenkel, ihre runden Knie, ihre Fesseln und ihre zarten Füße, die in geflochtenen Schuhen aus hellem Leder aufgehoben waren und leise wippten, als sie auf den Ober wartete. Sie strich mit einer Hand durch ihre Haare und streckte sich dann in ihrem Sitz mit ausgedehnten Armen in die Höhe, wie ein junges Tier, das soeben seinen Platz für den Winterschlaf endgültig verlassen hatte. Sie wirkte tatsächlich so, als wäre sie soeben aufgestanden, und als ich zu den beiden Kellnern blickte, die ihre Ankunft vom Eingang des Cafés aus beobachtet hatten, sah ich, daß sie genau dasselbe dachten wie ich.

Völlig unfähig, sich zu beherrschen, starrten die beiden auf diese junge Frau und wollten schon gemeinsam im selben Moment losgehen, als der Chef des Lokals sich an ihnen vorbeischob und zu seinem neuen Gast eilte, um die Bestellung aufzunehmen. Auch er hatte aus der sicheren Dunkelheit seines Lokals ihre Ankunft mitverfolgt und schlich nun wie ein Panther durch die Blätter am Dschungelrand an seinen beiden Angestellten vorbei zu dem Tisch, an dem diese junge Frau soeben ihr Dehnen und Strecken beendet hatte. Obwohl er schon mindestens sechzig Jahre alt sein mußte, veränderte sich sein gesamter Körper. Sein Auftreten, sein Gang, sein Lächeln, das Leuchten in seinen Augen wandelten sich so sehr, daß er, als er an ihrem Tisch angekommen war, halb so alt wirkte.

Sie sah ihn mit einer Mischung aus Kindlichkeit und Spott an, wie ich sie noch niemals im Gesicht einer Frau so klar nebeneinander gesehen hatte. Ihr war völlig bewußt, was sie für eine Wirkung auf die Männer dieses Planeten ausübte, und dieses Wissen ließ einen Spott und eine Art der Verachtung in ihr Gesicht steigen, die jedem Mann sofort klarmachte, daß seine tierischen Absichten durchschaut, erkannt und sinnlos geworden waren. Völlig sinnlos war es, angesichts dieses durchdringenden Lächelns weiter so zu tun, als sei man groß und stark und ein Sieger mit breiten Schultern und federndem Gang. Sie zog dem Mann, der sich ihr näherte, mit jedem Schritt, den er tat, den Boden unter den Füßen weg, auf dem er sich so überzeugend fühlte. Dieses Lächeln enthüllte dem Mann auf das grausamste, daß sie wußte, daß sie sein Opfer sein sollte – daß seine Absicht darin lag, sie zu besitzen und zu zähmen, und genau diese Absicht ließ sie an sich abperlen wie Regentropfen im September an einem Ölmantel in Worcester.

Das war der eine Teil, den man sehen konnte. Der zweite Teil ihres Lächelns war jedoch die eigentliche Grausamkeit.

Wenn dieses erste, abschätzende, ironische – ja fast schon ein wenig zynische Lächeln jedem Näherkommenden verriet, daß er dabei war, in ein glühendes Schwert zu laufen – wenn also dieser Ausdruck in ihrem Gesicht ahnen ließ, daß die Zukunft gefährlich werden konnte –, dann war dieses andere, gleichzeitige Lächeln ein Gift der süßesten, verborgensten, daher gefährlichsten Art. Sie hatte in ihren Augen einen Glanz der Sehnsucht, der Wehmut und der Unschuld, der einem sofort das Herz umschlang und nicht mehr losließ. In ihren Augen stand, neben ihrem Wissen über das Wesen der Welt und über das Wesen des Krieges zwischen Mann und Frau, eine hilflose Bitte nach Wärme und Zärtlichkeit und Liebe, die so unverhüllt aus ihr herausströmte, daß einen selbst der gleichzeitig angekündigte Tod in ihren Augen kaltlassen konnte. Sie sah in die Welt, wie ein sich ununterbrochen verwandelndes Tier, das von einer tödlichen Bedrohung zum schutzsuchenden Kätzchen werden konnte, und das alles im selben Augenblick.

Ich fühlte mich getroffen von diesem Blick, obwohl er noch gar nicht in meine Richtung gesehen hatte – getroffen von der Reaktion des Mannes, der an ihrem Tisch gestanden hatte und sich nun wieder in sein Restaurant zurückzog, um ihren Wünschen zu gehorchen.

Er war erschüttert.

Ja – ich konnte es an seinem Körper sehen, an seinem Gang, der Art, wie er zurückging in seinen sicheren Hafen, in dem er sich zwischen all seinen bunten Flaschen auskannte, weiter nichts. Weiter würde nichts sein zwischen ihm und dieser jungen Frau, die da zwei Tische von mir entfernt im Café auf der Piazza Navona saß und deren Bestellung mich elektrisiert hatte. Einen doppelten Espresso, Mineralwasser, eine Torta di Mandorla und einen Averna mit Eis hatte sie bestellt. Ohne Zögern – ohne einen Blick in die Karte zu werfen, hatte sie ihm mit leichtem Gesang in der Stimme die Bestellung gegeben und sich wieder dem Platz zugewandt. Mit einer stillen Verbeugung hatte er ihre Kennerschaft akzeptiert und war, ohne sich noch einmal umzudrehen, zur Bar gegangen, um das Gewünschte auf einem Tablett aufzubauen. Seine beiden Kellner, die die Szene mitverfolgt hatten, machten ihm stumm und bereitwillig Platz – weil sie das gesehen hatten, was alle wußten, und auch, weil sie erkannten, daß es ihnen genauso ergangen wäre. Sie waren zwar jünger und hätten sich nicht zu einer imposanten Haltung aufwerfen müssen – aber wären sie mit ihren römischen Blitzen in den Augen an den Tisch getreten – sie hätten genauso entzaubert und hilflos zu ihrem Ausgangspunkt zurückkehren müssen wie ihr Padrone.

Vielleicht wäre er als alter Mann, der das Leben kennt, erst gar nicht zu ihrem Tisch gegangen, wenn sie ihre Sonnenbrille schon früher abgenommen hätte. So aber hatte sie die dunklen Gläser erst entfernt, als er schon auf dem Weg zu ihr war und der Botschaft in ihren blauen Augen nicht mehr entgehen konnte.

Das alles betraf die anderen um mich herum. Ich selbst jedoch saß da und war wie paralysiert, nachdem ich gehört hatte, mit welcher Stimme sie ihre Bestellung aufgegeben hatte, und vor allem, was sie bestellt hatte.

Ich saß da und blickte zu ihrem Tisch, auf dem in diesem Augenblick ein Kellner sein silbernes Tablett abstellte.

Sie griff langsam nach dem Averna, hob ihn zu ihrem Mund und atmete leise seinen Duft ein. Dann stellte sie das Glas wieder hin und horchte auf den Satz, den ihr das gefüllte Glas gesagt hatte.

Da war es – wenn bis jetzt alles nur eine absichtslose Aneinanderreihung von losgelösten Handlungen erschienen war, dann war er jetzt da, der Akkord, die zweite Melodie, die zu meiner Notenlinie spielte – in diesem einen, kurzen Moment war der Gleichklang dagewesen, in der Art, mit dem Leben umzugehen, der mich fesselte. Sie hätte sofort trinken können, gierig sein können, voller Ungeduld – aber nein …

Sie hörte zu, verstand und stellte das Glas wieder ab, um Zeit zu haben ...
Was sollte ich tun, wem könnte ich das erklären, wie seltsam mag dieser Moment in meinem Kopf für jemand Außenstehenden gewirkt haben. Mir war es in diesem Augenblick völlig egal, weil ich erlebt hatte, daß es jemanden gab, der zumindest einen Bruchteil der Welt genauso erlebte, genauso behandelte, wie ich es tat.
»Verzeihen Sie, ich vermute, Sie sind die Frau meines Lebens, weil Sie mit Averna genauso respektvoll verfahren, wie er es verdient, wie er es uns rät – und wie ich es selbst auch tue ...
Darf ich mit Ihnen nicht nur dieses Erlebnis teilen, sondern auch noch ungezählte andere ...?«
Ich saß da und dachte mir, so läßt du dein Drehbuch beginnen, und dann werden sie dich in die Irrenanstalt sperren. Ich mußte lachen und nahm einen Schluck Wasser, um mich zu beruhigen, als mich ihr Blick traf. Sie sah herüber, und als unsere Blicke ineinander versanken, mußte sie auch lachen und grüßte mit ihrem Glas zu mir.
»Warten Sie auf jemanden?« fragte sie und beugte sich zu meinem Tisch herüber.
Es gibt so etwas – es gibt das, daß man plötzlich das Leben wie in Zeitlupe ablaufen sieht. Man ist völlig in einer Situation verankert, durchlebt sie mit jeder Faser seines Wesens, und gleichzeitig schwebt ein anderer Teil hoch hinauf und führt den Augenblick in eine Richtung, die man sich niemals erträumt hat. Von ganz oben betrachtet man das Geschehen und hat die scheinbare Freiheit zu wählen, wie der Film weitergehen soll. In einer Sekunde sieht man die Möglichkeiten vom Abbruch des Gesche-

hens bis zur Gründung einer Familie, und manchmal hat man in dieser Draufsicht die Kraft zu sagen: »Ja, ich warte darauf, daß Sie sich zu mir setzen …«

Ich sagte tatsächlich diesen Satz und lächelte sie an.

In den zehntausend Jahren, die meinem Satz folgten, konnte ich sehen, wie sie hoch über unser Café hinaufschwebte und von oben herab auswählte, was sie jetzt als nächstes tun sollte.

Ich sah sie »Nein danke« sagen – ich sah sie die Sonnenbrille wieder aufsetzen und nur stumm den Kopf schütteln, und ich sah sie nach einer kurzen Pause der Überlegung ihren Teller und ihre Gläser nehmen und sich an meinen Tisch setzen.

Ganz plötzlich saß sie an meinem Tisch, und ich sah ihre Augen zum ersten Mal nahe vor mir.

Ihre Augen hatten eine Farbe, wie ich sie noch nie gesehen hatte.

Es war ein Blau, das völlig durchsichtig war und ganz tief hinten so dunkel wurde wie die sternenloseste Nacht auf Erden. Sehnsucht war in ihrem Blick und Furcht vor Verletzung, Angst vor den Schmerzen des Lebens und gleichzeitig ein Ruf nach Geborgenheit und Nähe und Zärtlichkeit und Liebe.

Ich spürte, wie sich etwas wie eine unsichtbare Hand auf mein Gesicht legte, und in diesem Moment wollte ich sie auf der Stelle umarmen und küssen und nie wieder loslassen.

Ich hatte das Gefühl, als würden wir einander berühren, obwohl wir einen Meter voneinander entfernt saßen und lachten. Ich sah uns beiden beim Lachen zu, sah, daß dieses Lachen reine Verlegenheit war, weil auch sie offenbar etwas in meinem Blick gesehen hatte, das sie unruhig werden ließ.

Sie saß mir gegenüber, und wir lachten wie zwei Kinder, die etwas Verbotenes tun und dabei wissen, daß niemals jemand ihr Geheimnis entdecken wird.

»Wie heißen Sie?« fragte ich und zog meinen Stuhl etwas näher zu ihr heran.

»Ich heiße Maria ...«, sagte sie, »und Sie?«

»Ich heiße Emanuel«, erwiderte ich.

»Ist das wichtig?« fragte sie und fing an, ganz langsam ihre Torta di Mandorla zu zerteilen.

»Ja und nein«, hörte ich mich sagen und fragte mich, wie so etwas möglich war. Wie war es möglich, daß ich mich in der Nähe dieser Frau wie in einem anderen, neuen Leben fühlte. Ich zitterte ganz leicht, mir wurde abwechselnd heiß und kalt, und ich bemerkte, daß meine Stimme manchmal etwas zu leise und im nächsten Augenblick wieder etwas zu laut wurde. Immer wieder trafen sich unsere Blicke und hielten einander fest ...

Ewigkeiten ...

Jahrhundertelang sahen wir einander an und lachten und schwiegen, und alles – alles fiel von mir ab, was ich wußte oder konnte oder glaubte zu wissen oder glaubte zu können ...

Ich sah ihren Körper so nahe vor mir und spürte ihre Wärme, die noch heißer war als der Spätnachmittagshitzestau, der sich langsam auf dem Platz anzusammeln begann und jede schnelle Bewegung verhinderte.

»Diese Torte ist unfaßbar«, sagte sie und nahm wieder ganz langsam ein Stück des dunkelbraunen Kuchens in ihren Mund. Über all unseren Bewegungen, über all unseren Worten lag eine andere Bewegung, ein anderer Ton, eine andere Farbe, als es unsere tatsächlich gesagten Worte, unsere tatsächlich ausgeführten Bewegungen waren. Wie auf einem zweiten Planeten fühlte sich jede Sekunde an, die wir miteinander teilten und zu einer Unendlichkeit ausdehnten …

»Darf ich dich füttern?« fragte sie und bot mir ein Stück von ihrer Torte an.

»Ja«, sagte ich und nahm ihre Hand und ließ es zu, daß sie mir langsam und sanft ein Stück ihres *dolce* in den Mund schob.

Sie hielt kurz inne, legte ihre Gabel beiseite und nahm meine Hand in ihre beiden Hände: »Du frierst ja …«, sagte sie leise und hielt mich fest. Im Gegensatz zu mir war sie heiß – ganz heiß war sie, wie tropfende Lava, die träge und breit und weich vom Kraterrand eines neuen Vulkans ins Tal geronnen kommt.

»Ja, ich weiß auch nicht warum …«, flüsterte ich und wollte, daß dieser Moment niemals aufhören sollte …

»Sei vorsichtig …«, sagte sie und hatte plötzlich einen Anflug von Ernst und Trauer in ihrem Gesicht.

»Warum?«

»Bitte sei vorsichtig, ich weiß nicht, was du denkst, aber ich bin sicher nicht das, was du glaubst …«

Warum – warum sagte sie das … Warum ließ sie in diesem Moment diese Worte fallen, wie gekochtes Blei am Silvesterabend in Wasser fällt, um eine Vision der Zukunft abzubilden? Ich wußte nicht, warum sie das sagte, und hätte trotzdem auf sie hören sollen. Ich hätte mich zurücklehnen sollen, mich schütteln wie ein junger Hund, der aus einem Bergsee steigt, und wieder »realistisch« werden.

Ich konnte es nicht –
Ich wollte es nicht –
Im Gegenteil … Ich ging noch tiefer in den See hinein, schwamm noch weiter hinaus in seine tiefe, unergründlich schwarze Mitte, dorthin, wo man nicht mehr sagen kann, ob der tiefste Punkt vielleicht niemals zu erreichen ist. Ich wollte nicht hören – ich wollte nicht gewarnt werden … Ich wollte nicht zaudern … Ich wollte nicht bedeckt bleiben, meine Zinnen nicht verteidigen und weiter von den Notvorräten im Keller meines Herzens leben. Ich wollte lieber verbrennen, als abgesichert und lauwarm mein Leben in den Dienst der Unverwundbarkeit und der Ereignislosigkeit zu stellen.
Ich spürte sehr wohl, was sie mir sagen wollte – aber ich wollte nicht hören. Ich wußte, daß sie in meinen Augen gelesen hatte, daß die Zugbrücke heruntergelassen wurde, daß mein Tor offen war, daß es keine Frage mehr gab, kein Abwarten und kluge Berechnung – sie sah, daß ich zutiefst in mir für sie brannte und mich dieses Feuer vertreiben konnte. Diese Flammen konnten mich aus dem Leben vertreiben, das ich bis zu diesem Augenblick gelebt hatte und das ein Leben war, das mich beschützte und absicherte.
Sie sah und wußte, daß etwas zwischen uns zu leben begann, das stärker war als alle Vorsicht, und im selben Moment wußte sie, daß es für sie nicht das gleiche bedeutete wie für mich.
»Sei vorsichtig …«, hatte sie gesagt, obwohl sie meine Hand noch immer festhielt.
»Sei vorsichtig …«, hatte ich gehört und im selben Moment eine unbeschreibliche, nicht zu bändigende Lust

und Wut und Gier und Wildheit gespürt. Ich saß da und erkannte, daß ich eben durch diese Warnung von ihr doppelt verloren war. Sie lebte so nahe und so bebend ihre doppelte Natur vor meinen Augen aus und warnte mich auch noch vor ihrer doppelten Natur, daß irgend etwas in mir den Kopf erhob, um sie zu erobern. Ich hatte gesehen, wie sie die anderen Männer behandelt hatte. Nein, das ist das falsche Wort, sie hatte sie nicht einmal behandelt … Sie hatte nur ganz einfach nicht verborgen, daß sie zwei Gesichter besaß, und das hatte sie ohne jede Verschleierung erkennen lassen. Sie hatte kein doppeltes Spiel gespielt – sie hatte nicht raffiniert, lasziv gelacht und im selben Atemzuge verstoßen …

Sie war keine Gauklerin …

Sie war so offen in ihrer Gefährlichkeit, daß sie mich sogar gewarnt hatte vor sich selbst, weil sie um sich wußte. Sie wußte, wer sie war, und vor allem, wieviel sie gleichzeitig war. Sie wußte, daß ich mich fallen lassen wollte, um einer einzigen Frau zu begegnen. Und sie wußte, daß das mit ihr nicht möglich war.

Sie wußte es, und ich wußte es, und in diesem Wissen war in mir auch schon der Keim entstanden, genau das ändern zu wollen.

Ich hatte ein tierisches, unbezähmbares Verlangen, sie mit sich selbst zu verschmelzen … Aus diesen beiden Wesen, die mir im Körper dieser Schönheit gegenübersaßen, ein einziges Wesen zusammenzubrennen, mit dem ich lieben, leben, lachen, laufen, fliegen konnte … Ich wollte nicht sehen, daß sie aus Feuer und Eis gemacht war und daß der Versuch, die beiden Elemente zu vereinen, nur in einer Explosion enden konnte.

Was heißt »Sei vorsichtig?« Wie soll man vorsichtig sein, wenn man soeben dabei ist, den Ozean zu überqueren, um neues Land zu entdecken, von dem man immer gewußt hat, daß es dort irgendwo hinter dem Horizont verborgen liegt. Sie hatte mich doch gerufen – es hatte uns doch gerufen und gemeinsam auf diesem Platz zusammengeführt. Es war doch eine Bestimmung, die in unserem Zusammentreffen lag, die größer war als unser kleiner Menschenwille und größer war als die Angst, verletzt zu werden.
Hätte ich aus dieser Angst heraus vorsichtig sein sollen? Das war so unmöglich, wie es unmöglich ist, den Aufprall eines Meteors in der Sahara durch Vorsicht zu verhindern. Man sieht ihn kommen – blutrot und Feuer speiend sieht man ihn heranrasen, und im Moment seines Eintrittes in die Atmosphäre weiß man schon, was einen erwartet und weiß auch, daß das Davonlaufen zwecklos ist …
Was also heißt »Sei vorsichtig?«
Hätte ich aufstehen und gehen sollen? Oder noch besser – hätte ich sie bitten sollen, sich wieder an ihren Tisch zurückzuziehen und nicht mehr in meine Richtung zu sehen? Nein, im Gegenteil, ich fühlte mich durch ihren Satz erst recht aufgefordert, so unvorsichtig wie möglich zu sein. So riskant, so ohne Furcht vor morgen wie möglich zu leben.
Ich hörte sie sagen: »Sei vorsichtig …«, und verstand nur die Aufforderung zum Gegenteil: »Hab keine Angst …, glaub nicht, was du siehst, ignoriere das feurige Glatteis meines Wesens, und ignoriere die Flammen, die Dornenhecke, zieh dein Schwert, zerschlage die Fesseln der Ängstlichkeit, und wirf dich hinein in den Lebensstrom,

von dem wir keine Ahnung haben dürfen, wohin er uns treibt …«

Das waren die Sätze, die ich in ihren Augen lesen konnte, während ihr Mund zur Vorsicht ermahnte. Es war das alte Spiel der Flucht, das sie mir vorführte – eine Flucht, die nur dazu dient zu prüfen, ob mein Wille, sie einzuholen, stärker war als ihr Wille, davonzulaufen. So habe ich es erlebt, so habe ich es empfinden und habe nicht hinhören wollen auf die Todesgefahr, die an unserem Nachmittag begonnen hatte und deren Echo mich bis heute verfolgt und umfängt und einschnürt in lähmende Enge und der schlimmsten aller Ängste – die Angst, nie mehr wieder normal zu empfinden.

Normal zu empfinden wie ein junges Tier, für das der fallende Regen bedeutet, daß es seine Höhle aufsuchen soll, und die hochsteigende Sonne, daß es Zeit zur Rast ist. Ich habe Todesangst, für immer verändert zu sein. Todesangst, daß auf meiner inneren Erdkugel ein Polsprung stattgefunden hat, der meinen Kosmos ins völlige Chaos stürzt …

An jenem seltsamen, nachwirkenden Nachmittag auf der Piazza Navona in Rom war davon nichts zu spüren – nur das neue, brennende Feuer einer so noch nie gekannten Lust und Zärtlichkeit und Vertrautheit war in mir.

Es war nicht nur in mir, das konnte ich fühlen – ich konnte es fühlen, hören, schmecken, riechen, als ich mich zu ihr beugte und ihr ins Ohr flüsterte: »Wollen wir hier noch lange sitzen bleiben?« Sie sah mich an und lächelte.

»Ich dachte, du mußt arbeiten …« Sie deutete auf den Stoß Papier, der immer noch wartend zwischen uns auf dem Tisch lag.

»Ich dachte auch, daß ich arbeiten müßte, aber es ist offensichtlich etwas dazwischen gekommen.«
»Aha – und was soll das eines Tages werden?«
»Das wird ein Drehbuch für einen Film.«
»Und was wird das für ein Film?«
»Ich denke, es muß ein Liebesfilm werden.«
»Liebesfilm?«
»Ja.«
»Und wie fängt er an?«
»Es beginnt mit dem Aufflattern von Hunderten von Tauben, durch die eine schöne, junge, einsame Frau geht ...«
»Und das Ganze spielt in Rom?«
»Ja.«
»Auf der Piazza Navona?«
»Ja.«
»Woher weißt du eigentlich, daß sie einsam ist?«
Was für eine Frage – sie hatte völlig recht –, woher wußte ich, der ich doch überhaupt nichts von ihr wußte, daß sie allein war in dieser Stadt ... Vielleicht war sie verheiratet und hatte ein Kind oder war mit ihrem Freund, Geliebten oder Verlobten hier, und sie hatten einander nur kurz allein gelassen, um auszuatmen und um sich danach doppelt über ein Wiedersehen zu freuen. Woher nahm ich die unverschämte Sicherheit zu glauben, daß sie nur meinetwegen auf diesen Platz und in dieses Café gekommen war? Ich fühlte einen starken Schwindel bei dem Gedanken, daß diese Begegnung, daß unsere Nähe nur eine Laune des Zufalls sein sollte, der jetzt in diesem Augenblick auch schon wieder zu Ende ging.
»Ja?« sagte sie und hielt meine Hand noch etwas fester,

wie um mich anzutreiben, wieder in der Realität Fuß zu fassen.
»Was ist?« fragte sie weiter, und ich antwortete: »Ich weiß es nicht, ob sie einsam ist oder nicht, ich hatte nur das Gefühl, es könnte so sein …«
»Aha.«
»Ich habe mir einfach gedacht, daß eine junge Frau, die so über die Piazza geht, keine weitere Verabredung hat an diesem Tag und –«
»Ich hatte aber eine Verabredung –«
Ich konnte nicht glauben, was ich hörte. Sie saß da vor mir und flog mit jedem Zentimeter ihrer Seele und ihres Körpers in meine Richtung und sagte mir, daß sie noch eine Verabredung hatte und all das, ohne meine Hand auch nur für den Bruchteil einer Sekunde loszulassen?
Ich konnte es nicht glauben und war mir vor allem nicht sicher, ob das nicht vielleicht der Teil eines Spieles war, das sie beliebte mit mir zu spielen. Die Möglichkeit, daß es nur eine Falle war, um meine Reaktion zu testen, stieß mich ab und zog mich im selben Moment zu ihr hin, um ihr ein für allemal und für alle Zukunft und Ewigkeit solche Spiele auszutreiben.
»Du hast also eine Verabredung?«
»Ja, die habe ich.«
»Wann, wo und mit wem?«
»In einer halben Stunde, hier in diesem Café ›La dolce vita‹ auf der Piazza Navona, und der Mann, der dann kommen wird, ist mein Verlobter …«
»Das ist nicht wahr«, sagte ich und versuchte, diesen bösen Traum abzuschütteln wie ein dunkles Spinnennetz, in das man beim Betreten eines leerstehenden Hauses am

Stadtrand läuft und das einem klebrig über Mund und Augen hängt.

»Das ist doch nicht wahr …«, wiederholte ich verzweifelt.

»Doch, es ist wahr«, sagte sie und hielt ihren Blick auf meinen Mund gesenkt, so, als wollte sie, daß ich sie endlich küssen sollte. Wo war ich hingeraten, in welchem undurchschaubaren Spiegelkabinett war ich plötzlich mit meinen Hoffnungen und Enttäuschungen gefangen … Welche Maske der Zeit und des Schicksals wurde mir da plötzlich vorgehalten?

»Ich glaube dir kein Wort«, hörte ich mich sagen und begann, ihre Lippen genauso zu fixieren, wie sie die meinen …

»Warum glaubst du mir nicht?«

»Weil du …«

»Weil ich?«

»Weil du nicht die Aura einer verlobten Frau hattest.«

»Ach, was hatte ich denn für eine Aura?«

»Du hattest eine – du hattest eine Ausstrahlung der Freiheit und der Ungebundenheit und des Fliegens … Des freien Fliegens um dich herum, und das ist alles andere als die Ausstrahlung einer Frau, die hier nach Rom gekommen ist, um mit ihrem Liebsten die Verlobung zu feiern, die nur der erste Schritt zur Hochzeit ist, nach der –«

»Nach der?« unterbrach sie mich und strich mir sanft mit dem Finger über meine Lippen.

»Du bist auf der Suche«, sagte ich, »du bist genauso auf der Suche wie ich, und wenn hier in einer halben Stunde ein Mann auftaucht, der dein Verlobter ist, will ich tot umfallen und –«

»Das wäre schade.«

»Dann sollten wir unsere Zeit nicht mit Reden vergeuden, sondern gehen.«
Ich winkte dem Ober, zahlte, stand auf, nahm sie an der Hand und verließ mit ihr den Platz.
Wir gingen nebeneinander durch die engen römischen Straßen und hielten uns an der Hand. Während wir um die ersten Ecken bogen, sprachen wir kein Wort, sondern hielten uns nur fest an der Hand. Wie ein junges Paar, das zum ersten Mal durch seine eigene Stadt spaziert, gingen wir ziellos durch die Geräusche, die Farben und die Musik, die um uns herum lagen wie ein feiner Morgennebel über den Dünen rund um Kairo um halb sechs Uhr früh.
In den kleinen Trattorien saßen die Römer und feierten ihr Leben und ihre Stadt und ihre Pause mitten im Tag – alle zwanzig Meter klang eine andere Musik aus den geöffneten Läden, bot uns eine Begleitung an auf unserem Weg, der endlich wie ein langgesuchter gemeinsamer Weg auszusehen begann. Sie hatte eine umwerfende Wirkung.
Ja, sie hatte eine umwerfende Wirkung auf die Menschen, die uns vorbeigehen sahen und bei unserem Anblick zu lächeln begannen. Die Männer blieben sprachlos in ihrer Tätigkeit stecken und warfen uns nach einer Schrecksekunde bewundernde Worte hinterher, die uns umflatterten, wie bunte Schmetterlinge ein Mohnblumenfeld umflattern, in dem sich zum ersten Mal im Sommer die Blüten geöffnet haben. Die Frauen lächelten, als würden sie zwei alten Bekannten begegnen, die lange als verschollen gegolten hatten und nun plötzlich, ohne Vorankündigung, zur Haustür hereinkommen.

Es war wie eine feine Dünung der Zuneigung und der Freude und des Wiedererkennens, die uns entgegenkam, während wir langsam, Hand in Hand, weitergingen.

»Spürst du das?« flüsterte ich in ihr Ohr, und sie lachte und legte ihren Kopf an meine Schulter. Es war so, als sei sie nie weggewesen. Wie nach einer langen Trennung, die aufgrund eines schrecklichen Mißverständnisses entstanden war, ging sie plötzlich wieder neben mir und mit mir durchs Leben, und jedermann, der uns zusah, erkannte, daß hier zwei Menschen wieder dorthin gefunden hatten, wo sie hingehörten.

Ich blickte oft und oft zur Seite, um uns in den Scheiben der Auslagen beim Gehen zuzusehen, und kannte dieses Bild. Ich sah uns nebeneinander gehen, sah ihren Kopf an meiner Schulter, und ich war endlich wieder frei. Ich war frei von einer Sehnsucht, die ununterbrochen in mir gerufen hatte und von der ich erst erkannte, daß sie in mir am Leben war, seit Maria in mein Leben getreten war. Ich war frei von einer seltsamen, nicht zu erklärenden Ungeduld, die ich jahrelang in mir gespürt und die sich immerzu in mir umgesehen hatte.

Ich hatte mich umgesehen, wo der Mensch war, den ich an der Hand halten wollte, um nicht mehr allein zu gehen; da war sie – da war sie – ich ließ ihre Hand los und legte meinen Arm um ihre Hüfte, und im selben Augenblick legte sie ihren Arm um meinen Rücken und lehnte ihren Körper im Gehen ganz dicht an meinen. Ich fühlte ihre warme, fast heiße Haut unter ihrem hellen Kleid und sah, daß wir ohne Anstrengung, ohne aufeinander achten zu müssen, dasselbe Tempo gingen. Kein Angleichen, kein Langsamer- oder Schnellerwerden war nötig, um miteinander zu gehen … Es geschah von selbst, wie nach einer gemeinsamen Geschichte, die seit Jahrmillionen erzählt wird. Ihre Hand lag auf meinem Rücken, und mit jedem Schritt fühlte ich, wie mein Körper unter ihrer Hand zu brennen begann. Es kam etwas aus ihrer Hand heraus, das mich im selben Augenblick entspannte und erregte. Wie ihr Blick, ihr Lachen, ihre Stimme – wie alles an ihr aus zwei Wesen zusammengefügt schien, so war auch dieses seltsame Etwas, das aus ihrer Hand in meinen Körper floß, wie ein Tier, das viele Stimmen hat.

Ich mußte plötzlich seufzen und lachen im selben Atemzug – sie fühlte, was mit mir geschah und sah im Gehen in mein Gesicht. »Geht es dir gut?« fragte sie, und in ihrer Frage war soviel Verständnis und Neugier – soviel Wärme und Kindlichkeit – soviel Erkennen und Nichtahnen im selben Augenblick, daß ich stehenbleiben mußte, um sie anzusehen.

Bevor sie sich in mein Leben hatte fallen lassen, war es tiefe Nacht gewesen um mich herum, und nun war die Sonne aufgegangen, und der Tau auf den Gräsern meiner Hoffnung begann zu glänzen, und die Vögel meiner Phantasie begannen endlich zu singen. Es war möglich, und die Tatsache, daß man von seinem Glück träumen kann, ist ein Beweis dafür, daß dieses Glück erlebbar ist und eines Tages von der zweiten Dimension der Vorstellung in die dritte Dimension des Lebens hinaufwachsen kann.

Ich sah sie an und sagte: »Ich habe mir immer gewünscht, daß du kommst …«

Sie schwieg …

»Wo warst du nur so lange?«

Sie schwieg und sah an mir vorbei die Straße entlang.

Ganz plötzlich zog etwas wie Trauer über ihr Gesicht, und ich glaubte, daß sie etwas sagen wollte – statt dessen schüttelte sie den Kopf und zog mich weiter.
Hätte ich schweigen sollen …? Hätte ich warten sollen, oder hätte ich länger darüber nachdenken sollen, was es zu bedeuten hatte, daß sie mir nicht antworten wollte oder konnte? An jenem seltsamen Nachmittag aber, im römischen Frühling, konnte ich mich nicht mehr solchen Überlegungen ausliefern, sondern zog sie wieder ganz nah an mich heran und sagte: »Da vorn ist mein Hotel –«
Ich hatte im »Colonna Palace« gebucht, weil ich mit diesem Hotel in zwei Welten gleichzeitig sein konnte. Es war ein typisch römisches Haus, in dem Italiener abstiegen, um sich selbst in einer Herberge heimisch zu fühlen, und außerdem stand auf dem Platz vor dem Hotel ein ägyptischer Obelisk. Das ist ein völlig anderes Kapitel in meinem Leben, dachte ich, und ich werde es ihr noch erzählen müssen, warum ich den Blick auf diesen Obelisken so liebte und warum die Zauberflöte meine Lieblingsoper ist, die ja auch in Ägypten spielt – all das werde ich der Reihe nach und ganz langsam erzählen müssen, eines Tages …
Vielleicht beginnt dieser Tag jetzt, in diesem Moment, schoß es mir durch den Kopf, als wir bei der Rezeption eincheckten und den Schlüssel in Empfang nahmen.
Auf unserem Schlüssel stand 474, und das bedeutete, daß wir so hoch oben waren, um auf gleicher Höhe mit der Obeliskenspitze zu sein, auf die sich an diesem Nachmittag, genau in dem Moment, als ich die braunen Holzjalousien unseres Zimmers öffnete, eine Taube setzte. Mein Gepäck hatte ich selbst hochgetragen, um den lästigen

Blicken des Pagen zu entgehen, der in der Halle fassungslos auf sie geblickt hatte und am liebsten seinen Job aufgegeben hätte, nur um in Zukunft neben ihr herzugehen.

»Hast du die Taube gesehen?« fragte ich, und im selben Atemzug trat sie leise hinter mich und legte ihre Hände um mich und auf meine Augen. Ich verstummte und schlang meine Arme nach hinten um ihren Rücken herum und zog sie nahe an mich heran. So blieben wir eine Weile stehen und sagten nichts und taten nichts, und ihr Kopf lehnte an meinem Rücken, und ich spürte nur wie sie atmete. Sie atmete so heiß und schnell, wie ein kleiner Vogel, der bei seinem ersten Flugversuch aus dem Nest gefallen war und sich fragte, wie sein Leben jetzt weitergehen würde.

Ich habe einmal in meinem Haus auf dem Land am Vormittag so ein kleines Wesen in meinem Wohnzimmer gefunden. Es war morgens, und ich war soeben vom Einkaufen zurückgekommen, als ich spürte, daß ich nicht allein war in der Wohnung … Als ich diesem Gedanken nachging, hörte ich hinter einem Kasten ein zartes Rascheln. Ich ging hin und sah einen kleinen, jungen, dünnbefiederten Vogel, der schnell und pumpend atmete und nicht in meine Richtung blickte. Er muß meinen Schatten gespürt haben, der sich über den Platz, auf dem er saß, gelegt hatte. Doch wie um einem Unglück zu entgehen, das auf einen zurast – indem man einfach nicht hinsieht –, blickte er verzweifelt auf die Kante an der Wand, wo sie mit dem Fußboden zusammenstieß. Ich griff ganz langsam unter ihn und hob ihn empor. In diesem Moment beschleunigte sich sein Atem noch einmal, so, als wollte er die letzten kostbaren Momente seines Lebens, das er ganz sicher ver-

loren glaubte, zu Ende – zu Tode – seufzen, um bis zur letzte Sekunde, so sehr es ging, am Leben gewesen zu sein.
Ich fühlte sein Herz durch sein junges, dünnes Gefieder gegen meine Hand rasen und fühlte, wie unwahrscheinlich heiß dieses kleine Leben in meiner Hand pulsierte und nichts anderes wünschte, als niemals – niemals in mein Haus geflogen zu sein.
Ich sah ihm in die Augen und sagte: »Keine Sorge, du wirst gleich wieder fliegen ...«
Ich sah ihn an und versuchte, in meine Stimme den Klang zu legen, den man hat, wenn man mit einem kleinen Kind spricht, das in der Nacht aufgewacht ist und sich vor der Dunkelheit fürchtet. Ich bilde mir ein, daß er in diesem Moment tatsächlich begonnen hatte, etwas langsamer zu atmen, und nützte diesen Moment, um ihn ins Freie zu schaffen. Draußen angekommen, setzte ich ihn nicht auf den Boden, sondern warf ihn in die Luft, um ihm die Chance zu geben, sein Lebensgebiet, in dem er seinen Alltag bewältigen mußte, zu erobern. Aufgeregt flatterte er, fiel fast wieder zu Boden, fing sich und flog zielstrebig in die nächsten Büsche, um sich zu tarnen.
So heiß, so aufgeregt, so mit rasendem Herzen stand sie am Fenster hinter mir, senkte ihre Hand von meinen Augen und legte sie auf meine Brust. Ich wartete eine Weile und drehte mich langsam um. Wir sahen einander an, umarmten uns behutsam und suchend und blieben dann wieder stehen und horchten in den Nachmittag hinein, dessen ferne Geräusche leise um uns herum ein Lied zu singen begannen ...
Langsam schlug von Ferne eine Turmuhr – ich hörte nicht

die Zeit, die sie mir erzählte, sondern fühlte nur die Schwingungen der Töne, die uns gemeinsam berührten und ein langes Echo hinterließen, selbst nachdem sie verklungen waren …
Sie löste sich von mir und zog mich an der Hand zum Bett … Sie legte sich hin und sah mich an …
Die langsame Zeit breitete in unserem Zimmer ihre Schwingen aus, und dann legte ich mich neben sie …
Kaum waren unsere Körper wieder nahe beisammen, begann es in uns zu brennen, als sollten wir an diesem Tag zu einem Feuer werden, das nur mehr Asche hinterließ und alles vernichtete, was bisher war …
Ich fühlte, wie unendlich rasend unser Atem sein wollte und wie die Donnerschläge unserer Herzen unsere Brust zu zerreißen drohten …
Ich fühlte, daß wir beide uns dasselbe wünschten … Zeit haben … Zeit geben …
Zeit lassen …
Ich nahm sie in die Arme und hielt sie fest, um uns beiden zu zeigen, daß es keine Hast geben würde … Keine Eile … Kein Darüberwegrasen, über das, was soeben begonnen hatte zu wachsen …
Sie legte ihren Kopf auf meine Brust und wartete … Ich hielt sie umarmt … Ganz lange, lange lagen wir da und taten nichts …
Wir lagen da und taten nichts … Wir warteten … Wir atmeten … Wir fühlten, wie die Zeit zum Stillstand kam und uns beobachtete …
Von dem Platz vor unserem Fenster stieg hie und da das Lachen spielender Kinder zu uns herauf … Sie liefen durch die Straßen, blieben stehen, sprachen miteinander

über Fußball und die neuesten Diskotheken, gingen weiter und ließen wieder Stille zurück …
Sie lag in meinen Armen, und ohne sich zu bewegen, kam sie näher und näher …
Man konnte das Schlagen von Autotüren hören – es waren Taxifahrer, die vor unserem Hotel hielten und neue Gäste absetzten und Abreisende aufnahmen, um sie zum Flughafen oder zum Bahnhof zu bringen …
Sie hob ihr Gesicht und legte ihre Wange leicht und warm an meine Wange …
Wieder schlug die entfernte Kirchturmuhr, und gleichzeitig mischten sich noch weiter entfernte Glocken in ihr Schlagen, und wieder verklang diese Musik im Himmel, der sich langsam, ganz langsam auf den Abend vorzubereiten begann …
Ich fühlte ihren Atem, der über meinen Hals und meine Brust lief, und fühlte ihre weichen, gewellten Haare, die über ihr Gesicht und meine Schultern fielen …
Ein Fahrradfahrer fuhr um die Ecke, klingelte, um eine Passantin zu warnen, klingelte noch einmal und verschwand in den gebogenen kleinen Straßen, die unser Hotel umlagerten wie Fischerboote die Molen vor Palermo.
Ich drehte meinen Kopf zu ihr und sah sie an … Sie lag da und schien zu schlafen … Ihre Wangen und ihre Augen waren völlig entspannt … Ihre Lippen zitterten leicht und zeigten mir, daß sie noch wach war und meinen Blick auf ihrer Haut fühlte … Jetzt öffnete sie langsam die Augen und sah mir zehntausend Jahre lang in mein Herz …
Ich fühlte in diesem Augenblick eine seltsame Erregung in mir – mir war, als müßte ich sie festhalten, damit sie

nicht wieder davonfliegen konnte, obwohl sie sich nicht bewegte – sich nicht bewegte und nicht ahnen ließ, daß sie mich schon wieder verlassen wollte.
Ich glaubte, eine Trauer in ihrem Blick zu sehen, die sich danach sehnte, endlich ausgelöscht zu werden, und in diese Trauer hinein zog ich sie noch mehr an mich und küßte sie. Unsere Lippen näherten sich so langsam, daß ich jedes einzelne Atom ihrer Haut fühlen konnte – jedes Zittern ihrer Nerven zu einem Zittern meines Mundes wurde, und dann fühlte ich die Süße und Tiefe, die in unserem ersten Kuß lag, der mich für alle anderen Berührungen auf dieser Welt für immer verdorben hat.
Ich wußte nicht, was wir taten, ich hatte mit einemmal keine Erfahrung mehr – keine Absicht, nichts Gewußtes oder Gekonntes war in unserem Kuß, nur …
Seligkeit …
Mein Gott, was für ein Wort … Und wenn ich dieses Wort auch noch niemals ausgesprochen hatte, auch noch nie gedacht hatte – es war das einzige Wort, das mir in diesem Kuß entgegenkam.
Seligkeit … Süße, warme, zärtliche, heitere, heilige, taumelnde, gefundene Seligkeit …
Wie von selbst lösten sich unsere Kleider und fielen neben unserem Bett auf den Boden – wie von selbst war jedes Hindernis zwischen uns mit diesem Kuß verschwunden – ohne unsere Lippen voneinander zu lösen, ließen wir alles fallen, was noch zwischen uns war, und ohne zu wissen und ohne zu wollen und ohne Trennung waren wir mit einemmal ineinander und miteinander und zusammen und vereint und nicht mehr getrennt und nicht mehr allein …
Sie umschlang mich mit ihren Armen und holte mich tief

in sich hinein, und dann lagen wir da, ohne uns zu bewegen, und hatten die Augen geschlossen und unsere Lippen gegenseitig versiegelt, und ich fühlte, wie ihr Atem in ihrem warmen Bauch immer tiefer und tiefer sank und immer mehr zu meinem Atem wurde, bis wir ein einziges Leben geworden waren …

Weich … Ganz leise und weich hörte ich ihre Stimme, die mit jedem Herzschlag mehr und mehr zu seufzen begann … Wie ein noch nie gehörtes, wie ein lang vergessenes Lied klang ihre Stimme durch den Raum und hielt mich fest in ihr und fest in mir, und nach Millionen von Umdrehungen der Sterne in unserem neuen Himmel wuchs in uns beiden ein heißer, tiefer, dunkler Ton heran, der höher und höher und höher stieg …

Ein Zittern ging durch unsere Körper und begann, immer mehr zu einem einzigen, gemeinsamen Schweben zu werden. Ein Schweben hielt uns umarmt, das zu einem Zittern wurde, das sich zu einem Beben entfaltete, und aus den tiefsten Tiefen unserer Brust kam ein langer, breiter, wilder, heißer Schrei, der alles überspülte, was uns in diesem Zimmer und in diesem Bett und in dieser Welt sein ließ, und uns hinausriß in die Bahnen der unentdeckten Planeten in der Weite unseres Lebens …

Lange Zeit war es still in unserem Zimmer, und nur unser tiefer Atem zeigte mir, daß ich noch in meinem Leben war, das von nun an niemals wieder so sein würde, wie zuvor.

Nach einer Weile zog ich langsam die Decke über uns und fühlte, wie sie weicher wurde und tiefer sank und tiefer sank … Und ohne an Zeit und Zukunft zu denken, schliefen wir gemeinsam ein …

Ich dehnte und streckte mich und drehte mich im Bett herum, und sie war weg.
Ein Blitzschlag riß mich auf und hieb mir ins Gesicht.
Das Bett war leer, und sie war nicht da. Einen Moment lang konnte ich nicht mehr atmen und nicht mehr denken. Wie gelähmt, saß ich im Bett und versuchte, ruhig zu bleiben.
Ihre Kleider lagen nicht mehr neben dem Bett. Ihre Schuhe waren verschwunden, ihre Tasche – nichts – nichts war mehr da – nichts zurückgeblieben … Kein Zeichen, keine Farbe, keine –
Nichts.
Ich stand auf und ging ins Badezimmer – die Seife war unbenutzt, das Handtuch hing an der Wand, aber auch hier kein Zeichen von ihr, kein Tuch, kein Augenbrauenstift, keine Schrift am Spiegel, die irgend etwas, irgend etwas, wie eine Erklärung, eine Botschaft, ein Gruß sein sollte –
Nichts …
Mir wurde schwindlig, und ich mußte mich auf den Badewannenrand setzten. War es das, dachte ich mir, war es das gewesen?
Hatte ich das Leben kurz spüren dürfen, das mir möglich wäre, nur um es sofort wieder zu verlieren?
Ich weiß nicht, wie lange ich so in diesem kleinen, weißgekachelten Badezimmer gesessen und auf die Fliesen gestarrt habe.
Ich hatte einfach keine Kraft und keine Lust, klar zu denken. Ich war so getroffen und erschrocken, daß ich durch diesen Schreck, der mich hilflos dasitzen ließ, bemerkte, wie weit, wie tief mir unsere Begegnung gegangen war. So viel war berührt worden von meiner Hoffnung – so viel

war berührt worden von meiner Wirklichkeit. Von meiner Wirklichkeit, die ich so und nicht anders leben wollte. So und nicht anders wollte ich einer Frau begegnen – so und nicht anders meine wahre Natur zulassen, auslassen, zugeben dürfen, so und nicht anders spüren, fühlen, lieben …
Wie eine verschüttete Flüssigkeit rannen meine überraschten und erschreckten Gefühle über die Tischplatte meines Daseins, und mein Denken versuchte alles, was in seiner Macht stand, um das meiste dieser verschütteten Flüssigkeit wieder aufzusaugen und zurückfließen zu lassen in die gewohnten Behälter meiner Selbstbeherrschung.
Selbstbeherrschung.
Selbstbeherrschung … Warum eigentlich? Warum eigentlich saß ich da und rang wie ein Ertrinkender um Selbstbeherrschung – warum konnte ich es nicht zulassen und schreien und toben und weinen vor Fassungslosigkeit, Wut und Trauer, daß diese Nacht offenbar die einzige Nacht gewesen war, die das Schicksal bereit war, uns zu schenken?
Die Antwort war eine lähmende Stille.
Es hatte keinen Sinn – sie war weg, und sie blieb weg.
Vielleicht war sie schon längst wieder bei dem Mann, mit dem sie nach Rom gekommen war –
Vielleicht erklärte sie ihm schon seit zwei Stunden, daß sie gestern von einer eigenartigen Stimmung überwältigt worden war und einfach nicht mehr länger auf ihn hatte warten können. Vielleicht erzählte sie ihm, daß sie einem unbegreiflichen Gefühl hatte folgen müssen und sich allein ein Zimmer genommen hatte, um noch einmal in Ruhe über ihre gemeinsame Zukunft nachzudenken. Vielleicht saß sie

aber auch schon in einem Flugzeug, um heimzukehren, und hatte noch einmal vor den sicheren Pforten ihrer bevorstehenden Ehe vom wirklichen Leben gekostet.
Würde sie das tun? Konnte sie das wirklich tun, nachdem, was wir miteinander erlebt, gefühlt und geahnt hatten? Konnte sie das nach dieser Nacht und diesem ...
Ich sah mir selbst zu, wie ich versuchte, in ihre Welt zu gelangen, um herauszufinden, warum sie so war, wie sie war. Hatte sie nicht gesagt: »Sei vorsichtig ...«
Ja, mein Gott ... Sie hatte es gesagt, und was noch – hatten nicht ihre ungesagten Sätze eine ganz andere Sprache gesprochen? War nicht ihr Lachen an meiner Seite hunderttausendmal ehrlicher, tiefer, wichtiger und wesentlicher gewesen als ihre Warnung? Ihre so leicht dahingesagten Worte?
»Nein – nein«, sagte es in mir, »laß es zu, erinnere dich daran, daß sie es gesagt hat, und versuch nicht, sie anders zu erklären und zu interpretieren und so lange zu verdrehen, bis sie in deine Hoffnung paßt und du zufrieden sein kannst.« Für den Fall, daß ich noch gestern nicht glauben wollte und konnte, als sie von Vorsicht gesprochen hatte – spätestens jetzt mußte ich ihr recht geben. Spätestens jetzt mußte ich ehrlich zu mir sein und eingestehen, daß ich nicht hatte hören wollen.
Jetzt durfte ich also fühlen.
Ich fühlte das Alleinsein in dem Badezimmer wie einen Riesenkraken, der seine Fangarme um mich legte und dunkel und gierig meine Lebensfreude zu zerquetschen begann. Als ich nur mehr einen Zentimeter vom Abgrund entfernt war, stand ich auf, zog mich an und verließ mein Zimmer.

Das Eis in meinem Averna war schon zur Gänze geschmolzen, also trank ich das Glas in einem Zug aus und bestellte sofort einen neuen. Wie weit war ich gekommen in der Erinnerung? Wie weit nochmals in die Bilder eingetaucht, die vor zwei Jahren begonnen hatten, sich aneinanderzureihen, um ein Kapitel in meinem Lebensfilm einzuleiten, das ich am liebsten herausgeschnitten hätte – das ich am liebsten niemals begonnen hätte zu lesen … Lesen zu müssen, um irgend etwas daraus zu lernen. Das ist doch der letzte Haltegriff, der uns bleibt, wenn das Leid und der Schmerz so groß geworden sind, daß man nicht einmal im Ansatz verstehen kann, was man falsch gemacht hat und warum man die Prüfungen des Schicksals so hinnehmen muß wie eine rotglühende Eisenstange, die am Amboß unter den Schlägen des Lebens zu einer flachen Platte zerhämmert wird. Die Suche nach dem Sinn ist es, die uns dazu treibt, verstehen zu wollen. Wir wollen, wenn schon keinen Sinn, so doch zumindest eine Erklärung finden.

Wir wollen einen ruhigen Platz aufsuchen in unserem Erleben der Welt und ihres unbegreiflichen Wahnsinns. Wir wollen aus der sicheren Ruhe heraus die Chance nützen zu begreifen, warum alles so ist, wie es ist. Und hinter der Sehnsucht nach diesem ruhigen Platz – fernab von den Stromschnellen unseres Schicksals – steckt die Sehnsucht nach der Erlösung. Genau das ist es aber, was uns verboten bleibt. Genau dieses Zur-Ruhe-Finden ist uns verwehrt, das Atmen über der Wasseroberfläche unserer Prüfungen ist immer nur ein kurzes Luftschnappen, um sogleich wieder hinuntergezogen zu werden auf den weichen Grund des Lebenssees, in den wir bereit sein müssen zu versinken. In dunkler Nacht, die ohne den helfen-

den Strahl eines Mondlichts um uns herum liegt, irren wir umher und werden von unseren Wünschen und Sehnsüchten getrieben, immer wieder an die Wand der Realität zu laufen.
Ist das Umherlaufen der Fehler? Ist es ein Fehler, auf der Suche nach seinem Glück zu sein und dadurch in Bewegung zu kommen? Eine Bewegung, die manchmal aussieht wie eine nach innen laufende Spirale, deren Ende wir manchmal als Ziel erleben und dann wieder wie unseren Ausgangspunkt? Ist das Nichts-mehr-Wollen der Sinn hinter all den Unfällen, die wir erleben, kaum haben wir uns auf den Weg gemacht? Dieser Weg des Altwerdens, des Stärkerwerdens, des großen Werdens ist so uneben und steinig, daß man schon von Beginn an weiß, daß ein Sturz mit Schmerzen verbunden sein wird – aber soll man deswegen denn gar nicht erst losgehen? Darf man keine Sehnsucht nach Glück mehr haben, die einen vorwärtstreibt, nur weil die Strafe für diese Sehnsucht schon um die nächste Ecke wartet? Enttäuschung wartet auf uns hinter jeder neuen Biegung dieser Lebensspirale. Aber warum … Warum … Warum?
Sicher … Sicher, das Wort »Enttäuschung« ist eines der wertvollsten Wörter in unserer Sprache, weil es genaugenommen ja nur besagt, daß eine Täuschung beendet ist. Wir schrecken beim Klang des Wortes »Enttäuschung« ja nur so sehr zurück, weil wir wissen und immer öfter erfahren dürfen, wieviel Schmerzen mit diesem Erkennen der Täuschung verbunden ist. Aber warum …
Warum täuscht uns das Unglück so oft, indem es sich die Maske des Glücks umhängt – der Erfüllung, der Befriedigung … Des Erlöstseins jeder Suche?

Warum … Warum …
War das richtig, was ich hier in diesem Lebensaugenblick tat? War es richtig, einsam auf der Piazza Navona zu sitzen, und mir immer und immer wieder den Beginn meines Schicksals durch den Kopf gehen zu lassen, das als Endpunkt meine Einsamkeit hatte? War es richtig, sich immer wieder in etwas zu vertiefen, was mit jedem weiteren genauen Hinsehen doch nur schmerzhafter werden konnte?
Ich wußte es in diesem Augenblick nicht mehr.
Ich wußte nur, daß an diesem Tag in Rom irgend etwas auf mich wartete, was eine radikale Wendung in meinem Leben herbeiführen würde. Ich habe, wie eine Katze, einen Sinn für das Zittern, das hinter den scheinbar ruhigen Oberflächen der Ereignisse vibriert, und ich konnte mit den Händen greifen, daß sich mir etwas näherte, das größer sein würde, als alles, was bis zu diesem Tag geschehen war. Ich fühlte es wie eine drückende Gewitterfront, die sich auf das Herz legt und einen schwarzen Taumel auf den Kopf drückt, wenn man zu schnell aufsteht. Ich fühlte es, wie die indischen Jäger im Dschungel den heißen Atem des bengalischen Tigers fühlen, der sie durch die Blätter und Lianen seiner Tarnung hindurch schon seit Stunden fixiert. Ich fühlte eine Art der Bedrohung und der Gefahr, die in jedem Augenblick näher kam, und konnte nur nicht erkennen, woher diese Bedrohung kam.
Es gibt diese Tage, an denen sich alles wie bei einem gigantischen Polsprung so umwälzend verändert, daß es wie ein Anschlag wirkt. Es ist aber nur unser eigener Schatten, der sich nach außen projiziert, und uns im Näherkommen mit seiner verzerrten Fratze angrinst und sagt: »Dein

Leben ist zu Ende – dein Leben, wie du es bisher gekannt hast, deine Gewohnheit zu denken, zu fühlen, zu handeln ist jetzt in diesem Augenblick für alle Zeiten vorbei.«

Ich wußte es nicht, ich konnte es nicht sagen, ob dieses Gefühl der Gefahr seinen Ursprung in mir hatte oder tatsächlich eine Gewalt war, die sich von außen näherte. Ich trank aus meinem Glas, blickte über die leere, heiße Piazza und horchte lange auf das Geräusch, das beim Absetzen meines Averna auf dem Silbertablett entstanden war.

Wenn ich genau sein möchte, muß ich mir eingestehen, daß ich diese seltsame Warnung vor etwas Unerhörtem schon am Morgen meines Abfluges hatte. Wie eine Katze, die plötzlich die Ohren aufstellt und langstreckt, laufend beim stärksten Gewitter die Scheune verläßt, in die fünf Minuten später der Blitz einschlägt, war ich am Flughafen gestanden.

Warum nach Rom fliegen, sagte ich zu mir selbst und sah keinen Sinn in dieser Aktion. Warum noch einmal an einen Ort zurückkehren, an dem mein Untergang begonnen hatte, warum noch einmal der Hoffnungslosigkeit ins Gesicht blicken und sie um Bestätigung bitten? Brauchte ich denn noch mehr Bestätigung, daß alles aus und vorbei war, als ich in den letzten Monaten pausenlos erhalten hatte? Brauchte ich denn den doppelten roten Bleistiftstrich unter meiner Abrechnung mit mir selbst, um endlich glauben zu können, daß es kein Erwachen gab aus diesem Traum? Warum zog es mich so sehr nach Rom zurück, wo es doch das klügste gewesen wäre, den Namen dieser Stadt und den Namen der damit verbundenen Frau ein für allemal aus meinem Hirn hinauszubrennen.

War es denn nicht genug, daß ich in den letzten Wochen keine einzige Nacht mehr hatte schlafen können? War es nicht genug, daß ich immer wieder dieselben Bilder vor mir hatte und schweißgebadet und schreiend in meinem Bett saß; schreiend versuchte ich, die Bilder, die sich vor mich hindrängten und mich zwingen wollten, die Realität zu akzeptieren, zu verscheuchen. Warum also dann doch wieder genau dorthin zurückkehren, wo diese Bilder ihren Ursprung hatten? War ich tatsächlich so hoffnungslos verirrt, wie ich es in einem klaren Moment erkennen mußte? Ich hatte geträumt, daß ich sie wiedergesehen hätte. Es war ein paar Wochen nach der Scheidung gewesen, als ich mitten auf einer belebten Kreuzung die Piazza Navona vor mir sah – noch einmal die Tauben hochfliegen sah – Maria noch einmal auf mich zukommen sah – sie noch einmal in meinen Armen liegen sah. In dieser Nacht träumte ich von ihr und hörte sie leise sagen: »Alles wird gut.« Und dazu lächelte sie mich an und war in diesem Lächeln zum ersten Mal, seit ich sie kannte, nicht zweigeteilt. Die Frau, nach der ich mich immer gesehnt hatte, wenn ich in ihrer Nähe war, dieses unbedingte, nicht irritierte, völlige Mit-mir-Sein, war in diesem Traumbild zum ersten Mal Wirklichkeit geworden.

Wenn man nichts mehr zu verlieren hat, gibt einem das die Freiheit, bedenkenlos verrückt zu sein. Ich weiß, daß die Hoffnung noch immer nicht ganz aus mir herausgebombt war, und darum glaubte ich dieser Erscheinung in der Nacht und machte mich noch einmal auf die Suche, die mich endlich wieder im Café »La dolce vita« sitzen ließ.

Am Morgen des Abfluges hatte ich eine Warnung erhalten. Mein Schutzengel hatte sich nahe zu mir gestellt, mich schweigend angesehen. Ich sah ihm in die Augen und fragte: »Woher kommt diese seltsame Furcht – was ist es, das mich so abgrundtief erschreckt, wenn ich an diese Reise denke – soll dieses Zittern, das ich spüre, eine Warnung sein, nicht zu fliegen?«

»Du begibst dich in Gefahr«, hörte ich ihn sagen, bevor er wieder verschwand, um mich doppelt hilflos zurückzulassen.

»Du begibst dich in Gefahr ...«

Das verstand ich – das kannte ich – das wußte ich –, aber die Lösung meiner Frage war aus seiner Antwort nicht zu erkennen. War es eine Gefahr für mich zu bleiben, oder lag die eigentliche Gefahr darin, nach Rom zu fliegen?

Wo wären wir, wenn wir auf die Stimme der Wahrheit hören würden, die uns so oft glasklar erkennen läßt, was auf uns zukommt? Wie ausweichend und gefahrfrei könnten wir leben, wenn wir das Tier in uns nicht dauernd zum Schweigen zwingen würden?

Was war das für eine Warnung?

Was war das für eine Gefahr?

Wo kam sie her – was wollte sie von mir?

Ich ließ mich wieder in die Erinnerung gleiten, an jenen seltsamen Morgen vor zwei Jahren in Rom.

Ich trat damals aus dem »Colonna Palace« hinaus auf das Pflaster und sah mich um. Der Obelisk stand noch an seinem Platz, die Carabinieri in ihren dunkelblauen Uniformen bewachten wie jeden Tag den Eingang zu dem offiziellen Gebäude, das dem Hoteleingang gegenüberlag. Die Autos fuhren laut hupend an mir vorbei, und auch

sonst schien alles ein ganz normaler Tag in der unglaublichsten aller Städte zu sein.
Ich zögerte kurz und war mir nicht sicher, ob ich sofort wieder ins Hotel zurückkehren sollte, um meine Abreise vorzubereiten, entschloß mich dann aber doch, einen Kaffee zu trinken und zu vergessen. Vielleicht war das doch letzten Endes noch eine Chance gewesen, dachte ich mir, als ich allein durch die Straßen ging, die gestern noch die Bühne für unsere Verliebtheit gewesen waren. Vielleicht lag in dieser unbarmherzigen Kürze unserer Begegnung die Chance, daß ich das Erlebte sehr bald wieder aus meinem Herzen hinausbitten konnte. Vielleicht hat man dort oben, wo die Schicksalsfäden verwirrt werden, ein Einsehen mit mir und beläßt es bei einer wunderschönen Erinnerung an eine nicht zum wirklichen Leben gekommene Hoffnung.
Vielleicht würden ganz einfach nur ein paar Bilder zurückbleiben, wie von einem außergewöhnlichen Film, in dem es eine oder zwei Szenen gegeben hatte, die den Stellenwert einer wirklichen Bedeutung gewonnen hatten. Wenn ich wollte, konnte ich mich ja an einem fernen Tag nach Rom zurücksehnen und im Traum noch einmal auf der Piazza Navona sitzen und …
Wo sollte ich meinen Kaffee trinken?
Ich trieb die Wehmut gewaltsam aus mir hinaus und ging langsam an den kleinen Eckcafés entlang, in denen einige Jugendliche schon dabei waren, Raumschiffschlachten an Videospielgeräten zu ihren Gunsten zu entscheiden.
Irgendwie waren mir diese Lokale heute zu dunkel und zu eng, und da ich nun doch beschlossen hatte, das Flugzeug am Abend zu nehmen, erlaubte ich mir, Zeit zu haben und steuerte auf die Piazza Navona zu.

Einfach einen kleinen Averna riechen, einfach einen Espresso trinken und einfach ein Tramezzino essen – sagte ich mir, als ich um die Ecke bog und von den Fontänen des Bellini-Brunnens naßgespritzt wurde, die der Wind in meine Richtung trieb.
Ich mußte lachen, als sich der feine Wassernebel auf mein Gesicht legte und die Tauben in der Mitte des Platzes sich flatternd erhoben, um mir verärgert Platz zu machen – als ich mich dem »Dolce vita« näherte, in dem Maria saß.
Ich konnte es nicht glauben – ich wollte es nicht glauben – ich stand kurz, wie festgenagelt, zehn Meter von ihrem Tisch entfernt, an dem sie in ihrem hellen Kleid saß und in ihrem Kaffee rührte.
Sie fühlte nach einiger Zeit meinen Blick, lachte mich an und sagte: »Guten Morgen …«
Ich kam mir vor wie ein Lichtschalter im Ballsaal der Überraschungen, der von einer Sekunde auf die andere wieder umgelegt worden war, um die Kristallüster über der Tanzfläche zum Glitzern zu bringen.
»Komm, setz dich, sonst wirst du noch naß …«, sagte sie und winkte mich heran.
Ich setzte mich neben sie.
»Wo bist du gewesen?«
Sie wurde ernst und hörte auf, in ihrem Kaffee zu rühren. Sie blickte wieder auf diese eigenartige, fremde Art über den Platz und atmete aus.
»Ich war bei meinem Verlobten.«
»Aha …«
»Ja …«
»Und …«
»Ich habe ihm gesagt, daß es keine Heirat geben wird –

daß er ohne mich zurückfahren soll und daß wir uns nie wiedersehen werden.«

In diesem Moment trat der Ober an unseren Tisch und stellte einen Kaffee vor mich hin.

»Was denkst du?« sagte sie und nahm einen kleinen Schluck von ihrem Kaffee …

»Ich dachte, ich würde dich im Leben niemals wiedersehen.«

»Aber du bist doch auch hierhergekommen …«

»Ich wollte sofort zum Flughafen fahren und die Stadt verlassen.«

»Aha.«

»Ich war so erschrocken, als du weg warst und nicht einmal … Nicht einmal …«

»Nicht einmal was?«

»Nicht einmal einen Zettel hinterlassen hast oder eine kurze Nachricht beim Portier … Ich meine – du bist einfach gegangen, ohne … Ohne … Was wäre, wenn ich heute und jetzt nicht noch einmal hierhergekommen wäre?«

»Dann hätten wir uns niemals wiedergesehen.«

Sie sagte diesen Satz so ruhig und genau, wie das Messer einer Guillotine ruhig und genau in seiner Führungsschiene hinuntersaust, um das deutliche Ende eines Zustandes zu markieren.

»Dann hätten wir uns niemals wiedergesehen?«

»Ja, niemals.«

Ich wußte nicht, ob sie sich nur einen Scherz mit mir erlaubte und gerne dabei zusah, wie meine Fassungslosigkeit mit jeder Minute ins Unüberschaubare wuchs.

Ich wußte nicht, wie ich mit dieser Gelassenheit, die sie

ausstrahlte, und die für mich eine Art von Irrsinn zu sein schien, umgehen sollte. Ich hatte das tiefe Verlangen, sie an den Schultern zu packen, zu schütteln und zu schreien: »Maria – wie kannst du so verrückt mit den Möglichkeiten unserer Zukunft spielen – wie kannst du es riskieren, daß wir uns sofort wieder verlieren, nachdem wir uns endlich gefunden haben – wie kannst du so ruhig dasitzen und offensichtlich auf mich warten und in Kauf nehmen, daß ich vielleicht schon längst auf dem Weg zum Flughafen bin!«

Ich sagte all das aber nicht, sondern zündete mir schweigend eine Zigarette an und sah den Mopedfahrern nach, die an unserem Café vorbeiknatterten.

»Ich weiß, was du denkst«, sagte sie in mein Schweigen hinein und legte ihre Hand auf meine Hand und hielt sie fest.

Bis zu dieser Sekunde hatte ich eine ungläubige Wut in mir aufsteigen gefühlt. Eine unglaubliche Wut auf ihre Gelassenheit angesichts meiner Lage – auf meine Irritation, auf ihre Leichtfertigkeit, auf ihre … Ja, was war das, was mich so wütend machte? Es war die Erkenntnis, daß ich sie offensichtlich mehr liebte, als sie mich.

So einfach war die Wahrheit …

Ich liebte sie mehr, als sie mich.

Ich hätte alles in der Welt getan – vom ersten Augenaufschlag an diesem Morgen an bis zum letzten Atemzug in dieser Welt, um ihr zu zeigen, daß sie die Frau war, mit der ich zusammensein wollte. Zusammensein, nicht nur für eine Nacht, nicht nur für ein Abenteuer – sondern zusammensein für den Rest des Lebens.

Sie liebte mich weniger, als ich sie …

Aber warum hatte sie dann andererseits ihren Verlobten

verlassen? Einfach so – nach nur einer einzigen Nacht – und immerhin hatte sie doch angeblich hier, in unserem Café, auf mich gewartet. Und warum war er einfach so gegangen, ohne um sie zu kämpfen – was hatte sich heute morgen in ihrem Leben abgespielt – was würde sich in meinem Leben abspielen, wenn ich ihr noch näherkommen würde?
All diese Sorgen lösten sich in dem Moment in Nichts auf, als sie ihre Hand auf meine Hand legte.
In derselben Sekunde strömte ihre Lebendigkeit durch mich hindurch und zog meine Wut von meiner Stirn, wie man dem Neuling beim Einlaß in einen Geheimorden die schwarze Binde von den Augen nimmt.
»Ich habe dir gesagt – sei vorsichtig«, flüsterte sie und sah traurig und lächelnd und wehmütig und wie ein Kind in mich hinein.
»Ich kann nicht mehr – es ist zu spät«, sagte ich und schüttelte langsam den Kopf.
Ich sah mir selbst dabei zu, wie ich das Spiel verloren hatte. Ich hatte verloren im ewigen Kampf der Geschlechter, und das wußten wir beide in diesem Moment, ohne es aussprechen zu müssen. Sie wußte, daß ich nach diesem gestrigen Tag mit ihr niemals mehr ohne sie glücklich sein konnte, und in dem Moment, in dem sie das wußte, konnte sie frei bestimmen, wie nahe wir uns kamen oder wie weit sie mich wegschob.
»Wir haben doch dasselbe erlebt heute nacht«, sagte ich und hielt ihre Hand nicht dabei fest, damit sie jederzeit aufstehen und gehen konnte.
»Ja, das haben wir –«
»Und …« Sie wiederholte meine Frage und sagte nichts.

Ja, wir hatten dasselbe erlebt – ja, wir waren wie füreinander geboren – aber bei aller Schönheit, die wir empfunden hatten, gab es doch kein Ausweichen vor der Erkenntnis, daß unsere Liebe nicht zu gleichen Teilen in den Waagschalen lag. Ich liebte sie mehr, als sie mich, und wenn ich nach diesen Gedanken die Kraft gehabt hätte, aufgestanden und gegangen wäre …

Ich konnte es nicht. Ich wollte es nicht. Ich konnte es nicht.

Urplötzlich kam wieder dieser hellrote Wutsturm über mich und trieb und peitsche mich in die Haltung des Eroberers hinein. Urplötzlich wollte etwas in mir nicht mehr zart und empfindsam und verloren sein.

Urplötzlich hatte ich es satt, der Unterlegene zu sein und dem traurigen Lächeln dieser Erscheinung ausgeliefert zu sein. Sie wollte und sie konnte mich in Verzweiflung stürzen! Sie wollte und konnte mir meinen Lebensfrieden, meine Zukunft und meine Stabilität rauben? Warum – wieso – wieso konnte sie mich mit einem Zucken ihrer Wimpern auf den Platz verweisen, so wie sie den Mann, mit dem sie doch eigentlich nach Rom gekommen war, um mit ihm glücklich zu sein, auf den Platz verwiesen hatte? Lag es nur daran, daß ich alles ganz falsch einschätzte und in Wirklichkeit der stärkere war, und sie mich nur provozieren wollte, damit ich meine schwankende Sensibilität endlich hinter mir lassen und mich als der Mann zeigen sollte, von dem sie eine klare Haltung erwartete? Wollte sie ganz einfach erobert, genommen und gehalten werden? Wollte sie meine Sicherheit und Stärke hervorrufen, um endlich zu wissen, wo sie hingehörte?

Das war es –

Soviel war mir plötzlich völlig klar. Ich war ganz einfach gefordert, aufzustehen und deutlich zu sein. Ich war gefordert, sie an der Hand zu nehmen und mich nicht einfach davonschicken zu lassen wie der Mann vor mir.

»Ich liebe dich, und ich will dich heiraten«, sagte ich in dieser logischen Konsequenz und war erstaunt, daß sie zum ersten Mal den Spott um ihren Mund und in ihren Augen verloren hatte.

»Warum?« fragte sie nach einer Pause so gleichmütig, als hätten wir nur die Farbe eines neuen Kleides besprochen.

»Du fragst, warum ich dich heiraten möchte?«

»Ja, warum?«

»Weil ich dich liebe, und weil du in mein Leben gekommen bist wie eine Melodie, die ich schon immer in meinem Herzen gehabt habe und von der ich nicht wußte, ob ich sie jemals hören werde. Weil ich in deine Augen sehe und spüre, daß du mich auch liebst, weil unsere Hände, unsere Lippen, unsere Haut, unsere Körper Sehnsucht nach einander haben, und weil es das Schönste ist, was ich jemals erlebt habe, und weil ich mit dir glücklich sein möchte und dich glücklich machen werde, von heute an, für den Rest unserer Tage, darum Maria – darum.«

»Du sagst, daß du mich liebst?«

»Ja.«

»Ich liebe dich auch – aber du willst mich nicht nur lieben – du willst mich auch besitzen … Nicht?«

Ich sah sie an und wußte, daß es keinen Sinn haben würde zu lügen, also sagte ich: »Ja, das will ich, aber ohne dich einzusperren und ohne dich zu fesseln, sondern nur, weil ich möchte, daß auch du mich besitzt – du besitzt mein ganzes Herz, meine Seele und meinen Körper und mein

Fühlen und mein Denken. Du bist die erste Frau, der ich das so sagen kann und sagen will, und ich weiß, daß du in mein Herz sehen kannst, und ich weiß, daß es überhaupt keinen Sinn hat, etwas vor dir zu verbergen – also bitte ich dich, mit mir zu leben.«

Sie schwieg und streichelte lange meine Hand. »Du willst es wirklich sehr – nicht wahr?«

»So sehr wie nichts auf der Welt.«

»Ich habe das Schicksal, Menschen, die mich lieben, zu töten …«

Ich mußte im ersten Moment lachen, als sie diesen Satz sagte. Es klang eine Einsamkeit aus ihrer Stimme, die ich bis jetzt nur in ihren Augen gesehen hatte, und ich wußte nicht, was ich sagen sollte. Sie hatte mit diesem Ton jeden Boden unter mir weggezogen und war mir gleichzeitig nähergekommen. Ich wußte auf schreckliche Weise, daß sie recht hatte. Ich wußte auf erbarmungslose Weise, daß auch ich mich sehenden Auges in dieses Schicksal fügen würde, und trotzdem konnte sie mich nicht daran hindern, auf meinem Weg weiter zu ihr zu gehen.

»Selbst, wenn das so ist –«

»Es ist so«, unterbrach sie mich knapp und hart und strich mir über den Kopf, »es ist so, auch wenn ich dich liebe, wie ich noch nie zuvor einen Mann geliebt habe … Ich kann mich nicht gegen mein Schicksal wehren – und darum habe ich dir auch heute morgen keine Nachricht hinterlassen – weil ich dich nicht an mich binden wollte. Ich wollte nicht, daß du eines Tages voll Haß bist, wenn du an mich denkst, denn der Tag wird kommen … Vielleicht nicht morgen … Vielleicht nicht in einer Woche … Aber einmal wird die Stunde dasein, die den Haß zwischen uns

pflanzen wird. Es wird meine Schuld sein, und ich werde es auf mich zukommen sehen, und trotzdem werde ich es nicht verhindern können. Ich liebe dich, und weil ich dich liebe, wollte ich dir aus dem Weg gehen. Ich kann nichts dafür, daß ich trotzdem hierhergekommen bin, weil auch ich schwach bin und dem Schicksal eine Tür offenlassen wollte, durch die du doch zu mir kommen konntest. Ich bitte dich um Verzeihung, und ich bitte dich, noch einmal genau zu bedenken, was du tust. Denn all das, was ich dir jetzt von mir gesagt habe, ist kein Spiel einer irritierten Frau, die sich nach Sicherheit sehnt. Alles, was ich dir gesagt habe, ist die Wahrheit, die ich mein Leben lang erfahren mußte. Ich bin nicht ein Mensch wie jeder andere – ich habe zwei Seelen, zwei Herzen und auch zwei Körper, und das, was du siehst, ist die Wahrheit. Ich weiß, daß du mich siehst, so wie ich wirklich bin, und ich weiß, daß du es im selben Moment nicht wahrhaben willst. Du willst der Mann sein, der stärker ist als mein Zwiespalt. Du willst der Mann sein, der mich mit mir selbst versöhnt, und dafür wärest du bereit, durchs Feuer zu gehen. Ich muß dir sagen, daß ich nicht weiß, ob das so möglich ist, wie es dir in deiner Phantasie erscheint, und ich weiß nicht, und ich will nicht, daß uns dieser Platz und dieses Café und diese Stadt eines Tages in der Erinnerung wie die Tore zur Hölle vorkommen. Du sprichst mit mir, und ich höre in deiner Stimme die Liebe und die Kraft und auch das Zittern des Nichtwissens und Nichtkönnens, nach dem ich mich immer gesehnt habe.
Bitte – ich bitte dich noch einmal von ganzem Herzen, versuche, deinen Stolz zu überwinden und noch einmal nachzudenken, ob du, nach all dem, was ich dir versucht

habe zu sagen, wirklich an meiner Seite gehen willst, ohne zu wissen, wie lange es dauern kann. Denn daß du dir die Ewigkeit wünschst, weiß ich – ob sie für dich mit mir möglich ist, weiß ich nicht.«

Männer und Frauen sind nicht dafür geboren, Glück miteinander zu erleben, sondern voneinander zu lernen …

Ich saß allein im Café »La dolce vita«, zündete mir eine Zigarette an und trank meinen Averna aus. Ich blies den Rauch meiner Muratti vor mich hin und hörte noch einmal den Klang ihrer Worte, die sie vor zwei Jahren hier an diesem Platz zu mir gesagt hatte. Die darauffolgenden Zeiten mit ihr hatten mich gelehrt, daß die Sehnsucht nach Gemeinsamkeit, nach Vereinigung, nach Glück für mich niemals zur Erfüllung kommen würde.
Wir sind nicht geboren, um Glück zu erleben, sondern um zu lernen …
Mein Gott – ich hatte gelernt …
Ich hatte gelernt, daß die Unsicherheit die einzige Sicherheit im Leben ist – ich hatte gelernt, daß der Versuch, dem Strom des Lebens einen Damm zu bauen, nur mit einem Dammbruch und nicht enden wollender Verwüstung beantwortet wird. Ich hatte gelernt, daß es eine Todsünde war, an eine Zukunft voller Glück und Erfüllung zu glauben.
Gleichgültig und ohne auf unser kleines Menschenherz zu achten geht der stählerne Krieger des Schicksals über unsere kleinen Felder, ohne Rücksicht auf unsere Absichten, die grünen Zweige der Hoffnung in Grund und Boden tretend.

Ihm folgen die Heerscharen der Bitterkeit und streuen Salz auf die zerrissene Erde, damit nie wieder etwas blühen kann. Genauso, wie sie gekommen sind, gehen sie weiter, ohne sich umzudrehen, gehen sie weiter und lassen uns mit gebrochenen Händen zurück, unfähig, uns zu helfen, unfähig, den geliebten Menschen wieder zu ergreifen, bleiben wir zurück und fragen hilflos nach dem Warum.

Warum?

Warum haben wir die Ahnung in uns, wie es sein könnte, wenn wir den Krieg gegen unsere Abgründe gewinnen und dem Frieden die Tür öffnen – und warum wird diese Ahnung niemals zur Realität des dauernden Glücks?

Warum ist der Wechsel der Jahreszeiten in unserem Leben so beschaffen, daß, trotz aller Lebenskraft am Beginn einer Reise, am Ende doch nur der Tod seine Arme öffnet und all die Bewegung unseres Aufbruchs erstickend umarmt?

Warum wird die Erfahrung, die wir im Leben machen dürfen, niemals zum Fundament eines immer leichteren, immer unbeschwerteren Lebens? Warum ist es uns verwehrt, aus dem Erkennen unserer Fehler keine Verbesserung zu entwickeln, sondern immer nur eine wachsende Kraftlosigkeit?

Bei all den Menschen, die mein Leben umgeben und begleitet haben, bei mir selbst und all der Jugend, die ich miterlebt hatte, war immer nur ein Verwelken des frischen Lachens zu entdecken, das am Lebensbeginn geblüht hatte.

Immer war nur ein Wachsen der Trauer und der Verzweiflung zu sehen in den Augen, die doch eines Tages unverschämt und leuchtend in die Zukunft geblickt hatten.

Warum – welchen Sinn hatte es, in einer Welt zu leben, die sich so unerbittlich über unsere Illusionen vom Glück hinwegdreht, bis nur mehr das nackte Existieren übrigbleibt?
War es das – war es das Wort »Illusion«, das den Schlüssel zu all meinen Fragen darstellte? War alle Hoffnung nur eine falsche Bewegung in die Richtung des Glücks, das wiederum nur eine Illusion war?
Aber wenn das Glück tatsächlich nur eine Illusion darstellte – was war das Ergebnis, wenn man die Jagd danach einstellte?
War es tatsächlich erstrebenswert, diese Form der Weisheit zu akzeptieren, die nichts mehr will?
Nichts mehr erhoffen, nichts mehr wollen, nichts mehr anstreben … Das ist, so sagt man, das Ziel der Weisheit, der Einsicht in unsere Menschenrealität. Das ist vielleicht die Erleuchtung – aber was dann? Kann es der Sinn eines bewegten Menschenherzens sein, schmerzfrei, aber tatenlos dazusitzen – nichts mehr zu wollen … Nur noch zu atmen und auf den Tod zu warten? Kann es der Sinn der Weisheit sein, schmerzfrei, aber ereignislos nichts mehr zu tun? Dem Schmerz und den Illusionen des Glücks auszuweichen und einfach nur dazusein?
Ich bin mir nicht sicher, ob »Dasein« wirklich genügt.
Ist dieses Weise-Sein denn nicht die allergrößte aller Illusionen? Ist das Vermeiden von Glück und Schmerz nicht nur das Ergebnis einer unendlichen Feigheit und Resignation?
Ist das Nicht-mehr-Kämpfen und Nicht-mehr-zu-Boden-Fallen denn nicht eine Vorwegnahme des Todes zu Lebzeiten?

Ich wußte es nicht.
Ich wußte nur, daß ich in meinem eigenen Leben so sehr zu Boden gefallen war, daß mein Stillsitzen und Nichts-mehr-Tun kein Ergebnis von Weisheit war, sondern ganz einfach eine unendliche Erschöpfung vom Lebenskampf, der mir in den letzten zwei Jahren gezeigt hatte, wie klein und unbedeutend mein Dasein war. Wie kurz das Aufleuchten einer Sternschnuppe dauert, wenn sie in den Reibungswiderstand der Erdatmosphäre dringt. Im Widerstand der Welt beginnen wir zu leuchten, und im Beginn unseres Leuchtens ist gleichzeitig unser Verglühen enthalten. Jahrmillionen können wir gleichförmig durch die Kälte der Ereignislosigkeit treiben – so lange, bis wir auf Widerstand stoßen, der unser Verbrennen und unseren Tod mit einem Leuchten feiert, von dem die Zuschauer sagen können: »Schau, eine Sternschnuppe – jetzt darfst du dir was wünschen!«
Wer fragt die Sternschnuppe, ob sie sich nicht gewünscht hätte, niemals einem Planeten zu begegnen, dessen Atmosphäre ihr Ende sein wurde?
Als ich dem Ober bedeutete, daß ich sehr gerne noch einen Averna hätte, war es wieder da. Ich begann zu zittern und fühlte einen nicht zu erklärenden Druck auf meinem Herzen. Ich mußte schlucken, und meine Hände wurden feucht. War das nur ein Symptom für mein gebrochenes Herz? War es einfach ein kurzes Signal des Körpers, der sich mit der Seele verbündete und mir sagte, daß ich auf ihn Rücksicht nehmen sollte?
Es lag eine Gefahr über diesem Platz – eine Gefahr in meinem Rücken – eine Gefahr in jedem Windhauch, der über die Piazza wehte …

Ich war mir ganz sicher, daß es keinen Sinn hatte, das Café zu verlassen, weil ich diese seltsame Furcht mit mir genommen hätte. Ich blieb also sitzen und versuchte, in mich hineinzuhorchen, woher diese Stimmungen kamen, und trank einen Schluck Averna ohne Zitrone und ohne Eis. Als ich das Glas hob, fühlte ich ganz deutlich, daß ich beobachtet wurde. Ich blickte über den Platz und konnte niemand entdecken … Ich blickte zur Eingangstür des Cafés und sah, woher der Blick kam.

Im Halbdunkel saß ein Mann an einem Tisch und blickte zu mir herüber. Er war ungefähr fünfzig Jahre alt und mit Sicherheit kein Römer. Ich hatte den Eindruck, daß er aus einem nordischen Land kommen mußte, weil seine Gesichtsfarbe sehr hell war und seine Augen jene Farbe hatten, die man bei Menschen findet, die im Land der Birken lebten.

Ich habe seit meiner Kindheit immer vom Land der Birken gesprochen, weil ich einmal ein Märchen gelesen hatte, das im Norden spielt und in dem erzählt wird, wie die Birken auf unserem Planeten entstanden sind. Es sind verzauberte schöne Mädchen, die von einem bösen, mächtigen Zauberer in Birken verwandelt wurden, weil sie ihm nicht zu Willen waren. Die Trauer über diese Verwandlung läßt die Mädchen immerzu weinen, und darum fühlt man, wenn man unter Birken steht, hie und da einen feuchten Tropfen, der von den Blättern fällt.

Aus diesem fernen Land der Birken schien dieser Mann dort drüben im Halbdunkel zu kommen. Seine Augen blickten klar und durchsichtig zu mir herüber.

Er saß ruhig da und hatte seinen Blick auf mich gerichtet, und als ich in seine Augen sah, verstärkte sich dieser

eigenartige Druck auf meinem Herzen, und trotzdem konnte ich doch wieder tief durchatmen. Seit ich wußte, daß ich beobachtet wurde, und seit ich wußte, wer es war, verlor sich dieses Gefühl der Ungewißheit und verwandelte sich sogar in etwas wie Entspannung.
Seine Augen hatten eine ruhige Kraft, und als ich in sie hineinblickte, glaubte ich, einen fernen Ton zu hören ... Es war der langgezogene Ton eines Instruments, das es überhaupt nicht gab. Es war wie ein Summen von vielen Tönen gleichzeitig und hatte doch nur eine einzige Farbe. Dieser Ton nahm nicht zu und nahm nicht ab – er stand in seinen Augen und kam aus ihnen heraus, ohne sich zu beeilen, ohne sich anzubieten, ohne ...
Der Mann hielt seinen Blick noch einen Moment auf mich gerichtet, dann hatte es den Anschein, als lächelte er kurz, und dann löste er seine Augen von mir und griff nach einem Glas Wasser, das vor ihm auf dem Tisch stand.
So, als hätte er gefühlt, daß ich noch allein sein wollte mit meinen Erinnerungen, blickte er an mir vorbei auf die harten Schatten, die die Dächer auf den grell ausgeleuchteten Platz warfen, und hörte dabei nicht auf, in dieser seltsamen, ruhigen, kühlen Art zu lächeln. Es war kein Zug um seinen Mund, der nach einem Lächeln aussah, es war vielmehr eine Stimmung, die um ihn lag, so wie dieser seltsame Ton, den ich geglaubt hatte, in seinem Blick zu hören. Ich wandte mich ab und versuchte, diesen Eindruck zu vergessen, und kehrte zurück in die Zeit vor zwei Jahren, an diesen seltsamen Tag vor zwei Jahren, als ich mit Maria hier in diesem Café, im Café »La dolce vita« gesessen hatte.

Sie hatte wirklich all das gesagt und versucht, mich zu warnen. Es war umsonst.

Ich hatte die immer deutlicher werdende Gewißheit, daß sie eine verlorene Seele war, die sich danach sehnte, daß endlich jemand in ihr Leben trat, der stärker war als ihre Zerrissenheit. Der stärker war als alle Impulse der Vorsicht und der Absicherung – stärker als die Angst vor Verlust und Schmerz. Ich sah sie an, beugte mich zu ihr und nahm ihr Gesicht in meine Hände. »Ich weiß, was du mir sagen willst«, sagte ich, »und ich danke dir, daß du versuchst, mich realistisch sein zu lassen. Ich kann es nicht – ich kann es nicht mehr nach dieser Nacht – nach diesem gestrigen Tag. Ich glaube, daß es in unserer Macht liegt, ob wir einander glücklich machen werden oder ob wir füreinander Unglück bedeuten. Ich glaube, dich zu kennen, und ich habe gesehen, wie die anderen auf dich reagieren, aber ich weiß, daß unser Leben nicht dazu da ist, zurückgezogen darauf zu warten, daß der Moment kommt, an dem es keine Gefahr mehr gibt.

Du bist eine Frau, die eine Herausforderung darstellt, und ich glaube, daß ich der Mann bin, der für dich geboren wurde, um dich herauszufordern. Wenn wir nicht miteinander weitergehen, werden wir beide allein stehenbleiben und weder Schmerz noch Glück erleben – und an deiner Seite wäre es mir lieber, Schmerzen zu empfinden, als ohne dich nichts mehr zu empfinden. Maria – ich weiß genau, was ich sage, wenn ich dich bitte, mich zu heiraten …«

Sie lächelte mich an, küßte mich und sagte: »Ja.«

Wir zahlten, standen auf, verließen die Piazza und flogen zurück in meine Stadt.

Kaum hatten wir meine Heimat betreten, begann ich, alles zu tun, um ihr zu zeigen, daß es kein Fehler gewesen war, mit mir zu kommen.

Sie hatte alles für uns hinter sich gelassen. Sie verließ ihren Geliebten, gab ihre Wohnung auf und zog zu mir, in mein Haus am Stadtrand.

Die ersten Monate waren wir völlig mit uns allein und begannen, miteinander zu leben.

Ich hatte oft das Gefühl, daß es uns geschenkt war, die Üblichkeiten unserer Welt zu verlassen und ein völlig neues Kapitel aufzuschlagen.

Ich hatte das Gefühl, daß unsere Ehrlichkeit und Offenheit, die am Anfang unserer Begegnung gestanden hatte, wie ein Schutzgeist über unseren Tagen und Nächten lag.

Wir waren so miteinander verbunden, daß uns niemals der Gedanke kam, aus unserem Reich hinauszugehen, um uns der Öffentlichkeit zu stellen.

Einmal, nach einigen Monaten des Zusammenlebens, nahm ich dann aber doch eine Einladung zu einer Cocktailparty an. Ich hatte das Gefühl, ich müßte ihr gesellschaftliches Leben bieten, damit sie nicht in die Empfindung der Isolation fallen würde.

Wir hatten uns fest vorgenommen, nicht den ganzen Abend nebeneinander zu stehen, sondern getrennte Wege zu gehen, da ja sonst unser ganzer Ausflug keinen Sinn haben würde.

Sie stand in der Mitte des Raumes, und ich konnte sehen, was für eine Unordnung ihre Schönheit in die Party brachte. Sie war umringt von Männern, die pausenlos versuchten, einander an Originalität und Einfallsreichtum zu überbieten, um sie zum Lachen zu bringen. Es gelang ihnen auch, ohne zu bemerken, daß Marias Lachen in Wirklichkeit nur ein amüsiertes Verlachen der Albernheit war, sie erobern zu wollen. Gleichzeitig sah ich aber auch, daß irgend etwas in ihr diese Situation brauchte wie eine Blume das Wasser. Sie verletzte pausenlos die sich um sie bemühenden Männer, indem sie ihre spöttische Verachtung nicht verbarg, sondern die Männer geradezu herausforderte, sich immer mehr und mehr zu bemühen. Immer angestrengter und gespannter wurden die Versuche der Partygäste, diese Ironie in ihren Augen zu vertreiben und zu einer Wahrheit vorzudringen – und wenn es die Wahrheit wäre, daß sie endlich den Mund halten sollten.

Ein seltsamer Glanz in ihren Augen trieb die Hilflosen immer wieder dazu an, sich noch mehr über Bord zu beugen, noch mehr zu riskieren, noch gieriger die Hand nach ihr auszustrecken. Plötzlich erkannte ich wieder die Gefahr, die in ihr angelegt war. Sie war ein Tier, das dazu provozierte, überfallen zu werden, damit das Spiel endlich ein Ende hätte.

Sie war ein weibliches Tier, das mit einer gefährlichen Art der Koketterie, mit einer gefährlichen Art der Provokation die Erregung und die sexuelle Aggression der Männer zum Sieden brachte. Sie war keine Frau, mit der man ganz einfach ein Gespräch über Politik oder Malerei führen konnte. Nein, das war sie nicht, obwohl man brillant mit ihr über Politik und Malerei plaudern konnte …

Ihr eigentlicher Text aber lautete: »Na, was willst du, willst du wirklich weiter so tun, als seist du an meinen Gedanken über Picassos blaue Periode interessiert, oder willst du mich nicht in Wahrheit nur ficken?«
Das war ihr wirklicher Text, und unter dem Deckmantel der Zivilisation wußten alle Beteiligten an dem Gespräch, daß es nur darum ging.
Ich sah zu der Gruppe hinüber und hörte ihr Lachen und sah, wie sie den Kopf zurückwarf und sich durch die Haare fuhr, und ich sah, wie sie angestarrt wurde, mit diesem Blick, der nur sagt: Ich will dich haben.
Wenn wir in einer ehrlichen, direkten Welt leben würden, die nicht dauernd über ihren eigenen doppelten Boden der Kultiviertheit trampelt, wäre sie schon längst vergewaltigt worden.
Ich sah es, ich fühlte es, und jeder im Raum wußte es. Nur die gepflegte Atmosphäre einer Cocktailparty ... Nur das seriöse Tragen feiner Anzüge und feiner Manieren verhinderte, daß die tierische Realität ausbrach und sich die Männer auf sie stürzten.
Alle, die dort drüben standen, hätten sich am liebsten gegenseitig erschlagen, um der Sieger im Kampf um ihren Körper und ihre Überheblichkeit zu bleiben.
Sie hätten einander am liebsten die Gurgel zerfetzt, um sich auf sie zu stürzen, sie auf den Boden zu zwingen und ohne den Ansatz einer Zärtlichkeit zu nehmen. Sie hätten sie am liebsten an den Haaren gepackt, ihren Kopf zurückgerissen, ihr Kleid zerfetzt und brutal und hart in sie hineingestoßen, bis ihr das Lachen vergangen wäre. Sie hätten sie am liebsten dafür gedemütigt und bestraft, daß sie aus der Sicherheit unserer Kulturverabredungen her-

aus ihr Spiel mit ihnen treiben durfte. Und obwohl sie die Demütigung erkannten und ihren Spott fühlten, war es doch genau dieses Verbot, was die Männer reizte und antrieb zu bleiben.
Das Verbot in unserer Gesellschaft, auf eindeutige Signale tierisch und eindeutig zu reagieren, heizte den Druck in dem Dampfkessel immer mehr an. Ich konnte sehen, wie seine Wände zu brennen begannen und sich das Theater immer mehr aufzuschaukeln drohte.
Ich konnte die Männer verstehen – war es doch genau dieser Blick – genau dieses Lachen – genau diese Verheißung in ihren Augen, die auch mich gelockt hatte.
Ich vergaß das Gespräch, in das ich verwickelt war, ignorierte meine charmante Tischdame, die mich seit dem Abendessen über Régis Wargniers Film »Une femme française« ausfragen wollte, und starrte unablässig zu Maria hinüber. Nach einer Ewigkeit fühlte sie meinen Blick und drehte ihren Kopf zu mir.
Im Moment, als sich unsere Augen trafen, erschrak ich zutiefst. Ich sah, daß sie trotz aller Langeweile, die wir einander einen Abend lang signalisiert hatten, dieses Spiel liebte. Es war dieser Teil in ihr, den ich am ersten Tag in Rom gesehen hatte und von dem ich gehofft hatte, daß unsere Liebe ein Ersatz für ihr Spiel werden könnte. Sie mochte mich lieben, ohne dabei zu lügen – ein Teil aber in ihr mußte locken und verletzen … Mußte Opfer und Täter sein und fremde Männer zu Tätern und Opfern machen. Sie brauchte es, und die Zeit unserer Zweisamkeit hatte nichts daran ändern können.
Ich sah all das und fühlte, daß sie durch meinen Blick gestört war in ihrem Spiel. Sie sah mich an wie jemanden,

den man wegschickt, weil man allein sein möchte mit den hübschen, bunten Glasmurmeln, die man nach langer Zeit wieder einmal hervorgeholt hat.
Ich war eine Störung für sie in diesem Moment, die sie jetzt nicht beachten wollte, und ich sah, daß sie meine Sehnsucht nach unserem Frieden erkannte.
Rasende Wut stieg in mir auf und ließ mich in einem Meer aus Haß und Zorn versinken.
Ich sah, wie sie sich abwendete und sich von einem gutaussehenden Manager Feuer geben ließ …
Sie hielt die Zigarette in der rechten Hand und beugte sich vor, um seinem Feuer entgegen zu kommen. Ich sah den goldenen Ehering an ihrer Hand glänzen und sah, daß sie seine Hand mit ihrer Hand festhielt, während sich der Tabak in ihrer Chesterfield entzündete. Es war nicht nötig, seine Hand zu unterstützen, aber sie tat es und wußte, daß er auf diese Berührung gehofft hatte – und wußte, daß ich dabei zusehen mußte.
Wie lange wollte ich noch zusehen, das war die Frage …
Ich hielt es nicht mehr in meinem geheuchelten, wohltemperierten Zustand aus und ging zu ihr hinüber.
»Wir sollten nach Hause fahren, meinst du nicht …«, sagte ich und erlebte, wie das Feuerzeug zu reden begann.
»Ich glaube, Sie sehen nicht, daß wir soeben in einem Gespräch waren.«
Anstatt ihn niederzuschlagen, sagte ich: »Ich glaube, Sie sehen nicht, daß meine Frau jetzt gern mit mir nach Hause fahren möchte.«
»Oh, wenn Ihre Frau das möchte, kann sie es ja selbst entscheiden – nicht?«
Was für ein Moment … Was für eine entsetzliche Verlo-

genheit … Was für ein geschliffenes Parlando – anstatt ehrlich zu sein und einander niederzustechen. Unsere Zivilisation hat nichts anderes bewirkt, als daß sich die Rivalenkämpfe von der äußeren Ebene auf die verkrampfte Ebene der Intellektualität verlagert haben und so zu Magengeschwüren und Krebs führen, weil es niemals zu einem ehrlichen Ausleben unserer Gefühle kommen kann. Die Verwundungen bleiben also dieselben – und nur, weil sie sich nach innen verlagert haben, glauben wir, einen Fortschritt gemacht zu haben.
Was für ein tödlicher Irrtum.
Nichts anderes geschieht, als daß wir uns Tag für Tag die Spontaneität unserer Aggression, unserer unmittelbaren, berechtigten Aggression wegdrücken, bis sie beginnt, sich gegen uns selbst zu richten.
So lange tun wir so, als hätten wir keine negativen Gefühle wie Haß und Wut, bis wir mit diesem erzieherischen Würgegriff auch die Gefühle der Liebe und der Zärtlichkeit ausgelöscht haben.
Man kann nicht das Ventil der Zerstörung verschlossen halten und glauben, daß das Ventil der Zärtlichkeit nicht im selben Moment beschädigt wird. Im Gegenteil. Wenn alle wüßten, daß eine tödliche Beleidigung im nächsten Moment mit einer tödlichen Reaktion beantwortet würde, käme es überhaupt nicht zu solchen Provokationen. Abgesichert hinter dem Schild der Zivilisation greifen wir immer leichter zum Schwert der wohlformulierten Verletzung auf seelischer Ebene. So lange, bis die Triebe unserer Empfindungen zerschnitten sind und nur mehr kalter Zynismus übrigbleiben kann. Kalter Zynismus ist die Tonart, die sich wie ein feiner Giftnebel über

all unsere Sehnsüchte legt und jede Herzensregung unterbindet.
Ist es falsch, den geliebten Menschen für sich haben zu wollen? Muß man das Spiel der Bedeutungslosigkeit mitspielen, nur um nicht in den Verdacht zu geraten, jemanden so sehr zu lieben, daß man ohne seine Nähe – ohne seine ausschließliche Nähe – vergehen würde?
Ich hatte keine Lust, darauf zu achten, ob ich mir eine Blöße geben würde. An diesem Abend hatte ich keine Lust dazu, also nahm ich sie an der Hand und sagte: »Komm, wir gehen« und zog sie mit mir aus dem Gekichere der Cocktailparty hinaus zu unserem Wagen. Sie wehrte sich nicht und sagte kein Wort, und auch während der ganzen Fahrt hinaus zu unserem Haus wurde keine Silbe gesprochen. Wir fuhren über die dunklen Landstraßen, und nur hie und da kam uns ein verspäteter Wagen entgegen und blendete durch meine Windschutzscheibe. In diesem Moment konnte ich ihr Gesicht sehen. Sie saß still neben mir und begann langsam und ohne sichtbare Bewegung, den Wagen zu verlassen.
Ich konnte greifen, wie sich die Verbindung von ihrem Herzen zu meinem Herzen auflöste und verschwand. Ich fühlte einen kühlen Wind in unserem Auto, obwohl die Fenster dicht geschlossen waren. Sie blickte geradeaus, und als ich ihre Hand nahm, zog sie sie nicht zurück. Ich konnte ihre Hand in meiner Hand spüren, aber es war nur der Körper, den ich festhielt – sie selbst war ganz woanders. Sie war in einem Haus, zu dessen Türen ich den Schlüssel verloren hatte, also ließ ich sie wieder los und begann, auch nur mehr geradeaus auf die Straße zu starren.

Als wir angekommen waren, gingen wir in das Haus und nacheinander in das Badezimmer.
Ich ging als erster in unser Schlafzimmer und legte mich in unser Bett und wartete.
Nach einer Stunde kam sie herein und zog ihr Kleid aus. Ich hatte kein Licht eingeschaltet und sah ihre Silhouette nur vom Mondlicht beleuchtet, das durch das leicht geöffnete Fenster hereinfiel. Ich sah ihre langen, schlanken Beine, ihre schmale Taille und ihren runden, festen Busen und ihren weichen Hals. Das fahle Licht des Mondes streichelte ihr Haar, das über ihr Gesicht fiel, als sie sich über das Bett beugte und sich neben mich legte.
Eine Zeitlang lagen wir nebeneinander und schwiegen. Was hätte ich tun sollen – was hätte ich tun können. Hätte ich mich entschuldigen sollen dafür, daß ich meine Gefühle zu offen gezeigt hatte? Hätte ich meine Lächerlichkeit eingestehen sollen und selbst nicht an diese Entschuldigung glauben? Hätte ich um Verzeihung bitten sollen dafür, daß ich sie liebte?
Was hätte sie getan, wenn die Situation umgekehrt stattgefunden hätte? Wenn sie Zeuge gewesen wäre, daß eine attraktive Frau eindeutig signalisierte, daß sie mit mir ins Bett gehen wollte? Wäre sie still und stumm dagestanden und hätte es geschehen lassen? Wäre sie vielleicht sogar beiseite getreten, um mich nicht daran zu hindern, charmant zu sein …
Ich glaube es nicht.
Ich glaube es bis heute nicht, aber ich werde es niemals beweisen können.
Ich lag da, und die Stille war kein Schweigen mehr, sondern eine unerträgliche Lähmung.

Ich ertrug es nicht, in diesem schwarzen Loch gefangen zu sein und sie zu spüren und zu riechen und ihre Entfernung von mir immer größer werden zu lassen, und beugte mich über sie.

Sie lag da und ließ es zu, daß ich ihre Decke nach unten schob und begann, sie am ganzen Körper zu küssen. Ich strich langsam mit meiner Hand über ihren Bauch und ihre Hüften, küßte ihren Hals, ihre Augen, ihren Mund, ihre Beine, ihren Bauch, schob langsam ihre Beine auseinander und ließ mich tief in sie hineinfallen. Ich hob ihre Arme über ihren Kopf und hielt sie mit einer Hand fest und zog sie, mit der anderen Hand um ihre Hüften, nah an mich heran.

Ich fühlte ihren Körper, der mich wahnsinnig machte und brennen ließ wie ein Feuersturm, der durch ausgetrocknete Pinienwälder rast, und dann öffnete sie ihre Augen und sah mich an.

Ich mußte innehalten in meiner Bewegung und hob meinen Kopf, um ihr in die Augen zu sehen. Hell und klar blickten mich ihre Augen an, und ich sah, daß sie nicht bei mir war.

Von ganz fern sahen ihre blauen Augen durch mich hindurch wie die Augen eines Vogels, der durch die Stäbe seines Käfigs hinausblickt und seine Seele weit, weit weggeschickt hat, um das Eisen rund um seine Freiheit nicht zu spüren.

»Maria«, flüsterte ich in die Dunkelheit hinein … »Maria …«

»Ja, was willst du.«

»Ich liebe dich …«

»Ja …«

Sie lag unter mir und war schön und heiß und so eiskalt wie ein Messer, das in den Schnee des höchsten Berggipfels gefallen war.
Sie sagte einfach: »Ja«, und sah mich an – dann versuchte sie zu lächeln, weil sie spürte, daß wir beide durch eine einzige Unachtsamkeit an den Punkt gelangt waren, vor dem sie mich gewarnt hatte.
»Was soll ich tun?« fragte ich sie und wußte, daß es auf diesen Satz keine Antwort mehr geben würde.
»Ich weiß es nicht«, sagte sie, und langsam drehte sich der Mond von der Sonne ab und zog einen breiten, schwarzen Schatten über sein Gesicht.
»Es gibt eine isländische Weisheit, die die Großmütter auf dieser fernen Insel ihren Enkeln erzählen: ›Schau dir das Gesicht der Frau, die du liebst, bei Mondlicht an, denn nur in diesem Licht erkennst du ihr wahres Gesicht, und wenn du das erträgst, seid ihr füreinander geschaffen.‹«
Ich mußte an diesen Spruch denken und hätte so gern eine Antwort erhalten auf meinen fragenden Blick. Ich sah jedoch nur ihr Gesicht, wie ich es immer schon gekannt hatte – so wunderschön, daß es mir den Atem verschlug, und so fremd, daß es mir das Herz zerbrach.
Ich zog mich zurück und legte mich wieder auf meine Seite des Bettes. Dort lag ich dann und hielt ihre Hand. Ich konnte nichts mehr sagen, konnte nichts mehr versuchen – ich war verstummt.
Am nächsten Morgen stürzte ich mich wie ein Besessener in die Arbeit. Ich stand mitten in den abschließenden Vorbereitungen, um mit den Dreharbeiten zu meinem Liebesfilm zu beginnen. Die erste Szene in diesem Film be-

stand darin, daß eine junge, schöne Frau durch einen Schwarm hochflatternder Tauben ging …
Als wir nach dieser Nacht aufgestanden waren, war sie betont herzlich und heiter zu mir, und auch ich stand singend in der Küche, als ich unseren Morgenkaffee zubereitete, und ich konnte von ganz hoch oben zusehen, wie wir uns beide bemühten, heiter zu wirken – so, als wäre nie etwas geschehen.
Natürlich ist es so, daß schon allein die Bemühung ein Fehler ist, weil sie doch nur von der Angst genährt wird, daß ein Sprung vorhanden sein könnte. Vielleicht war ein Sprung in unserem Gebäude, der sich ausdehnen konnte und alles zum Einsturz bringen würde, und das wollte ich nicht erleben. Auch sie schien von ihrer Kälte, die sie in der Nacht ausgestrahlt hatte, Abstand nehmen zu wollen und strich mir im Vorbeigehen in der Küche über den Nacken und küßte mich beim nächsten Mal sogar auf den Mund, aber ich konnte fühlen, wie wir beide ununterbrochen darauf lauschten, ob es ein Knistern in den Mauern gab, das einen baldigen Einsturz ankündigte.
Nein – nein – nein … Ich wollte nicht steckenbleiben in dieser Angst … Ich wollte es nicht und peitschte mich immer mehr in meine Arbeit und nahm sie oft an der Hand und erzählte ihr von meinem Film, den ich begann, »unseren Film« zu nennen, weil er in Wahrheit unsere Geschichte erzählen sollte.
Eine Geschichte, so alt wie die Menschheit, so alt wie die Geschichte der Vertreibung aus dem Paradies …
Mein Produzent war ein seltsamer Mann. Ich kannte viele Produzenten, aber keiner war wie er. Er mußte auf

der einen Seite ein eiskalter Geschäftsmann sein, um das Geld aufzutreiben, einen Film überhaupt produzieren zu können. Das heißt, er mußte brutal, skrupellos und zynisch sein und um seinen Vorteil kämpfen. Auf der anderen Seite hatte er jedoch einen seltsamen Charme entwickelt, der über seine Häßlichkeit eine Zeitlang hinwegtäuschen konnte. Er war ein kleiner, schmächtiger, unattraktiver Mann, dem das Bild des ewigen Verlierers auf die Stirn gemeißelt war. Wie bei allen kleinen Männern war diese Chancenlosigkeit jedoch genau der Motor der Verzweiflung, der ihn zum Machtmenschen hatte werden lassen. Das, was sein erster Eindruck hinterließ – nämlich Schwäche, Feigheit und sexuelles Versagen –, kompensierte er mit einer eigenartigen Form von Selbstironie, die ihn wiederum mit einem eigenartigen Charisma umgab, für das sich kein Name finden läßt.

Er war im besten Sinn des Wortes »eigen-artig« und konnte sogar eine gewisse Attraktivität entwickeln. Einfach, weil eine Neugierde im Raum stand, wie es so ein Mann, mit seinem Äußeren und seiner nicht vorhandenen Ausstrahlung, zu so einer Position gebracht hatte.

Wahrscheinlich war es diese Aura des Lächerlichen und Zwergenhaften, die ihn umgab, und die dafür sorgte, daß seine Geschäftspartner ihn unterschätzten. Und in diese Lücke der Sorglosigkeit sprang er hinein und zerrte das Boot des Geschäftes oft in seinen Hafen.

Wie auch immer meine persönlichen Gefühle ihm gegenüber waren – er hatte zwei Gesichter, und eines davon glaubte an mein Drehbuch, an meinen Film und an die Möglichkeit, damit Geld zu verdienen.

Diese Fakten genügten, um uns für eine Zeitlang zu

einem Team zu machen, in dem wir beide so taten, als könnten wir sogar Freunde sein.

An diesem Tag hatte ich ihn zu mir zum Abendessen gebeten, weil die Zeit des Drehens näherrückte und der Punkt gekommen war, an dem es an mir lag, so zu tun, als wäre es das Wichtigste in meinem Leben, unsere geschäftsmäßige Beziehung auf ein weiteres Niveau zu heben.

Maria und ich hatten gemeinsam gekocht, und nun war es Abend geworden … Das Feuer im Kamin brannte, und wir warteten auf unseren Gast. Ich hatte Kerzen auf den Tisch gestellt und wohltemperierte Musik vorbereitet, als er kam.

Er sah Maria kurz an und drückte ihr einen Blumenstrauß in die Hand, dem man ansah, daß er irgendwo in letzter Minute hastig gekauft worden war. Ich ahnte, daß er mitten in der Taxifahrt kurz beim Bahnhof hatte halten lassen, um seinen Gastgebern nicht mit völlig leeren Händen gegenüberzustehen. Die lieblose Zusammenstellung von grellorangen Tulpen und etwas grünem Farn drückte er ihr in die Hand, bedankte sich für die Einladung und verschwendete keinen zweiten Blick an sie.

Er verschwendete keinen zweiten Blick an sie, weil es ihm beim ersten Blick den Boden unter den Füßen weggezogen hatte.

Ich war nicht überrascht über seine Reaktion, weil ich sie so sicher vorhergesehen hatte wie Nebel über Dover im Oktober. Was mich überraschte, war, wie schnell er es schaffte, sich von ihrem Anblick loszureißen und so zu tun, als wäre sie eine völlig uninteressante Mitläuferin an der Seite seines Regisseurs, mit dem er einen ruhigen Abend mit Gesprächen über Politik und Film verbringen wollte. Diese Leistung war doppelt groß, weil sie sich in ihrem Aussehen selbst übertroffen hatte. Sie war nie eine Frau gewesen, die es nötig gehabt hatte, mit Schmuck und Äußerlichkeiten zu wirken, und gerade deshalb wurde sie in ihrer unverstellten Natur selbst zu ihrem glänzendsten Schmuck.

Sie hatte ein sehr kurzes, enganliegendes, schwarzes, ärmelloses Kleid an, hohe schwarze Schuhe und trug als Schmuck nur die einfache Perlenkette, die ich ihr am Morgen nach unserer Hochzeit auf den Frühstückstisch gelegt hatte.

Ich wußte, daß Goldringe, bunte Steine oder irgendeine Art von verspielten Ohrringen niemals zu ihr passen würden – also hatte ich diese einfachen, unregelmäßigen Naturperlen gefunden, deren schimmernde Oberfläche mich so sehr an ihre Haut erinnerte, als ich beim Juwelier etwas Passendes für sie suchte. Sie hatte fünf Minuten am Tisch gesessen und auf die Schachtel geblickt, die neben ihrem Teller stand und über die ich eine rote Rose gelegt hatte.

»Was ist denn da drin?« fragte sie endlich und schüttelte mit gespieltem Ernst ihren Kopf.

»Ich nehme an, daß es sich um kein Klavier handelt«, hatte ich gesagt und mich vorgebeugt, um die Reaktion in ihren Augen nicht zu verpassen, wenn sie die Schachtel öffnete.

»O Gott …«, seufzte sie, als sie die Kette heraushob, und als ich hinter ihr stand, um in ihrem Nacken die kleine goldene Schließe zu fixieren, führte sie meine Hände zu ihrem Mund und küßte sie, und dann drehte sie sich zu mir um und schloß ihre Augen, und unsere Lippen berührten sich und lösten sich – und lösten sich nicht voneinander, als ich sie hochhob und mit ihr ins Schlafzimmer zurückging, wo wir den Rest des Tages verbrachten. Ich hatte ihr den Morgenmantel ausgezogen, und so lag sie, nur mit dieser Perlenkette bekleidet, stundenlang in meinen Armen.

Ich wußte damals nicht, wie kurz ein Tag und die darauffolgende Nacht sein können, wenn eine Ehe erst einen Tag alt ist, und so setzten wir uns eben erst am darauffolgenden Morgen wieder gemeinsam an den Frühstückstisch.

Diese Perlenkette trug sie nun an diesem Abend, und ich sah, wie sich die Flammen der Kerzen in ihren Kugeln spiegelten, und wie sie dasaß und unseren Gast beobachtete.

Er war völlig mit mir ins Gespräch vertieft und tat so, als würde er ihren forschenden Blick nicht bemerken.

»Kannst du mir mit einem Satz sagen, warum du diesen Film machst?« fragte er, als wir den ersten Schluck von unserem samtroten italienischen Rotwein tranken, den ich extra für dieses Gespräch aus dem Keller geholt hatte.

»Weil ich an die Liebe glaube …«

Er schaute mich einen Moment völlig verblüfft an und fing dann schallend an zu lachen.

»Entschuldige, wenn ich lache«, sagte er dann, ohne sich in seiner Heiterkeit zu bremsen, »aber daß du es tatsächlich in einem Satz so auf den Punkt bringen kannst, ist ziemlich unglaublich – du weißt aber schon, daß wir einen abendfüllenden Spielfilm machen wollen … Ja – da mußt du dann etwas ausführlicher sein, mein Lieber …«

Er schüttelte sich weiter vor Lachen und sagte dann plötzlich zu Maria: »Und Sie, glauben Sie auch an die Liebe?«

Sie blickte ihm in die Augen und antwortete: »Kommt darauf an, was man darunter versteht.«
»Keine dumme Antwort.« Er lachte erneut und würdigte sie in der Folge wiederum mit keinem Blick. Ich sah, daß sie fast alles im Leben kannte, aber nicht diese offenkundige Mißachtung.
Sie begann, mit ihrer Kette zu spielen und versuchte immer wieder, in unser Gespräch einzusteigen. Das war ein sehr schwieriges Unterfangen, weil wir in der Folge begonnen hatten, uns noch einmal über technische Abläufe zu unterhalten und immer mehr zu Spezialisten wurden, die sich Fachwörter einer Materie zuwarfen, die für jeden Außenstehenden undurchdringlich bleiben mußte.
Nach einer halben Stunde begann sie zu verstummen und gedankenverloren ins Feuer zu schauen. Ich machte mir Sorgen, daß sie sich langweilte, und versuchte, das Gespräch wieder mehr auf Allgemeines zu lenken.
»Falls du dich fragst, warum ich einen Film über die Liebe machen werde – dann mußt du nur Maria anschauen.«
»Ja«, sagte er. »Jetzt, wo ich deine Frau kennenlernen durfte, weiß ich, wo du deine Inspiration hernimmst.«
Er lächelte sie an und hob sein Glas: »Ich trinke darauf, daß Sie Emanuel so inspirieren – und immer noch an die Liebe glauben lassen – aber ich warne sie … Er ist ein Träumer und wird es immer bleiben – Salute.«
Mit diesen Worten trank er das Glas leer und stellte es vor sich auf den Tisch. Maria griff zur Weinflasche und schenkte ihm nach.
»Immerhin verdienen Sie an seinen Träumen eine Menge Geld.«

»Gute Antwort ... Aber auch nur deshalb, weil er diese Liebesmärchen in seinem Film zum Schluß durch den Auftritt des plötzlichen Todes sterben läßt«, er lachte und trank weiter, »es gibt keinen wirklich guten und großen Liebesfilm, der gut ausgeht – weil es nämlich sonst ein Märchenfilm wäre ... Wir sind erwachsen und wissen, daß das Leben so manche Überraschung bereithält, nicht wahr ...« Er beugte sich vor und gab ihr Feuer, weil sie sich bei seinen Worten eine Zigarette in den Mund gesteckt hatte. Sie hielt ihm ihren Mund mit der Zigarette entgegen und umfaßte seine Hand, die das goldene Feuerzeug mit zwei Fingern unter die Spitze ihrer Zigarette hielt.

»Ja, das wissen wir«, sagte sie und blies den Rauch in sein Gesicht.

Ich spürte, daß eine eigenartige Spannung und Aggression über unserem Tisch lag, und schlug vor, noch vor dem Kamin ein Glas Cognac zu trinken. Er löste seinen Blick von ihrem Mund und sagte: »Danke, nein, morgen muß ich früh aufstehen, und außerdem möchte ich eure Zweisamkeit nicht stören ... Jetzt, wo du doch eine Zeitlang wegfahren mußt.«

Er stand auf, verabschiedete sich und verließ unser Haus. An der Tür drehte er sich noch einmal um und sagte: »Der Rotwein war wirklich phantastisch, du mußt mir bei Gelegenheit einmal eine Flasche in mein Büro stellen.«

Die Tür fiel hinter ihm ins Schloß, wir räumten den Tisch ab und gingen zu Bett. In dieser Nacht versuchte ich erst gar nicht, in ihre Nähe zu kommen und war fast froh, daß ich am nächsten Morgen abreisen mußte, da unsere erste Drehwoche im Norden an der Küste begann.

Sie schlief noch, als ich aus dem Haus ging, also stellte ich ihr ein Bild von uns beiden auf den Frühstückstisch und legte einen Zettel daneben, auf den ich geschrieben hatte: Bis gleich …

Ich fuhr mit dem Zug zu meinem kleinen Hotel an der Ostseeküste und war von vielen widersprüchlichen Gefühlen überflutet. Ich hatte einen unglaublichen Druck in den Augen, so, als würde mir jemand seine beiden Zeigefinger auf die Augäpfel pressen, damit ich nicht sehen konnte, was in meinem Leben geschah. Gleichzeitig war eine Sehnsucht nach Maria in mir, die mit jedem Kilometer, den ich von ihr fortfuhr, größer und größer wurde. Vielleicht würde uns der Abstand aber auch wieder helfen, den Blick neu zu schärfen für das Leben des anderen und in der Folge für das eigene Leben.

Ich war voll der Sehnsucht eines verliebten Achtzehnjährigen und voll älterem Glauben, daß eine kurzzeitige Trennung das beste sei, was man einer Liebe schenken kann, die ein wenig ins Wanken gekommen ist.

Die ersten Tage meines Films waren nicht von der Ablenkung getrübt, wie sie unsere letzte Nacht für uns dargestellt hatte, und so ging die Arbeit schneller als erwartet voran. Das Ergebnis war, daß ich einen Tag früher mit der Arbeit fertig war als geplant.

Ich nahm einen Zug und fuhr nach Hause. Während der Fahrt blickte ich aus dem Fenster und sah die weiche, grüne Landschaft vorbeifliegen – sah die Bäume, die kleinen Bäche, kleine Orte, einzeln daliegende Bauernhäuser – und war glücklich. Die Irritation zwischen Maria und mir, die vor einer Woche wie eine dunkle Gewitterwolke am Himmel unseres Liebessommers aufgetaucht war,

hatte sich aufgelöst. Sie hatte mich jeden Morgen in meinem kleinen Hotel angerufen und mir Glück für den Tag gewünscht – ich hatte ihr am Abend berichtet, welche Fortschritte unser Film machte, und während des Tages hatte ich immerzu das Gefühl, als säße sie an meiner Seite. Wir hatten beide kein einziges Wort über diese Party und die anschließende Nacht gesprochen, und ich hatte das Gefühl, endlich etwas ganz Entscheidendes für mein Leben gelernt zu haben. Ich war immer ein Mensch gewesen, der sprechen mußte. Nein, ich weiß schon, jeder Mensch spricht über sein Leben, seine großen und kleinen Sorgen … Aber ich hatte während dieser Zugfahrt mit einem Mal das Gefühl, daß ich immer zuviel geredet hatte, weil ich glaubte, auf diese Weise den Problemen, die sich auftaten, auf den Grund zu kommen. Ich hatte nie die Möglichkeit in mir, über einen Unfall ganz einfach zu schweigen und zu warten, bis das Echo von selbst verschwunden war. Ich wollte immer ganz genau wissen, wie es zu dem Unfall überhaupt hatte kommen können, ob man ihn nicht vielleicht hätte vermeiden können oder ob man einen ähnlichen Fehler wenigsten für die Zukunft vermeiden könnte.
Neugierig nach dem »Warum« und »Woher«, hatte ich immer alle Lebensstunden in ihre Minuten und Sekunden zerlegt, um zum Keim von Mißverständnissen vorzudringen, und hatte mir von diesem Sezieren eine Heilung versprochen. Jetzt war ich an einem Punkt angelangt, an dem ich der Meinung war, daß genau dieses »Wiedergutmachenwollen« die Heilung verhinderte.
Anstatt der Zeit die Chance zu geben, alle Wunden zu heilen, hielt ich die Zeit in ihrem Fortschreiten immer wie-

der an und zwang sie, um den Bombenkrater einer Panne in meinem Leben zu kreisen. Dieses Kreisen machte aber weder die Explosion rückgängig, noch trug es dazu bei, daß der Schutt weggeräumt wurde und der Krater mit Erde aufgefüllt werden konnte, um neue Blumen zu pflanzen. Anstatt Ruhe zu geben, öffnete ich immer wieder den Verband um einen gebrochenen Finger meines Herzens und bewegte ihn hin und her, um zu sehen, ob er schon zusammengewachsen war.

Diesmal war es anders.

Nichts hatte mich je zuvor mehr erschreckt als dieses plötzliche Auseinandertreiben von Maria und mir. Nichts mir jemals mehr gezeigt, wie schnell es gehen kann, und die Luke des Raumschiffes der Glückseligkeit schließt sich, und der ausgestiegene Astronaut bleibt verloren in den unendlichen Weiten des Weltraums zurück. Ich mußte an das Bild in dem Film »2001 – Odyssee im Weltraum« denken, in dem der finstere, selbständig gewordene Bordcomputer des Raumschiffes ein Schott schließt, obwohl ein Besatzungsmitglied sich noch außerhalb des Expeditionsschiffes befindet und daraufhin verloren ist. Einsam und um die eigene Achse kreisend, von keinem Luftwiderstand gebremst, dreht sich der Kosmonaut und treibt hilflos und immer kleiner werdend in die Tiefe der ewigen Nacht zwischen den Galaxien.

Das galt es zu vermeiden.

Das gilt es immer zu vermeiden, und diesmal hatte ich das Gefühl, einen enormen Schritt getan zu haben, indem ich zu unserem Unfall einfach geschwiegen hatte. Was hätte ich denn auch sagen sollen? Na also – nein, ich schickte ihr einfach jeden zweiten Tag mit Expreßboten einen Strauß

rote Rosen und sprach am Telefon nur davon, wie sehr ich mich auf die erste Nacht freute, wenn ich von der Ostsee zurückgekommen war.
Ich fühlte in ihrer Stimme am Telefon, daß sie glücklich war darüber, daß wir kein Drama daraus machten, uns für einen Moment lang losgelassen zu haben, auf unserem Weg durch den Dschungel dieses seltsamen Lebens.
Sie klang so entspannt und heiter, wie ich sie fast noch nie gehört hatte, und wenn ich die Augen schloß, konnte ich sehen, wie sie an dem großen Tisch saß und durch das riesige Fenster vor diesem Tisch in den Garten blickte und lächelte, wenn sie meine Stimme am Telefon hörte.
Wenn das überhaupt möglich gewesen wäre, hätte ich gesagt, wir waren wie frisch verliebt. Es war nur deshalb nicht möglich, weil ich jeden Tag frisch in sie verliebt war und mir unsere Trennung für sieben Tage zeigte, daß ich all meine nächsten Filme ganz einfach in unserer Stadt drehen mußte, um nicht mehr von ihr entfernt zu sein.
Ich dachte mir, daß das vielleicht ein Wink des Schicksals gewesen war, der mir die Chance geben sollte, sie zu überraschen. Mit diesen Gedanken ging ich nach meiner Ankunft in das Blumengeschäft am Bahnhof und kaufte den gesamten Vorrat an langstieligen roten Rosen auf, setzte mich in ein Taxi und fuhr nach Hause.
Es war schon Nacht, als der Wagen vor unserer Gartentür hielt. Ich zahlte, holte die Rosen und meine Reisetasche aus dem Kofferraum und öffnete die Holztür, die unser Grundstück von der Außenwelt abschließt. Sie war nicht versperrt, sondern nur angelehnt. Ich überlegte kurz, ob ich läuten sollte, dann aber hatte ich einen eigenartigen Gedanken. Vielleicht hatte sie gespürt, daß ich kommen

würde und die Tür zu meiner Begrüßung offengelassen. Vielleicht hatte sie aus der Tatsache, daß kein Anruf von mir gekommen war, abgeleitet, daß ich schon zu ihr unterwegs war, um sie zu überraschen. Vielleicht hatte sie bei meinem Assistenten angerufen, der noch an der Ostsee die Abreise organisierte, und er hatte alles verraten. Deswegen hatte sie wahrscheinlich die Tür angelehnt, um mir zu zeigen, daß sie wieder einmal alles wußte.
Ich lächelte und ging über die Wiese zum Haus. Der Nachttau glänzte im Licht der Straßenlaternen, und als ich an den Birken vorbeikam, die auf halbem Weg zwischen dem Haus und dem Gartenzaun standen, fühlte ich die kleine Träne eines verwunschenen Mädchens auf mich herabfallen.
Ich blieb kurz stehen, griff nach einem der tiefhängenden Äste und sagte: »Guten Abend … Da bin ich wieder …«
Das Haus lag im Dunkel … Kein Licht brannte in den Zimmern, und als ich mich der großen Fenstertür näherte, die in den Garten führte, sah ich den Widerschein eines flackernden Kaminfeuers an den Wänden und der Decke, das sie für uns angezündet hatte.
Ich trat nahe an das Fenster heran und blickte in das Halbdunkel unseres Wohnraums.
Sie stand an der Schmalseite unseres Eßtisches – hatte beide Hände vor sich auf die breite, dunkle Holzplatte gelegt, ihr Kopf war gesenkt, ihre Haare fielen über ihr Gesicht und ihren Hals, um den sie meine Perlenkette trug …
Sie hatte dasselbe schwarze Kleid an wie bei unserem letzten Abendessen, dieselben hohen schwarzen Schuhe, und die Beine weit auseinander auf den Boden gestemmt. Das

Kleid war über ihren Rücken hochgezogen, ihr schwarzer, kleiner Slip hing zerrissen über ihrem Knöchel, und mein Produzent stand hinter ihr, zwischen ihren Beinen, hielt sie um die Hüfte gepackt und fickte sie wie ein besessenes Tier.

Er zerrte sie brutal, mit jedem Stoß, den er in sie hineintrieb, an sich heran, als wollte er ihren Körper zerfetzen und zerstören.

Er hatte seinen dunklen Anzug an, den er immer zu Geschäftsessen trug, bei denen er ernstgenommen werden wollte, und nur seine Krawatte war etwas verrutscht, und die Hose hing ihm um seine dünnen Waden. Seine weißen, knochigen Beine zitterten, weil er sich auf die Zehenspitzen stellen mußte, um in ihr drin zu bleiben, und seine gestreiften Boxerunterhosen blähten sich an ihren Oberschenkeln, weil er wahrscheinlich keine Zeit gefunden hatte, sie auszuziehen. Ich konnte sein verkrampftes Gesicht sehen, in dem Zerstörungslust, Haß, Geilheit, Ungeduld und Gier gleichzeitig zu einem häßlichen Teig vermischt wurden, den er mit jedem Stoß auf ihren Körper schmierte.

Die Glastür war nicht ganz geschlossen, und so konnte ich das Knistern des Kaminfeuers hören und auch die abgehackten, gepreßten Worte, die er ihr in den Rücken stieß, während er versuchte, sie zum Orgasmus zu prügeln. Er nannte sie eine Hure, eine Nutte, die endlich einmal ordentlich durchgevögelt werden muß – und je mehr er sich in seinen jämmerlichen Stößen verlor, und je mehr er durch seine eigenen, haßerfüllten Worte zu immer größerer Geilheit angetrieben wurde, um so mehr verlor er die Kontrolle und begann, sie zu schlagen. Er hielt sie mit einer Hand fest um die Hüften und begann, mit der anderen Hand auf ihren Hintern einzuschlagen. Ich sah, wie seine knochige Spinnenhand auf ihren runden, festen Hintern aufschlug und wie der feine Schweiß, der dort auf ihrer Haut lag, zur Seite spritzte. Mit jedem Schlag steigerte er sich mehr in seine Raserei hinein und packte sie an den Haaren und zerrte ihren Kopf zurück. Er bog sie fast im rechten Winkel hoch und schob sich gierig über ihren Rücken nach vorn und preßte seinen Mund auf ihre Lippen. In dieser Haltung löste er die zweite Hand von ihren Hüften und packte sie am Kinn und um den Mund und quetschte ihre Lippen und Kiefer auseinander, wie man eine Auster aufbricht, die noch nicht ganz offen ist.

Ich sah, wie er seine spitze Zunge in ihre feuchten Lippen hineinstieß und immer wieder keuchte: »Zeig mir deine Zunge, du Fotze – zeig's mir – zeig's mir –« Sie streckte ihm ihre Zunge entgegen, und er saugte sich daran fest, als wollte er sie ihr aus dem Hals herauszerren. Sie stöhnte kurz unter diesem Schmerz auf, und das schien ihn noch mehr zu erregen. »Das magst du – was – das brauchst du kleine Hure – was – ja, das magst du, wenn es dir weh tut –«

Er stieß ihren Kopf wieder von sich weg und riß sie herum und legte sie auf den Rücken auf den Tisch. Nachdem er sich noch einige Male auf der Tischplatte wie mit Axthieben zwischen ihre Beine gestoßen hatte, zog er sich aus ihr zurück, sprang neben ihren Kopf, packte sie an den Haaren und steckte ihr seinen Schwanz in den Mund, der aus dem Schlitz seiner Unterhose herausragte. Er packte sie wieder an den Haaren und preßte ihren Kopf an seinen

Bauch und stieß immer wieder zu und stöhnte dabei wie ein geschlachtetes Schwein.
Mit der anderen Hand drückte er ihre Beine auseinander und riß eine Kerze aus dem Kerzenleuchter, der umgefallen neben ihnen auf dem Tisch lag, und steckte ihr die zart pfirsichfarbene Kerze tief in ihren Körper und fuhr damit rein und raus, wie ein Schlagbohrer, der die Kontrolle über sich selbst verloren hat.
Dieses neue Spiel erregte ihn so sehr, daß es ihm so schnell und kurz kam, wie eine Knallerbse zu Silvester zerplatzt, und dann lag er keuchend und nach Luft schnappend über ihr.
Sie rutschte unter ihm heraus – wischte sich über den Mund – und lag schwer atmend neben ihm. Ihre langen, hellen Beine waren weit auseinandergespreizt, und ihre Füße suchten umherirrend auf der Tischplatte festen Halt. Das war aber schwer möglich, weil die dünnen Bleistiftabsätze ihrer schwarzen Schuhe immer wieder abrutschten. Dann lag sie da und streichelte ihm über den Kopf.
Seine dünnen braunen Haare hingen ihm wirr ins Gesicht, und seine Brille, die er niemals abzunehmen pflegte, thronte schief über seiner Nase. Sie lag da, hatte die Augen geschlossen und lächelte. Sie lächelte auf eine Art, die ich so noch nie an ihr gesehen hatte. Sie war entspannt und befriedigt, obwohl sie sicherlich nicht gekommen war. Er war während seines Liebesspiels so sehr mit seiner eigenen Lust beschäftigt gewesen, daß überhaupt nicht daran zu denken war, daß sie etwas davon gehabt haben könnte – und trotzdem lag sie da und lächelte wie befriedigt.

Ihr Gesicht hatte den Glanz einer Entspannung, so, als hätte sie aufgehört, sich um etwas zu bemühen, was unerreichbar war.
Ihre Hand hob sich empor, strich eine Haarsträhne aus ihrem Gesicht und begann dann, mit der Perlenkette zu spielen, die sie eines fernen Tages auf diesem Tisch neben ihrem Frühstückskaffee gefunden hatte. Langsam glitten die einzelnen Perlen durch ihre Finger, und langsam drehte sie jede einzelne ein paarmal herum, bevor sie anfing, die nächste Perle zu streicheln. Das Kaminfeuer war fast heruntergebrannt, und durch die Fenstertür, vor der ich stand, mußte ein kühler Windhauch ihren nackten Bauch berührt haben – weil sie jetzt langsam den Kopf drehte und die Augen öffnete – und mich ansah.
Ich stand da und hielt in der einen Hand meine Reisetasche und in der anderen den Rosenstrauß, den ich für sie gekauft hatte. Ich fühlte, wie etwas Warmes über meine Hand lief, in der ich die Blumen umklammert hielt. Es war mein Blut, das mir über die Finger rann, weil ich mich so verkrampft an den Stielen der Blumen festhielt, daß ihre Dornen durch meine Haut drangen und meine Hand zerbissen wie eine Herde tollwütiger Piranhas. Heiß und warm und langsam konnte ich mein Blut fühlen, das über meine Haut lief und zu Boden tropfte, als ich in ihre Augen blickte.
Sie erschrak nicht, als sie mich sah. Sie blieb genauso ruhig und entspannt wie in dem Augenblick davor. Sie sah mich und sah, daß ich tot war, und vielleicht war es das, was sie immer gewollt hatte.
Ich weiß nicht, ob das die Wirklichkeit ist, ich weiß nur, daß sie keine Schuld, keine Reue, kein Erschrecken, keine

Panik in ihrem Blick hatte, sondern nur eine seltsame Ruhe, die ich an ihr nicht kannte. War es das, was sie gesucht hatte … War es das Nicht-geliebt-Werden, das sie mit sich selbst versöhnte, weil sie sich selbst nicht lieben konnte?

War es tatsächlich so, daß die Liebe, die wir miteinander erlebt hatten, für sie der falsche Weg gewesen war, um zu ihrem Glück zu führen? Hatte ich die längste Zeit mit jemandem gelebt, der unsere Gemeinsamkeit nicht als Glück empfunden hatte, sondern im tiefsten Grund seines Herzens die Sehnsucht in sich trug, gedemütigt zu werden? Mußte ich einsehen, daß die Liebe eben doch nicht alles besiegt?

»Amor vincit omnia«, steht irgendwo in Rom auf einer Marmortafel an einem alten Bürgerhaus: »Die Liebe besiegt alles …« – wirklich – ist das wirklich so … Oder vielleicht doch nicht?

Ist es so, daß der Mensch die Lieblosigkeit leichter erträgt als die Liebe? Ist es so, daß die Liebe eine zu große Gefahr darstellt, weil sie unser gesamtes Dasein auf eine Art und Weise verändert, auf die wir keinen Einfluß haben?

Wir haben keine Kontrolle über das Weichwerden, über die Öffnung unseres Wesens, über das Grenzenloswerden. Wir haben aber sehr wohl eine Kontrolle über das Geschlagenwerden und über die Verletzungen, die wir erleiden. Diese Gefühle machen uns hart und verschließen uns, aber in dieser Härte spüren wir uns auf eine ganz andere Art und Weise, als im Zerschmelzen in der Liebeswärme. Wir werden hart, und wir werden ein Widerstand, von dem die Seele sagen kann: Es tut weh und es ist häßlich, aber in meiner Abwehr spüre ich deutlich meine

Grenzen, ich spüre mein eigenes Ich, das sich deutlich wehrt …

Im Liebesmoment verlieren wir diesen Zugriff auf unsere Grenzen … Wir fallen … Schmelzen, und es kommt zum Tod unseres Ich. Ja – so war es wahrscheinlich, und jetzt stand ich da, und diese Gedanken brachten mir keinen Fußbreit Erlösung, weil ich nur mehr ein einziger Schmerz war.

Ich war eine offene, blutende Wunde, und mein Leben war vorbei.

Ich hatte einen schrecklichen Kampf, von dem ich geglaubt hatte, daß er nie beginnen würde, verloren und blutete.

Ich hatte das Gefühl, als käme eine hundert Meter hohe Welle aus den tiefsten Tiefen des Ozeans auf mich zu, um mich zu verschlingen. Ich sah mich an einem einsamen Strand stehen und auf das Meer hinausblicken. Über dem hellgelben Sand kreisten einige Möwen, deren blendend weiße Körper sich hart von dem schwarzen Himmel abhoben, der von Horizont zu Horizont einen Bleimantel über die Welt zog. Ihr hohes Kreischen mischte sich mit einem eisigen Wind, der die Gischt in mein Gesicht blies, und der so stark wurde, daß ich mich mit aller Macht dagegenstemmen mußte, um nicht umzufallen.

Draußen, weit draußen auf dem schwarzen Meer, begann sich jetzt das Wasser zu erheben. Wie ein Riese aus der uralten Zeit unserer Träume begann sich das Wasser aufzurichten.

Es wuchs und wuchs und wuchs zu einer kilometerhohen, unendlich breiten Wand, die jetzt anfing, sich langsam auf mich zuzubewegen.

Ein tiefer, dröhnender, brausender Ton kam mir aus dieser pechschwarzen Wasserwand entgegen, die donnernd auf mich zuraste.
Es war keine Flucht möglich, kein Davonlaufen, nur ein Wissen darum, wie hilflos und schwach wir sind, wenn das Schicksal beschließt, unser Herz zu zerstören.
Ich stand da und sah dem herannahenden Tod entgegen, der genau wußte, daß er keine Eile hatte, weil es um mich geschehen war. In dem Moment, in dem die berghohen Wassermassen über mir zusammenbrachen, erkannte ich wieder ihre Augen, die immer noch meinen Atem festhielten und sich von mir für immer verabschiedeten.
Irgend etwas zog die Klinge eines hundert Jahre alten Schwertes über mein Herz, das auseinanderfiel und zu Boden stürzte und verschwand …
Es war zu spät.
Der Satz »Sei vorsichtig …« hatte seine Wirkung verfehlt.
Es gab keine Möglichkeit mehr, sich zu retten, und es gab nur noch den Weg in das Chaos, das in dieser Sekunde seinen Kopf hob und mich anstarrte.
Er spürte, daß sie in den Garten blickte und hob seinen Kopf und grinste mich an. Er grinste verkrampft von unten herauf und sagte: »Scheiße.« Das war das einzige Wort, das ihm über die Lippen kam, und dann richtete er sich auf und zog seine Hose hoch.
Ich schob die Gartentür auf und trat in das Zimmer. Sie schloß die Augen und bedeckte ihr Gesicht mit ihren Händen. Ich weiß nicht, warum sie das tat, und weiß auch nicht mehr genau, was in den nächsten Minuten geschah – ich kann mich nur noch daran erinnern, daß er auf mich zukam und irgend etwas vor sich hin murmelte. Ich stieß

ihn zur Seite, weil ich zu ihr gehen wollte, und kaum hatte ich ihn mit meiner Hand berührt, schlug er mir mit seiner Faust ins Gesicht.

»Faß mich nicht an!« brüllte er – und ich weiß, daß ich ganz genau spürte, daß dieser Satz nicht der Satz war, der ihm in diesem Moment zustand. Ich holte mit meiner Tasche aus und hämmerte sie ihm auf die Brust und über den Kopf und sah, wie er vor mir in die Knie sank.

»Hör bitte auf«, sagte sie in diesem Moment und stand neben mir und hielt mich am Arm fest. Ihr Kleid war immer noch hochgerutscht, und ich konnte ihren Duft riechen.

Sie war nicht allein neben mir – es war eine weitere Aura dazugekommen, die mich zurückhielt, irgend etwas zu tun. Ich kann es nicht erklären, warum ich einfach stehenblieb und vor mich hin starrte. Ich konnte nicht atmen, nicht schreien, nicht toben, nicht schlagen, nicht fragen, nicht reden, nicht lachen, nicht weinen, ich konnte nichts mehr. Ich suchte rund um mich herum den Ausgang aus den Wänden, die sich heruntersenkten und mich umkreisten, einkreisten und einsperrten. Ich war eingesperrt in einem einzigen Gedanken, in einem einzigen Gefühl, und dieses Gefühl hatte den Satz: »Bitte nicht … Bitte nicht …«

Diese zwei Worte brannten immer wieder durch mein Hirn und löschten jedes andere Denken aus. Ich wußte von diesem Gebet, daß es niemals erhört werden konnte, und nach einer Ewigkeit der Gefangenschaft trat ich einen Schritt zurück und ging davon.

Ich war nicht fähig, sie noch einmal anzusehen, sie zu fragen, sie zu nehmen und …

Ich war aus meinem Leben gerissen wie eine Pflanze, die ausgerissen wird, weil sie im Wege steht. Ich trat von ihrer Berührung zurück und verließ unser Zimmer und unser Haus und ging durch den Garten hinaus auf die Straße.
Als ich unter den Birken vorbeiging, fiel kein Tropfen auf mich herab, und als ich durch die Gartentür gegangen war, zog ich sie hinter mir ins Schloß.

Ich saß in der Hitze des Nachmittags auf der Piazza Navona und fror. Ich fühlte noch einmal den kalten, feuchten Nebel, der in dieser dunklen Nacht vor meinem Haus gelegen hatte und undurchsichtig und grau sein Tuch über die Bäume an der Straße gezogen hatte. Ich sah in das leere Glas, das vor mir stand und darauf wartete, von einem mit dunklem Aroma gefüllten Glas ersetzt zu werden.
Ich war zu müde, um dem Ober zu winken, und in diesem Moment stellte man mir eine Flasche Averna auf den Tisch. Ich sah auf das bernsteinfarbene Etikett mit den italienischen Verzierungen und dem Namen der Fratelli Averna und blickte erstaunt in das freundliche Gesicht des Obers.
»Der Herr dort drüben möchte Sie zu dieser Flasche einladen«, sagte er und zeigte auf den mir unbekannten Gast, der in diesem Moment aus dem Halbdunkel des Restaurants zu mir herübernickte. Ich sah ihn an und wußte nicht, wie ich reagieren sollte.
Ich nickte ebenfalls kurz und sagte zu dem wartenden Ober: »Richten Sie dem Herrn bitte aus, daß ich mich herzlich für seine Einladung bedanke und …« Ich konnte nicht mehr weitersprechen, griff zur Flasche und füllte

mein Glas. Ich wußte nicht, was diese Geste zu bedeuten hatte und wollte daran noch keinen weiteren Gedanken verschwenden. Es gibt nichts, was es nicht gibt auf dieser Erde – warum sollte also ein etwas einsam wirkender Mann, der allein in einem Café saß, nicht einen anderen Mann zu einer Flasche Averna einladen? Mußte ich auf alles eine Antwort geben, mußte ich mir alles erklären? Ich hatte keine Lust und Zeit und Muse, das Geheimnis dieser Einladung zu enträtseln, also versank ich wieder in meiner Erinnerung ...

Ich wanderte in dieser Nacht durch die leeren Straßen und wußte nicht, was ich tun sollte.

Es hatte keinen Sinn, zurückzugehen und ein noch größeres Unglück zu provozieren. Es hatte keinen Sinn anzurufen, es hatte keinen Sinn, irgend etwas zu tun. Ich hatte mein Leben lang immer irgend etwas getan. Ich hatte immer gezogen, geordnet, versucht, etwas ins Lot zu bringen. Anstrengungen geliefert und Berge erstiegen, nur weil sie einfach da waren.

Warum ...

Warum war ich auf die Gipfel der Empfindungen gestiegen, wenn die Folge nach diesem Aufstieg nur der Abstieg sein konnte – oder so wie in dieser Nacht – ein Absturz.

Zweimal hintereinander hatte ich erfahren, daß ich sie nicht an der Hand nehmen konnte, um sie mit mir zu ziehen.

Zweimal war ich ausgerutscht und gestürzt. Wenn das erste Mal noch eine Möglichkeit in sich geborgen hatte, alles wieder gutzumachen, so war diese Illusion nach dieser Nacht endgültig dahin.

Es war ein Sprung in unseren Burgmauern gewesen, nach dieser unglückseligen Cocktailparty, und den Versuch, diesen Riß wieder zu kleben, wollte das Schicksal nicht haben. »Versteh es endlich«, schien diese Nacht zu brüllen. »Versteh es endlich, daß ihr nicht füreinander geschaffen seid. Versteh es endlich, daß es einen Unterschied gibt zwischen dem, was du dir erhoffst, und dem, was möglich ist. Akzeptiere die Absage des Lebens an deinen Versuch, etwas zu machen. Akzeptiere, daß sie doch nicht die Frau deines Lebens ist – erwache aus den Träumen, deinen Hoffnungen, und werde wirklich.«

Wirklich … Wie sollte ich wirklich werden, wenn ich die Prüfung zwar erkannte und vielleicht sogar gern die Kraft gehabt hätte, wirklich zu sein und zu gehen – wenn mich ihr Gesicht aber überallhin verfolgte.

Warum hatte mir das Schicksal diese Liebe zu ihr in mein Herz gedruckt und damit gleichzeitig das Scheitern verbunden? Warum war ich denn überhaupt so tief mit ihr verbunden worden? Nur, um den grausamen Schmerz zu spüren, der seit dieser Nacht in mir wütete? Was war die Botschaft, was sollte ich erkennen? War es die Tatsache, daß ich von Anfang an in die Irre gelaufen war? War es die Tatsache, daß ich mit meiner Demut konfrontiert werden sollte? Eine Demut, die endlich aus der Einsicht bestand, daß ich nicht alles machen konnte? Ich konnte nicht gegen eine Kraft an, die stärker war als ich, und das hatte ich so noch nie erlebt.

Ich hatte auch noch nie so geliebt, aber alles andere im Leben, was man »machen« kann, hatte ich doch immer wieder erzwungen. Meinen Beruf, meinen Körper, meinen Geist, meine Bildung, mein Aussehen, meine Zeiteinteilung – alles hatte ich immer unter Kontrolle gehabt, hatte Macht über mein Leben gehabt, konnte »machen«, was ich wollte.

All das … All diese Allmacht war plötzlich einer Ohnmacht gewichen, die nicht den kleinsten Spalt offenließ, um ihr doch noch heimlich zu entgehen. Es war kein kurzes Ruhegeben, so wie in der Woche an der Ostsee. Es war kein ermüdetes Atemholen, um mich nach einer kurzen Rast doppelt vehement in die Schlacht zu stürzen. Es war das ausweglose Verlorenhaben des Glücks.

Vielleicht hatte sie tatsächlich gewußt oder auch nur geahnt, daß ich früher zurückkommen würde, und hatte mich dieses Bild auf dem Tisch ansehen lassen, um mir ein für allemal und unmißverständlich klarzumachen, daß es vorbei war.

Ich wußte, daß sie es tun mußte und daß ich es früher oder später vorgeführt bekommen hätte. Sie hätte es mich auf diese unbedingte Weise so oder so spüren lassen müssen, weil sie wußte, daß ich ein Mann war, den nur ein Donnerschlag der Götter stoppen konnte. Meine nie beendete Lust, uns beide zu verschmelzen, hatte diesen Untergang gebraucht, weil ich sonst immer einen Ausweg gefunden hätte, um nicht loszulassen.

Niemals hätte ich sie freiwillig gehen lassen, wenn sie mir nicht die Finger gebrochen hätte, die um ihr Leben lagen. Alles Toben und Schreien, daß in dieser Nacht langsam aus mir herauszubrechen begann, hatte keinen Sinn.

Wir waren wieder an dem Punkt angelangt, an dem wir schon einmal, bei unserer Begegnung in Rom, gestanden hatten. Ich hatte nicht auf sie gehört. Ich war nicht vorsichtig gewesen. Ich hatte ihr Leben, ihre eigentliche

Natur, die nicht wirklich zu mir passen wollte, nicht respektiert. Ich hatte übersehen, daß sie eine Freiheit und Wildheit in sich trug, die mir im tiefsten Herzensgrund immer Angst gemacht hatte, weil ich wußte, daß sie der Anlaß sein konnte für unser Auseinandergehen.
Die Götter hatten lange Zeit meinem Versuch, sie zu besitzen, zugesehen, bis sie einsehen mußten, daß meine Erkenntnis nur mit dem wirklichen Tod unserer Liebe besiegelt werden konnte.
Ich konnte nichts machen ...
Ich konnte nichts machen ... Ich kann nichts machen ...
Keine Gewalt der Erde ist stärker als die wahre Natur eines Menschen, und je länger man sie unterdrückt, um so grauenhafter sind die Verwüstungen, wenn der Ausbruch aus der Enge erfolgt.
War meine Liebe zu ihr nichts anderes als eine grausamst getarnte Falle für das Tier in ihr, das ich nicht begreifen konnte – und deshalb zähmen wollte?
War dieses Erleben ein Aufruf an mich, mein eigenes Tier zu suchen und die Riegel der Zivilisation zu öffnen?
Ich saß in einem kleinen Park und blickte auf den See, der inmitten der gepflegten Wiesen lag und dem Mond einen Anlaß bot, sich über sein eigenes Spiegelbild zu freuen. Wie gleichgültig mein Wahnsinn doch der Welt war.
Nichts ... Nichts – überhaupt nichts änderte sich am ewigen Drehen der Erde, obwohl ich das Gefühl hatte, alles müßte knirschend stehenbleiben, sich zu mir wenden und sagen: »Wir verstehen dich, dieser Schmerz ist die Hölle auf Erden ...«
Ja, die Hölle auf Erden ... Die Hölle ...
Die Hölle ist nämlich kein heißer Ort, an dem man mit

vielen anderen unter brennendem Feuer leidet, die Hölle ist die kalte Einsamkeit, die einen erwürgt und sagt: »Es gibt keine Liebe für dich, deine Wünsche werden nicht erfüllt, deine Einsamkeit nicht erlöst …«

Die Einsamkeit wird nicht erlöst – das ist die Hölle. Das Verlassenwerden und Zurückbleiben in der Kälte ist die Hölle. Und diese Hölle ist um so kälter und stiller, je mehr man zuvor durch einen Spaltbreit die Wärme des Himmels erleben durfte.

O mein Gott, hätte ich doch niemals diese Zärtlichkeit und Hingabe mit ihr erlebt, hätte ich doch niemals ihre Küsse gefühlt, die den Himmel in mir erleuchtet hatten. Wäre ich doch niemals in die Geborgenheit ihrer Umarmung gefallen – ich hätte keine Erinnerung an das verlorene Paradies …

Die Erinnerung ist das Werkzeug, mit dem die Hölle des Verlustes arbeitet, um den Schmerz zu erhöhen, wenn man anfängt, sich zu beruhigen.

Es darf keine Ruhe geben in dieser Folter, und darum zeigt einem die Erinnerung immer wieder, was man verloren hat. Immer wieder lächelte sie mich an, immer wieder strich sie mir über die Wangen, immer wieder umarmte und beschützte ich sie im Schlaf, wenn sie unruhig träumte, und immer wieder sagte sie daraufhin fast ohne aufzuwachen: »Du bist da …«

Jetzt war es aus.

Jetzt war es vorbei.

Jetzt war sie nicht mehr da …

Ich saß in diesem kleinen, kalten Park, und einige Wolken zogen über den Mond, und irgendwann sank ich in den Schlaf.

Als ich aufwachte, liefen kleine Kinder um meine Bank und spielten mit einem roten Ball. Ihre Mütter saßen zusammen unter einem Baum und plauderten miteinander und bewachten das Spiel ihrer kleinen Söhne und Töchter und wußten, daß ihr Leben mit diesem Kind eine Fortsetzung – einen Sinn – erhalten hatte.
»Warum«, dachte ich, »warum sie, und nicht ich... Warum werde ich kein Kind mit Maria haben, das unsere Fortsetzung sein würde, warum durfte ich nicht zusehen, wie mein Kind, das mit meiner geliebten Frau aus einer Gemeinsamkeit entstanden war –«
»Aus ... aus ... Schluß ... Hör auf, du bringst dich um!«
Ich setzte mich auf und sah sein Gesicht vor mir. Mein Schutzengel stand ein paar Meter von mir entfernt auf der Wiese und hatte mich mit seinem Satz endgültig wachgeschlagen.
»Hör auf damit, du bringst dich um!«
Warum sagte er das – welche Sorge konnte er noch haben um mein Leben – wo doch das Leben in dieser Nacht aufgehört hatte, *mein* Leben zu sein.
»Auch wenn du es jetzt nicht verstehen kannst, es ist richtig, was geschehen ist, laß die Erinnerung jetzt hinter dir ... Laß die Erinnerung jetzt hinter dir ...«
Er verschwand, und ich dachte an seine Worte. Ich wußte nicht, wie ich die Erinnerung hinter mir lassen sollte, aber ich wußte, daß er recht hatte, wenn ich dem tatsächlichen Verrücktsein entgehen wollte. Ich konnte nur hoffen, daß die Erinnerung mich hinter sich lassen würde, da ich nicht wußte, wie ich ihre Bilder zum Verstummen bringen sollte.
Vielleicht würde es eines Tages für die Erinnerung unin-

teressant werden, mich zu prüfen, und sie würde verschwinden.
An diesem Morgen war ich aber noch so weit davon entfernt, daß ich versuchte, mich gewaltsam, zumindest für eine Weile, zu sammeln.
Ich stand auf, nahm meine Tasche und verließ den Park. Ich hielt ein Taxi an und fuhr zu den Filmstudios, in denen wir weiter an unserem – an meinem Film arbeiten wollten. Vielleicht war mein Assistent ja doch schon angekommen, und vielleicht würde mich ein Gespräch mit ihm eine Weile ablenken. Obwohl ich nicht an diese Sätze glaubte, stieg ich doch aus dem Taxi und betrat die Räume, in denen wir den Film produzierten.
In meinem Büro wartete mein Aufnahmeleiter mit einem Fax des Produzenten auf mich.
Ich stand da und las immer wieder die folgenden Zeilen:

»Sehr geehrter Herr Haller. Ich habe soeben die ersten Muster Ihrer Dreharbeiten an der Ostsee gesehen. Die filmische Umsetzung der Szenen entspricht in keinster Weise meinen Vorstellungen und dem Inhalt unserer ersten Produktionsgespräche zu diesem Film. Ich sehe die weitere Arbeit an diesem Projekt durch Ihre Mitwirkung gefährdet und entziehe Ihnen, nach Paragraph 5 Absatz 2 Ihres Regievertrages, mit sofortiger Wirkung die Regie. Sie haben einen Tag Zeit, Ihr Büro zu räumen, um Ihrem Nachfolger die Örtlichkeiten zur Verfügung zu stellen – Hochachtungsvoll ...«

Ich ging ins Freie und rief meinen Anwalt an, der sich erleichtert zeigte bei meinem Anruf, da er soeben in einem Telefonat mit meiner Frau erfahren hatte, daß sie sich von mir scheiden lassen wollte – im übrigen hätte er eine Klage des Anwaltes meines Produzenten wegen schwerer Körperverletzung auf dem Tisch liegen.

Ich versuchte, Maria anzurufen, und erfuhr von ihrer Stimme auf dem Anrufbeantworter, daß sie auf unbestimmte Zeit verreist war. Ich führte einen Prozeß gegen meinen Produzenten, den ich verlor, ich führte einen Scheidungsprozeß, der damit endete, daß ich mein Haus, meinen Wagen und mein Geld verlor und Unterhaltszahlungen zu leisten hatte, die für mich arbeitslos gewordenen Regisseur nicht zu bezahlen waren. Ich suchte mir ein kleines Zimmer am Stadtrand und konnte meinen Zusammenbruch nicht mehr aufhalten.

Ich tastete mich durch die Geschichte der vergangenen zwei Jahre und suchte nach dem Sinn.

Warum … warum …

Warum war all das so gekommen? Es gab nichts mehr, was man mir nehmen konnte, außer meinem Leben. War es das? War das die Botschaft – zu erkennen, daß es mein Leben war, das ich verlieren sollte?

Hatte mir das Schicksal alles genommen, um mich so in die Enge zu treiben, daß es nur mehr einen Ausweg gab für mich? Sollte ich mir zuvorkommen und mir selbst das Leben nehmen, bevor der Tod es für mich tat? Sollte ich mit einer letzten Tat gehen und nicht darauf warten, vertrieben zu werden?

Ich fühlte einen übermächtigen Druck und eine Todesangst, die immer härter zuschlug, und wollte mir eine Zigarette anzünden. Meine Hände zitterten so sehr, daß ich das Feuerzeug nicht ruhig halten konnte, um es zu ent-

flammen. In diesem Moment trat der unbekannte Mann aus dem Restaurant an meinen Tisch, gab mir Feuer und sagte: »Es gibt einen Ausweg für Sie –«
Ich sah ihn an, sah, wie meine Zigarette zu brennen begann und sagte: »Setzen Sie sich …«
Er nahm Platz und sah mich an.
»Gibt es ein Wort für diesen Ausweg?« fragte ich.
»Ja«, sagte er, »das Wort heißt Mord.«

Das helle Leinentuch des Sonnenschirms über unseren Köpfen hob und senkte sich in den heißen Windstößen, die über die Piazza zogen.
Der Obelisk warf den Zeigefinger seines langen, spitzen Schattens bis zu unserem Tisch, und das Fenster über dem Café »La dolce vita« wurde geschlossen.
Ich saß da und blickte dem Fremden in die Augen. Sie sahen mich aus weiter Entfernung an und warteten auf eine Antwort. Was sollte ich sagen? Wie konnte ich das Gespräch weiterführen?
Ich hatte mehrere widerstrebende Gefühle in mir. Irgend etwas in meinem Kopf wurde wie von einer festen Hand umklammert und konnte sich nicht bewegen. Ich konnte mich nicht bewegen oder zur Wehr setzen oder lachen. Lachen, das wäre eine mögliche Antwort gewesen. Ein Lachen hinausknallen auf die Annäherung dieses fremden Mannes, der sich zu mir gesetzt hatte und all meine suchenden Gedanken auf einen Punkt gebracht hatte.
»Mord«, hatte er gesagt.
Mord.
Ich holte tief Luft und brachte wieder kein Wort über die Lippen. Mord – es war ganz einfach.
Ich wußte nicht, wieso er sich genau an diesem Punkt in mein Leben Eintritt verschafft hatte, an dem der gordische Knoten in mir auf eine erlösende Tat wartete. Ich fühlte nur, daß dieses eine Wort irgend etwas zum Klingen

brachte, das ich selbst noch nicht gewagt hatte anzurühren. Es war wie die Erlösung nach einer langen Reise durch die Wüste der Verzweiflung, an deren Ende man plötzlich eine Stadt auftauchen sieht – eine Oase, eine Rettung aus der Orientierungslosigkeit, ein …

»Verzeihen Sie, wenn ich Sie so überfalle«, sagte er in mein Schweigen und winkte dem Kellner, um sich ein Glas zu bestellen. »Darf ich …«, sagte er und füllte das Glas zur Hälfte mit Averna und ließ einige Eiswürfel in die Flüssigkeit fallen, auf deren Oberfläche sich das Sonnenlicht brach.

»Sie sind nicht allein mit ihrem Erlebnis«, sagte er und nahm einen kleinen Schluck. Seine selbstverständlichen Bewegungen und seine ruhige Art, mit mir zu reden, als würden wir nur über das Wetter plaudern, lockerten mich etwas auf.

»Wer sind Sie?« fragte ich und versuchte, in seinem Gesicht zu lesen, ob ich ihn vielleicht von früher kannte. Vielleicht war es doch eine entfernte, lang zurückliegende Bekanntschaft, und ich hatte sie nur vergessen. Vielleicht kannte dieser Mann ganz einfach meine Lebensgeschichte und war nur zufällig in Rom, um die Sixtinische Kapelle zu besuchen, und wollte mich mit seinem Auftritt nur aufrütteln, um –

»Wir kennen uns nicht«, sagte er, »auch wenn Sie jetzt vermuten, daß Sie mein Gesicht nur vergessen haben, wir kennen uns nicht, doch wir sind auf unterschiedlichen Wegen zu einem Ziel gekommen, das wir beide erwartet haben. Das ist es, was uns verbindet, und deswegen komme ich Ihnen vielleicht bekannt vor. Ich aber sage Ihnen, daß wir einander noch nie gesehen haben.«

Er löschte mit seinen Sätzen jede Möglichkeit aus, für sein Erscheinen an meinem Tisch eine logische Erklärung zu finden, und lächelte mich ruhig an. »Sie glauben vielleicht, daß es für die Schmerzen in Ihnen keine Steigerung mehr gibt – ich aber sage Ihnen, Sie stehen erst am Anfang dessen, was ein Mensch ertragen kann.«
Wie konnte er so sprechen? Was gab ihm die Sicherheit, so genau den Finger auf meinen Zustand zu legen?
»Sie haben alles verloren, nicht wahr? Ihre Liebe, Ihre Hoffnung, Ihre Zukunft, Ihre Existenz ... Ja, das tut weh ... Sie glauben, daß Sie diese Schmerzen in Ihrer Seele nicht mehr länger ertragen können, und überlegen sich, ob es nicht besser wäre, aus dieser Welt zu gehen. Warum? Warum sollten Sie das tun? Es wäre niemandem gedient, und diejenigen, die Sie zerstört haben, würden weiterleben. Sie würden keine Strafe erhalten für ihre Grausamkeit und würden vielleicht auch noch andere Menschen ins Unglück stürzen. Warum also sollten Sie das Feld verlassen, auf dem diese unglaublichen, verletzenden Spiele gespielt werden? Warum sollten Sie aufgeben und kampflos gehen? Nur, weil Sie verwundet sind, nur, weil Sie bluten, nur, weil Sie gelernt haben, daß Widerstand sinnlos ist? Ich sage Ihnen etwas: Widerstand ist so sinnlos, daß man ihn leisten muß. Stehen Sie auf, und tun Sie das, woran Sie nicht zu denken wagen. Drehen Sie den Lauf der Dinge um. Beantworten Sie die Demütigungen, die Sie erlebt haben, indem Sie zurückschlagen. Stehen Sie auf, und üben Sie Rache.«
Ich sah vor mich hin und ließ das Echo seiner Worte in mir verklingen. Er hatte etwas gesagt, das ich zu schwach gewesen war, auch nur zu denken.
Rache ...

Jetzt mußte ich plötzlich doch lachen, weil ich – ja warum … War es nicht genau dieses Wort, das ich im tiefsten Inneren liegen hatte und nur nie ausgesprochen hatte, weil ich überhaupt keine Möglichkeit gesehen hatte, Rache zu üben? War ich nur deswegen nie in die Nähe dieses Gedankens gekommen, weil das Wort Rache zwar voller Vehemenz war, die Umsetzung jedoch ein Ding der Unmöglichkeit?

»Es ist nicht unmöglich, das zu tun, wovon wir kaum zu träumen wagen, es ist nur unmöglich, wenn wir es als unmöglich ansehen.« Er nickte mich an und lächelte. Sein Lächeln schien mir aus einer Ferne zu kommen, die dort beginnt, wo ich nie hingesehen hatte. Ich hatte nie auf den Punkt gesehen, der in meinem Denken verschlossen war, wie in einem tiefen Verlies.

Ich hatte nie den Mut gehabt, mich loszulösen von der Vorstellung, daß es unmöglich war, das Schicksal zu verwandeln. Warum eigentlich?

Warum war ich nicht hingegangen und hatte zurückgeschlagen?

Weil ich geglaubt hatte, es wäre sinnlos, sich den Schlägen der Lieblosigkeit durch Gewalt zu entziehen? War vielleicht tief in mir eine Form von Masochismus verborgen, die es hinnehmen wollte, daß alles, was mein Leben ausgemacht hatte, zerstört wurde?

Andererseits – wie hätte denn meine Rache aussehen sollen?

Wie hätte ich Widerstand leisten sollen?

Wie hätte ich –

Ich fühlte mich plötzlich durch die bestimmte Art dieses Fremden in die Enge getrieben.

»Wie kommen Sie dazu, mich anzusprechen?« fragte ich ihn. »Wer sind Sie überhaupt, was wollen Sie von mir – ich kenne Sie nicht und sehe keine Veranlassung, mit Ihnen weiterzusprechen. Bitte gehen Sie, und lassen Sie mich allein.«

Er sah mich an und sagte: »Ich habe Sie angesprochen, weil Sie am Ende eines langen Weges stehen und im Moment daran glauben wollen, daß es für Sie keine Zukunft gibt. Ich habe Sie angesprochen, weil Ihnen Ihre Vergangenheit die Augen verschlossen hat und Ihren Kopf zu Boden drückt. Ich habe Sie angesprochen, um Ihnen zu sagen, daß es nach diesem Punkt, an dem Sie jetzt stehen, ein zweites Leben gibt. Es gibt eine Zukunft für Sie, von der Sie noch keine Ahnung haben. Diese Zukunft braucht dieses schreckliche Ende all Ihrer Hoffnungen, um von Ihnen als Zukunft angenommen zu werden.

Wehren Sie sich nicht dagegen, daß ich den Finger auf Ihre Wunden lege. In Wahrheit ist es genau das, worauf Sie gewartet haben, ohne es zu wissen.

Wollen Sie lieber weiter hier allein in der Hitze sitzen und sich betrinken? Wollen Sie sich ergeben wie ein Löwe, der den Wölfen seine Kehle hinhält, ohne zum Kampf aufgestanden zu sein? Wollen Sie ertrinken, ohne den Bleigürtel abzuwerfen, der Sie in die Tiefe zieht? Bitte sehr, wenn Sie das wirklich wollen, kann ich wieder gehen.«

Er stand auf und wollte sich entfernen.

»Nein«, sagte ich, »bitte bleiben Sie, ich … Ich war nur im Moment etwas … Die Situation ist nur … sie ist –«

»Sie ist unerwartet, nicht wahr?«

»Ja, das ist es …«

»So unerwartet, wie die Begegnung mit Ihrer Frau, und so unerwartet, wie das Ende Ihrer Liebe – nicht wahr?«
Er stand vor mir und blickte auf mich herab.
»Woher wissen Sie …«, ich stockte und sah, daß er sich wieder setzte und die Augen schloß.
»Ich weiß, was ich sehe, und ich kenne dieses Gefühl, das in Ihnen ist und das nach außen strahlt, um Sie herum liegt wie ein schwarzer Schatten, der sich nicht verliert. Auch wenn Sie glauben, mit Ihrem Schmerz allein zu sein, sage ich Ihnen – es gibt noch eine Steigerung … Es gibt noch eine Steigerung … Wollen Sie mir nicht erzählen, wie es gekommen ist, daß Sie jetzt hier sitzen und glauben, daß alles zu Ende sei … Ich bitte Sie, mir zu erzählen, was geschehen ist, und nichts auszulassen, ich werde Ihnen dann, wenn Sie mögen, meine Geschichte erzählen.«
Er öffnete wieder seine Augen und ließ mich eine Trauer sehen, die bislang noch nicht in seinem Blick gewesen war. Tiefschwarz und einsam sah mich etwas aus dem Hintergrund seines Blickes an und ließ mich verstummen.
Ich erkannte, daß es zu spät war, um wegzugehen. Ein Teil von mir wollte das »Dolce vita«, die Piazza und diese Stadt sofort verlassen und nie wieder zurückkehren. Ein anderer Teil war angezogen und gefangen von diesem Mann und seinem Blick, der schon soviel gesehen hatte und der mich aufforderte, mich zu öffnen und zu erzählen.
Ich begann, ihm alles zu sagen, was ich sagen konnte. Die Geschichte meiner Liebe, meiner Enttäuschung, meiner Verluste. Alles legte ich vor ihm auf den Tisch. Er saß da, trank hie und da einen kleinen Schluck aus seinem Glas und hörte zu.

Noch einmal ging ich durch die Bodenlosigkeiten meines Schicksals der letzten zwei Jahre bis zu dem Tag, an dem ich ihm auf der Piazza Navona begegnet war. Danach saß ich da und wartete auf seine Reaktion.
Was hatte es für einen Sinn gehabt, diesem Fremden meine Geschichte zu erzählen? Was hatte es für einen Sinn gehabt, ihn teilhaben zu lassen an Gefühlen, die für ihn fremd sein mußten und über die er sich vielleicht in seinem schweigenden Zuhören amüsierte.
»Es ist alles genau so, wie ich es erwartet hatte«, sagte er, nachdem ich mit meinem Bericht zu Ende gekommen war. »Es tut mir leid, daß Sie all das erleben mußten, aber ich möchte Sie zwei Dinge fragen: Haben Sie das Gefühl, daß Sie bei Ihren Prozessen Gerechtigkeit erfahren haben? Glauben Sie, daß diese von unseren Gesetzen geschaffene Institution das Recht hatte, über Ihr Leben zu urteilen? Glauben Sie, daß Ihr Schicksal von einem einsichtigen Menschen auf die Waagschale gelegt wurde, um Ihnen gerecht zu werden? Und wenn das nicht so sein sollte, frage ich Sie, was Sie mit den Richtern, die Ihnen gegenüber gesessen haben, machen möchten?
Und meine zweite Frage ist, was Sie mit dem Mann machen wollen, der Ihre Liebe zerstört hat und Ihren Beruf, Ihre Existenz und Ihre Zukunft auf dem Gewissen hat und der in diesem Zerstörungsakt auch noch durch einen Richtspruch bestätigt wurde?«
Als er mir diese Frage stellte, erfaßte mich ein Schwindel, der mich zu drehen begann. Ich wollte nicht noch einmal in diese Erinnerung an die Ungerechtigkeit eintreten, wie in eine Folterkammer, aus der es kein Entrinnen gab. Ich wollte –

»Weichen Sie diesem Gedanken nicht aus, sagen Sie mir, was Sie vor dem Gericht empfunden haben. Sagen Sie es mir, ich bitte Sie!«
»Haß, ich habe nichts als Haß empfunden.«
»Warum?«
»Bitte?«
»Warum haben Sie Haß empfunden?«
»Was soll diese Frage?«
»Bitte antworten Sie mir so genau Sie können. Warum haben Sie Haß empfunden?«
»Weil ich Ungerechtigkeit erlebt habe.«
»Ja, das weiß ich, aber was hatten Sie für Gedanken, was für Gefühle, was haben Sie vor Gericht gedacht ... Ich bitte Sie, mir so genau wie möglich zu erzählen, was in Ihnen vorgegangen ist. Weichen Sie der Erinnerung nicht aus ... Ich bitte Sie ...«
Er stieß mich mit seinen Worten noch einmal in den Gerichtssaal zurück, in dem über mein Schicksal verhandelt worden war. Ich ging wieder durch die kalten, weißen Gänge in dem Gebäude, das am Stadtrand gelegen war, in dem Gerechtigkeit geübt wurde. Was für eine Übelkeit in mir aufstieg, als ich dieses Wort aussprach.
Gerechtigkeit ...
Wenn es irgend etwas nicht gibt in unserer Welt, dann ist es Gerechtigkeit. Wie soll das auch gehen? Wie soll ein Mensch, für den mein Leben nur ein paar Seiten Papier darstellt, Gerechtigkeit üben können, wenn ich nur ein Fall für ihn war, den er so schnell wie möglich hinter sich bringen wollte?
Immer wieder war ich vor einem dieser Richter gesessen, denen das Desinteresse an ihrem Beruf, meinem Fall,

meinem Zustand, meiner Zukunft aus dem Gesicht geronnen war, so, wie fauliger Brei, stinkend und ätzend, aus einem Jauchehaufen herausquillt.
Nie werde ich vergessen, mit welcher Anmaßung und Langeweile über mein Leben entschieden wurde. Ich hatte das Gefühl, hilflos gefesselt vor einem Feind zu stehen, der doch wiederum nur der Sendbote eines Schicksals war, das gegen mich aufstand wie Heerscharen des Teufels.
»Ich wußte beim ersten Erscheinen vor Gericht, daß es keinen Sinn haben würde, mich zu verteidigen. Mein Produzent saß mir mit seinem Anwalt gegenüber und erklärte in langen Monologen, daß er seine berufliche Zukunft nicht länger an mich habe binden können und mir deswegen meine Mitwirkung an seinem Film hatte entziehen müssen. Ich war so hilflos wie ein Tier, das man zur Schlachtbank führt und das am Todesgeruch erkennt, daß es jeden Moment vorbei sein wird.
Es war vorbei mit meiner Arbeit, und es war vorbei mit meiner Zukunft. Ich würde nach diesem Spektakel nie wieder das Vertrauen haben, das man braucht, um befreit eine Geschichte zu erzählen. Mein Beruf war es, Geschichten zu erzählen, und damit war es vorbei.
Ich sah in dem Körper des Richters, wie ein tiefsitzender Widerwillen gegen mich und mein Leben jede Gerechtigkeit verhinderte.
Er war eine kleine Nummer in einem anonymen Apparat und hatte für Menschen wie mich im tiefsten Kern seines Wesens nur Neid und Verachtung. Er würde sein Leben lang in dem kleinen Zimmer im sechsten Stock sitzen, würde ein Leben lang Geschichten und Schicksale erle-

ben, die so unendlich viel spannender waren, als sein Alltag es jemals sein konnte – und dafür übte er Rache.
Er war ein unattraktiver Mann voller Angst und Überheblichkeit, und seine Position gab ihm endlich die Macht, Rache zu üben. Wahrscheinlich war er niemals in seinem Leben auch nur in die Nähe der Möglichkeit geraten, aufrecht zu gehen. Niemals war es ihm vergönnt, aus der drückenden Enge seiner Paragraphen auszubrechen und ein Abenteuer zu erfahren.
Seine nächsten zwanzig Jahre waren bestimmt dazu, die Höhen und Tiefen der anderen zu betrachten und daran erinnert zu werden, daß sein eigenes Dasein aus absoluter Bedeutungslosigkeit bestand. Wenn er das Gerichtsgebäude am Morgen betrat, kam er aus einem Zustand der Langeweile und der tödlichen Gleichförmigkeit, und in diesen Zustand fiel er zurück, wenn er am Abend in seinen grauen Mantel schlüpfte, um nach Hause zu fahren. Dort wartete wahrscheinlich eine Frau, die ihn nicht liebte und die ihn nur geheiratet hatte, um eine durchschnittliche Form der Versorgung zu genießen.
Vielleicht war sie irgendwann einmal davon beeindruckt gewesen, daß er die Macht hatte, über das Leben anderer Menschen zu bestimmen und bei dieser Machtausübung in Kontakt mit aufregenden Schicksalen zu kommen. Es war jedoch nur der Kontakt des Beobachters, dem es selbst verwehrt war, ein aufregendes Dasein zu führen, und als sie das begriffen hatte, war es zu spät.
Sie war mit einem Mann verheiratet, der ein Zuseher war, der am Rande des Spielfeldes zusehen muß, wie das Schicksal der anderen an ihm vorbeizieht. Aus diesem Zusehen war eine Form der kalten Gleichgültigkeit gewor-

den, deren Höhepunkt darin bestand, zu verhindern und zu zerstören.
Er konnte Hoffnungen zerstören mit einer einzigen Unterschrift, und nicht einmal in diese Handlung mußte er sein Leben einbringen, nicht einmal zu dieser Tat mußte er etwas aus seiner Sicht der Dinge beisteuern, weil er sich ja verstecken konnte. Feige und hinterhältig konnte er ein dickes Buch vor sich hinhalten, in dem andere für ihn die Gesetze formuliert hatten, die so oft das Ende eines Lebens bedeuteten.
Er mußte kein Rückgrat haben, um eine Entscheidung zu treffen. Er konnte in Wirklichkeit seine Sympathie und Antipathie ausleben, ohne dafür zur Rechenschaft gezogen zu werden.
Lebendigkeit war sein Todfeind, und das habe ich zu spät bemerkt. Am ersten Prozeßtag, als es darum ging, die Beweisaufnahme durchzuführen und den Gegnern vor Gericht eine Möglichkeit zu geben, ihren Standpunkt zu vertreten, hatte ich einen schwerwiegenden Fehler gemacht. Ich hatte mich erregt.
Ja, ich hatte mich aufgeregt darüber, in diese Situation gekommen zu sein. Ich hatte mit der unglaublichen Beschuldigung zu leben, daß ich meinen Produzenten körperlich angegriffen habe, weil meine Unfähigkeit, einen Film zu drehen, von ihm – meinem Geldgeber – erkannt worden sei.
Mein Produzent hatte zu Protokoll gegeben, ich hätte ihn in meiner Wohnung attackiert, nachdem er mir eröffnet habe, daß meine berufliche Unfähigkeit nicht mehr länger tolerierbar sei. Ich hätte in maßloser Selbstüberschätzung die Finanzierung des Filmes gefährdet, hätte unent-

schuldbare Fehler gemacht und wäre jeder positiven Kritik gegenüber verschlossen geblieben. Aus all diesen Gründen hätte man mir meine Arbeit wegnehmen müssen, um eine Katastrophe zu verhindern. Das wiederum hatte ich in meiner charakterlichen Labilität nicht verkraftet und meinen Arbeitgeber daraufhin tätlich angegriffen.
Als mein Gegner diese Aussage machte, war er kühl und gelassen wie eine Statue aus Granit. Kein einziges Mal konnte er mir in die Augen sehen. Kein einziges Mal das Wort direkt an mich richten. Wie bei einer Maschine rollten seine kalten Lügen über seine Lippen und zogen eine breite Schleifspur der Unverschämtheit quer über die Wahrheit des Geschehens.
Ich hatte es nicht mehr länger ertragen und war laut geworden.
Ich hatte ihn unterbrochen und ihn einen Lügner genannt, der sich schämen sollte, die Wahrheit so zu verdrehen, bis die Welt auf dem Kopf zu stehen kam.
Der Richter wandte seinen Kopf in meine Richtung und gebot mir zu schweigen. Ich konnte es nicht ertragen, all diesen Unwahrheiten hilflos zuhören zu müssen, und schrie vor Verzweiflung. Ich war gefangen in meiner Liebe zu ihr, die verhinderte, daß ich der ganzen Welt zurufen konnte, was in jener Nacht tatsächlich geschehen war. Ich konnte nicht die Wahrheit sagen, ich konnte es nicht – ich wollte nicht erleben, daß das Bild meiner geliebten Frau, das ich in jener Nacht auf unserem Tisch gesehen hatte, für alle anderen offenbar wurde.
Ich wußte, daß ich verloren war, und schrie wie ein Tier, dem man die Gurgel zersticht.
Noch einmal versuchte der Mund des Richters bändi-

gende Worte um meinen Ausbruch zu legen, was mich nur noch wütender machte. Ich erkannte, wie sich sein Gesicht mehr und mehr zu verhärten begann, weil ich seine Autorität mit meinem Ausbruch nicht anerkennen wollte.
Ich sah, als ich zu meinem Gegner blickte, wie ein zynisches Lachen in seinen Augen lag, und konnte fühlen, wie sich das Blatt des Schicksals gegen mich wendete.
Die Situation wurde zu einem großen Netz, durch dessen weite Maschen der Strom meiner Rechtfertigungen hindurchfloß. Er floß hindurch, ohne durch irgendein Verständnis gebremst zu werden, und versickerte im Bodenlosen. Gleichzeitig zog sich dieses Netz der Gerechtigkeit immer enger um mich zusammen und engte meine Gliedmaßen ein, bis ich mich nicht mehr bewegen konnte.
Es war in den toten Augen des Richters zu sehen, welche Bedrohung mein Ausbruch für ihn war.
Er gehörte zu den Menschen, deren Aufgabe es war, in unserer Gesellschaft für Ruhe zu sorgen.
Die Ruhe eines Friedhofs war es, die er als Lebensziel hatte, und meine Art, sich zu wehren, paßte nicht in dieses autoritäre Konzept. Als ich sah, daß ich immer mehr an Boden verlor durch meinen heftigen Versuch, der Wahrheit ans Licht zu verhelfen, begann ich noch verzweifelter um mich zu schlagen. Jeder Ordnungsruf des Richters brachte mich noch mehr auf und steigerte meine ohnmächtige Wut.
Was war los?
In welche Situation war ich geschleudert worden? Welche Spielregeln sollte ich anerkennen, um meine Haut zu retten? Sollte ich Demut heucheln, nur um der Autorität des Gesetzes das Gefühl zu geben, triumphiert zu haben?

Sollte ich diesem Richter vorspielen, daß er mich zum Schweigen bringen konnte, nur weil ich Angst haben mußte, in seine Ungnade zu fallen? Ich stand vor der Entscheidung, sein System der Leblosigkeit durch Unterwerfung zu bedienen oder aber, ohne Rücksicht auf Verluste, aufrecht stehen zu bleiben.
›Mein Gott, setzen Sie sich hin‹, raunte mir mein Anwalt zu, ›mit Ihrer Art verderben Sie noch alles.‹
Ich stand da und sah mich im Gerichtssaal um.
Es war ein häßliches Zimmer mit billigen Tischen und der seltsamen Atmosphäre von Angst und Enge, die mich an meine Schulzeit erinnerte.
Sollte ich mich tatsächlich wieder setzen? Sollte ich heucheln, die Autorität eines Mannes anzuerkennen, der überhaupt keine Ahnung davon hatte, was die Wahrheit war? Einen Mann, der Lebendigkeit als seinen Todfeind ansah und der in mir das Opfer gefunden hatte, das er brechen konnte? Ich hatte es in der Hand, durch eine einzige Lüge das Schicksal der Niederlage abzuwenden, und tat es nicht.
Ich wußte, daß es in diesem Saal mit der Nummer 667 um mehr ging als nur um eine Aussage und den Sieg in diesem Prozeß.
Es ging nicht darum, eine unverschämte Lüge durch den Anschein der Gelassenheit zu entkräften. Es ging nicht darum, durch stilles Blickesenken vor einem unverschämten Feind die Pfeile von sich abzuwehren, die aus einem Hinterhalt abgeschossen wurden.
Es ging um viel mehr als das.
Es ging für mich in Wahrheit um mein Leben.
Die Fakten standen gegen mich, meine Zukunft in mei-

nem Beruf war verspielt. Ich hatte gegen die eisernen Gesetze verstoßen, die besagen, daß man niemals gegen seinen Auftraggeber kämpfen darf. Es ging weniger um den möglichen Prestigeverlust – es ging darum, daß alle anderen ab diesem Prozeß wußten, daß ich bereit war zu kämpfen.

Ich hatte die Aura des Schwierigen, des Unberechenbaren, des Unzuverlässigen erhalten, und dagegen konnte ich nicht mehr gewinnen. Selbst wenn ich diesen Prozeß gewinnen sollte, hätte ich verspielt. Niemand würde mir mehr Arbeit geben, weil niemand das Risiko eingehen wurde, mich zähmen zu müssen.

Wenn ich schon die Unverschämtheit besessen hatte, einmal die Hand zu beißen, die mich fütterte, würde ich es wahrscheinlich wieder tun. Ich war nicht mehr als zuverlässig einzustufen und daher so oder so verloren. All die Träume, die ich in meine Zukunft hatte, waren zerplatzt, noch bevor ich den Gerichtssaal überhaupt betreten hatte.«

»Das verstehe ich alles sehr gut«, sagte der Fremde und gab mir wieder Feuer. »Ich kenne diese Gedanken, und ich kenne diese Ohnmacht und diesen Haß und die Ausweglosigkeit sehr gut ... Ist es für Sie damit getan?«

»Was wollen Sie damit sagen?«

Ich zog an meiner Zigarette und wußte nicht, worauf er hinauswollte. »Ich glaube, daß Sie bei den Gedanken an das Gefühl der Hilflosigkeit und des Ausgeliefertseins wahnsinnig geworden sind.«

»Ja, das bin ich«, sagte ich und versuchte, seiner Stimme auszuweichen, die ein seltsames Drängen in ihrem Ton entwickelt hatte.

»Versuchen Sie nicht, diesem Gefühl des Hasses zu entgehen, sagen Sie mir, was sie am liebsten getan hätten oder immer noch am liebsten tun würden.«
Ich blickte über den Platz und konnte nichts sagen. Es war nicht so, daß ich keine Vorstellungen davon gehabt hätte, wie meine Notwehr ausgesehen hätte, wenn wir in einer anderen Welt leben würden.
»Was würden Sie am liebsten tun, wenn mit einemmal die Gesetze unserer Zivilisation keine Macht mehr hätten?« fragte der Mann, der mir gegenübersaß und mich unablässig fixierte, »sagen Sie es – scheuen Sie nicht davor zurück, vor sich selbst zu erschrecken. Vergessen Sie, daß ich Ihnen zuhöre, erzählen Sie doch einfach dem Obelisken dort drüben, was Ihre tatsächlichen Bedürfnisse sind, angesichts dieser infernalischen Beleidigung, die Sie erleben mußten. Angesichts dieser existenzzerstörenden Unverschämtheit, die Sie in diesem Gerichtssaal erleben mußten, von diesem Feigling – diesem ängstlichen, hinterhältigen, erbarmungslosen Feigling …«
»Ich hätte ihn am liebsten getötet«, sagte ich leise und begann plötzlich, tief zu atmen.
»Ja, das verstehe ich. Wie hätten Sie ihn am liebsten getötet?«
»An Ort und Stelle, mitten im Gerichtssaal.« Ich fuhr mir über das Gesicht und fühlte einen Schwall des Ekels, der plötzlich durch die Erinnerung an die gemeinen, kleinen, boshaften Augen des Richters ausgelöst worden war.
»Gut, Sie wollten ihn also mitten im Gerichtssaal umbringen …«
»Ja, das wollte ich.«
»Wie?«

»Was meinen Sie?«
»Ich frage, wie hätten Sie ihn am liebsten umgebracht?«
Ich schluckte und rieb mit meiner Handfläche über das rauhe, pfirsichfarbene Tischtuch, das von einem Windhauch leicht angehoben wurde. »Ich hätte ihn …«
»Ja … weiter.«
»Ich hätte ihm am liebsten den Hals zugedrückt.«
»Wie hätten Sie ihm am liebsten den Hals zugedrückt?«
»Warum wollen Sie das wissen?!«
»Ich möchte, daß Sie selbst es wissen, ich möchte, daß Sie erfahren, was dieser Teil in Ihrer Natur will und nicht darf. Sie haben es ja ohnehin nicht getan, also können Sie doch jetzt darüber phantasieren … Also, wie hätten Sie ihm am liebsten den Hals zugedrückt?«
Ich dachte kurz an den dünnen Gestank der Feigheit, der im Zimmer 667 gelegen hatte, und sagte: »Ich wäre am liebsten aufgestanden und zu seinem Tisch gegangen – ich hätte seinen Tisch beiseite geschoben und mich vor ihn gestellt und ihm in sein Gesicht geschlagen. Ich hätte ihn mit meinen Fäusten halb ohnmächtig geschlagen, dann hätte ich ihm meine beiden Hände um den Hals gelegt. Ich hätte so fest zugedrückt, daß er keine Luft mehr bekommen hätte, und dann meine Daumen auf seinen Kehlkopf gedrückt und so fest zugepreßt, bis seine Stimme nur noch ein Röcheln gewesen wäre …«
Ich atmete schwer und konnte nicht aufsehen –
»Weiter«, sagte der Mann und beugte sich vor, »reden Sie weiter, und stellen Sie sich vor, daß es jetzt, in diesem Augenblick, geschieht …«
»Ich höre sein Röcheln …«
»Ja –«

»Er liegt unter mir auf seinem Richterstuhl und möchte um Hilfe schreien, aber es geht nicht, weil ich so fest zudrücke. Ich starre ihm in die Augen, aus denen mit einemmal alle Überheblichkeit verschwunden ist, und drücke zu. Ich sehe, wie er seine Augen aufreißt, weil er in meinem Blick erkennt, daß das kein Spiel ist. Es ist kein Spiel und kein Affekt. Er sieht, daß ich bei vollem Bewußtsein bin und ihn töten werde. Ich will ihn töten und werde ihn töten … Jetzt fängt er an, um sich zu schlagen und zu grunzen und zu quieken wie ein Schwein, das man ins Schlachthaus zerrt. Er versucht, mich zu schlagen, und seine Fäuste treffen mich in die Seite und ins Gesicht. Er hat aber keine wirkliche Chance, mich zu treffen, weil ich so fest über ihm stehe und er nicht fliehen kann. Jetzt fängt er an zu zappeln und sich panisch hin und her zu werfen, so daß wir beide zu Boden fallen. Er rutscht von seinem Richterstuhl zur Seite, auf den Boden, und dort gelingt es ihm kurz, sich von meinen Händen zu befreien. Er schreit heiser um Hilfe und versucht wegzukriechen.
Ich schaue kurz zu, wie er vor mir davonrobben will wie ein Wurm, der sich unter den Krallen eines Raubvogels verstecken möchte, und ich packe seine Haare und schlage seinen Kopf fest auf den Boden. Es ist ein Holzboden mit kleinem Parkett, und das Holz und seine Schädeldecke knirschen hart und kurz, so heftig schlage ich seinen Kopf immer wieder auf den Fußboden. Er bleibt betäubt liegen, und ich nehme wieder seinen Hals in meinen Griff. Jetzt drücke ich noch fester zu als vorhin und höre seinen Halswirbel knacken. Ich stütze mich mit all meinem Gewicht auf seinen Hals und höre einen seltsamen Ton – wie ein langgezogenes Jaulen – wie das Quietschen

einer rostigen Angel – wie eine Gabel, die über einen Teller fährt. Ich hasse dieses Geräusch, das aus seinem Mund kommt, der noch vor ein paar Minuten so selbstsicher das Todesurteil über meine Zukunft gesprochen hat. Plötzlich spüre ich, wie seine Kraft schwindet. Unter meinen Händen wird er plötzlich schwach und leblos wie eine Mülltüte, die man ausleert. Seine Augen sind immer noch auf mich gerichtet, aber sie haben ihren Ausdruck verloren. Ich weiß, daß sie mich nicht mehr sehen können, und höre auf, mich auf ihn zu stemmen, weil da nichts mehr am Leben ist, das ich aus ihm herausquetschen kann. Er liegt mit halboffenem Mund da und wird nie wieder ein Urteil über einen Menschen sprechen können.

Nie wieder wird aus seinem dünnlippigen Mund ein Urteil auf einen Menschen niederfahren können, der ihm ausgeliefert ist – niemals wieder – niemals wieder.«

Meine Hände hatten sich ineinander verkrampft, als ich meinen Bildern Worte gegeben hatte …

Das war mein Beruf, Bilder zu erzählen, und als ich diese Tötung des Richters vor mir ablaufen sah, wußte ich, daß er niemals eine Chance gehabt hätte, in diesem Gerichtssaal, wenn ich damals nicht einfach schweigend gegangen wäre.

»Ja, ich glaube Ihnen, daß Sie das genau so gemacht hätten«, sagte der Fremde und nickte zustimmend. »Sie wissen, daß diese Todesart sogar noch sehr human ist – nicht wahr?«

»Meinen Sie?«

»Ich meine es nicht, ich weiß es.«

»So habe ich es mir vorgestellt.«

»Können Sie nicht anders töten?«

»Wie?«
»Wollen Sie wirklich, daß Ihre Feinde die Gnade erleben, so schnell aus dem Leben geschickt zu werden … Wollen Sie nicht, daß sie noch etwas länger büßen? Sollten sie nicht immer wieder in ihrer Todesangst erkennen, daß sie sterben werden und die Zeit haben, daran zu denken, wofür sie bestraft werden?«
»Meinen Sie, ich –«
»Ich meine … Verzeihen Sie, wenn ich Sie unterbreche … Ich meine, daß Sie Ihre Strafe etwas zu schnell ausführen. Geben Sie dem Geschehen doch etwas mehr Raum. Lassen Sie den Schmerz, den man Ihnen hat angedeihen lassen, den zu Tötenden doch noch deutlicher fühlen –«
Ich wußte nicht, was ich von diesem Spiel halten sollte, das mich abstieß und im nächsten Augenblick faszinierte.
»Denken Sie nicht darüber nach, ob es richtig ist, mir all das zu erzählen, tun Sie es einfach, und sprechen Sie bitte weiter.«
»Was soll ich noch weitersprechen?«
»Nun, soweit ich mich erinnere, war da doch noch jemand in dem Gerichtssaal. Jemand, dem Sie es verdanken, überhaupt in diese Situation gekommen zu sein. Jemand, der in Ihr Leben bis auf den heutigen Tag eingegriffen hat, und der alles zerstört hat, was Sie lieben.«
Ich sah vor meinem inneren Auge, wen er meinte.
Mein Todfeind stand vor mir und hatte immer noch dieses elende Grinsen in seinem Gesicht. Er grinste mich verschlagen und hinterhältig an und genoß die Zerstörung, die er in meinem Leben vollbracht hatte.
Ich begann zu zittern, als ich an ihn dachte, und in diese

Erregung hinein hörte ich den Mann an meinem Tisch sagen: »Was ist das für ein Gefühl, daran zu denken, daß dieses Schwein Ihre Frau gefickt hat ... hmm? Wissen Sie, wie das für ihn gewesen sein muß, in dem Moment, in dem er seinen Schwanz in ihre geliebte Frau hineingesteckt hat? In ihren zarten, weichen Körper, der so oft in der Nacht Ihre Nähe gesucht hat ...
Können Sie sich vorstellen, wie es war, in dem Moment, als er ihr seinen kleinen Schwanz in den Mund geschoben hat, den Sie auf dem Standesamt nach dem Jawort geküßt haben? Dort hinein hat er seinen ganzen Haß auf Sie und Ihre Liebe gespritzt, weil er niemals so ein Glück erleben würde. Denken Sie daran, wie er den lieblichen Duft Ihres Engels mit seinem Gestank überdeckt hat, bis sie von Kopf bis Fuß eingehüllt war von seinem modrigen, schwefligen Gestank, der ihm aus allen Poren gedrungen ist, als er sie gefickt hat –«
»Hören Sie auf!«
»Warum?«
»Hören Sie auf!« rief ich noch einmal.
»Ich sage Ihnen, daß Sie aufhören sollen. Hören Sie endlich auf, sich die Klingen dieser Erinnerung in Ihr Herz zu stechen, anstatt Vergeltung zu üben. Was sind Sie für ein Mann, was sind Sie für ein Liebender, wenn Sie dieses Dreckschwein, daß Ihnen Ihre Frau genommen hat und Ihr Dasein zerstört hat, entkommen lassen? Sie wollen geliebt haben und sind nicht einmal fähig, so zu hassen, wie es in der Tat angebracht wäre? Was hat es Ihnen denn gebracht, sich kultiviert zu verhalten? Warum haben Sie ihn denn damals in dieser Nacht nicht einfach erschlagen? Warum haben Sie ihn davonziehen lassen? Warum haben

Sie nicht noch eine Zigarette mit ihm geraucht und ihn gefragt, ob es geil war, auf Ihrem Wohnzimmertisch?«
Ich fühlte, wie er mich mit seinen Worten an die Klippe eines Abgrundes trieb, an der es keine Umkehr gab.
Ich wußte, daß er mich genau dorthin brachte, wo eine Zerstörungslust in mir saß, die ich zu fürchten begann.
»Na … Kommt endlich die Papierwand auf Sie zu, auf der geschrieben steht: ›Du sollst nicht töten.‹ Springen Sie durch diese Papierwand hindurch, und erlauben Sie sich endlich, diesen Haß von sich abzuschütteln. Sie können ihn nur abschütteln, indem Sie endlich die Ursache für Ihre Schmerzen besiegen. Wenn Sie schon zu vernünftig waren, um ihn tatsächlich umzubringen, dann tun Sie es jetzt – ich höre ihnen gerne dabei zu.«
»Warum tun Sie das mit mir?« fragte ich und sah ihm zu, wie er mein Glas wieder auffüllte.
»Ich möchte, daß Sie durch diese schwarzen Schleier hindurchtreten, die rund um Sie hängen. Ich beobachte Sie seit dem Augenblick, in dem Sie dieses Café betreten haben. Sie können kaum atmen. Sie können kaum aufrecht sitzen. Die Last der Vergangenheit liegt wie ein Gebirge auf ihrem Wesen, und Sie werden nie wieder lebendig werden, wenn Sie nicht Ihren innersten Gefühlen gehorchen und in den Spiegel schauen. Ich meine nicht den Spiegel, den wir in unserer Gesellschaft aufgehängt haben, um unsere Schmerzen zu spiegeln und unser Akzeptieren der eigenen Ohnmacht. Ich möchte, daß Sie in den Spiegel schauen, um zu erkennen, daß es etwas gibt in Ihnen, das kämpfen möchte. Es gibt etwas in Ihnen, das heraustreten möchte und das Schicksal verändern kann.
Sie sind nur so lange ausgeliefert und ohnmächtig, solange

Sie daran glauben, daß Sie nichts ändern können. Nur wenn Sie glauben, daß Ihr Gegner übermächtig ist, kann er über Sie triumphieren. Wovor haben Sie Angst? Ihr Leben ist verspielt. Ihre Träume werden sich niemals erfüllen. Der Traum von der Liebe nicht, der Traum vom Erfolg nicht, der Traum von einer aufblühenden Zukunft voller Frieden und Harmonie nicht, worauf also warten Sie in wohlerzogener Art und Weise? Befreien Sie sich doch von diesem kultivierten, ängstlichen Gewäsch, und erzählen Sie mir von der Lust, die Sie bei dem Gedanken empfinden, dieses Schwein zu Tode zu bringen – und sagen Sie mir bitte wieder genau, wie Sie das tun.«

Er hatte mich soweit …

Ich war mit einemmal, während seiner Worte, süchtig geworden.

Ich war süchtig danach, meinen mörderischen Visionen Raum zu geben, so wie ein Heroinabhängiger süchtig danach ist, seinen Schuß zu bekommen. Man glaubt eine Zeitlang, daß man ohne die tägliche Dosis auskommen kann, daß man über die Runden kommen wird, ohne in größter Atemnot plötzlich auf den Knien zu liegen und um Hilfe zu betteln.

Der Zustand des Größenwahns, der einem einredet, man sei so stark, keine nächste Spritze mehr zu brauchen, hält nur so lange an, solange das Gift vom letzten Schuß noch in den Adern kreist und einen stark macht. Ungebändigt geht man mit hoch erhobenem Kopf und mit leuchtenden Augen durch die Welt, bis die göttlichmachende Wirkung nachläßt und Jämmerlichkeit Platz macht. Die Jämmerlichkeit überfällt einen von hinten und wirft einen mit dem Gesicht nach unten in den Staub. Dort liegt man dann und fühlt brennende Hitze in den Gliedern und schmeckt den alten Staub auf den Lippen und wäre bereit, alles zu tun, um die nächste Nadel in den Arm stechen zu können, die einen wieder hochzieht und atmen läßt. Wenn man sie nicht bekommt, wird man zum Mörder der eigenen Tochter und der eigenen Zukunft, weil man verloren ist ohne die Droge, die einem das Gefühl der Allmacht schenken kann.

Dieses Gefühl der Allmacht hatte ich zuvor gehabt, als ich den hilflosen Richter im Cinemascope-Film meiner Vorstellungskraft erdrosselt hatte.

Ich hatte eine Lust während dieser Vorspiegelung gefühlt, die mir Angst machte. Ich fühlte eine Vitalität und eine Grenzenlosigkeit in mir, die nur mit einem Liebesrausch zu vergleichen ist. Ich hatte mit einemmal eine glühende Leichtigkeit gespürt, die mich aus dem finsteren Tal meines Selbstmitleides emporgezogen hatte.

Hoch oben flog ich über den Gipfeln meiner Tötungslust und sah, wie die Kraft zur Rache in mir loderte.

Schnell wollte ich von diesen verbotenen Höhen wieder absteigen. Ich wollte nicht wissen, was alles möglich war – wollte nicht fühlen, daß mir der Gedanke an ein verglühendes Leben unter meinen Händen Lust bereitete.

Dann waren aber die Dolchstöße dieses Fremden gekommen, der mich nicht zur Seite weichen ließ. Der mich antrieb, dieser Lust in die Augen zu sehen. Der meinem Vergessen-Wollen die Scheuklappen abriß und mich noch einmal den Geruch hatte riechen lassen, als Maria auf dem Tisch gelegen und das Opfer dieses größenwahnsinnigen Verrückten geworden war.

Ich sah ihn vor mir stehen mit seinen heruntergelassenen

Hosen und wußte genau, wie ich mit diesem Schwein verfahren würde, wenn ich ihn mir ausliefern könnte.
»Sprechen Sie«, drängte mich der Unbekannte. »Sprechen Sie, und sehen Sie alles ganz deutlich vor sich. Lassen Sie nichts aus, und stellen Sie sich vor, daß alles, was sie jetzt sagen werden, tausend Kilometer von hier entfernt zur Wahrheit wird.«
»Ich sehe ihn vor mir stehen …«, begann ich und konzentrierte mich auf die Stille der Nacht, die nur vom Knistern des Holzfeuers gestört worden war …
»Ich sehe ihn vor mir stehen, mit seinen heruntergelassenen Hosen, und ich sehe in seinem Gesicht, daß er Angst hat, weil er nicht weiß, was ich mit ihm tun werde. Er weiß nicht, was ich mit ihm in meinem Haus tun werde, in dem ich ihn dabei überrascht habe, als er meine Frau gefickt hat. Ich sehe, daß ich auf ihn zugehe und ihm meine Tasche über den Kopf schlage.
Er ist so überrascht von meinem Schlag, daß er kurz in die Knie sinkt. Er will wieder aufstehen, und in diesem Moment trete ich ihm mit voller Wucht gegen seinen Solarplexus und trete ihm noch einmal gegen seinen Kopf, daß er ohnmächtig zusammensinkt.
Ich sehe ihn seltsam verdreht vor mir liegen, sehe seine zersplitterte Brille, die ihm von der Nase gerutscht ist, und sehe eine kleine blutende Wunde, die an seiner rechten Wange klafft. Ich packe ihn an einem Bein und zerre ihn hoch und lege ihn auf die breite, dunkle Platte meines Eßtisches, die noch feucht ist vom Schweiß meiner geliebten Frau, die noch vor ein paar Minuten hier auf dieser Tischplatte an seinem Schwanz gesaugt hat.
Jetzt liegt er da, wie ein auf den Rücken gefallener Käfer,

und ist immer noch benommen und völlig hilflos. Er stinkt nach Angst und Feigheit, und ich hole ein paar Stricke und binde ihm seine Arme und Füße an den Tischbeinen fest.
Er wacht aus seiner Ohnmacht auf und erkennt, daß er mir völlig hilflos ausgeliefert ist. So hilflos ausgeliefert, wie ich es war, als ich mit den Rosen in der Hand vor dem Fenster gestanden und ihm zugehört habe bei seinen perversen Spielen mit meiner geliebten Maria.
Er fängt an, ängstlich zu lachen, und verstummt gleich wieder, weil ich ihm die Weinflasche, die halbvoll auf dem Kamin steht, über den Schädel schlage. Leise stöhnend liegt er da und verschluckt sich an einem Glassplitter, der ihm mit dem Rotwein, der über sein Gesicht läuft, in den Hals geflossen ist. Er hustet und keucht, und seine Augen schwellen langsam zu, weil ich ihm Hieb um Hieb in sein Gesicht schlage, bis er nichts mehr sehen kann.
Er will wahrscheinlich um Hilfe schreien, aber man kann nichts verstehen, weil ich ihm seine Hosen, Schuhe und Boxershorts vom Körper gerissen und die Unterhose in den Mund gestopft habe. Er scheint zu ersticken, muß aber doch wieder aufheulen wie ein Wolf, der sein Rudel sucht, und den Vollmond für das Antlitz Gottes hält, weil ich ihm mit einem Stuhlbein auf die Beine hämmere, bis ich die Knochen krachen höre.
Immer wieder breche ich ihm die Knochen in seinen Spinnenbeinen, mit denen er noch vor gar nicht langer Zeit hinter Maria gestanden hat, um sie zu vögeln. Ob er das auch getan hätte, wenn er gewußt hätte, was für eine Strafe auf das Vögeln der Frau eines anderen Mannes steht? Ob er es sich vielleicht zweimal überlegt hätte, wo

er seinen Schwanz hineinsteckt, wenn er gewußt hätte, daß auf dieses Schwanzhineinstecken die Todesstrafe steht?
Keine einfache Todesstrafe natürlich, sondern das langsame Erleben des Todes in seiner ganzen Mannigfaltigkeit.
Ich glaube, er hätte es unterlassen, das Vögeln einer Frau, die zu einem anderen Mann gehört, als Gesellschaftsspiel zu betrachten. Er hätte es vielleicht nicht gewagt, im Haus eines anderen Mannes der Frau dieses Mannes seinen Schwanz in den Mund zu stecken.
›Oh, in welch freizügiger Zeit leben wir doch …‹, hatte er sich wahrscheinlich gedacht, als er ihr die pfirsichfarbene Kerze in ihren Leib gestoßen hatte, um ihr zu zeigen, daß er in ihr nur einen Haufen Dreck sah, in den man hineinspritzen konnte. Ist es nicht überraschend, was man den Menschen alles in ihre Körperöffnungen stecken kann – dachte ich mir und drängte den geborstenen Flaschenhals mit einer zügigen Bewegung in seinen Hintern.
Er brüllte gurgelnd und spuckend auf und hatte vielleicht eine kurze Erinnerung an die Religionsstunde, in der ihm gelehrt worden war: ›Du sollst nicht begehren deines Nächsten Weib …‹
Wie gern würde er jetzt all das Erlebte rückgängig machen und mich um Verzeihung anflehen … So aber kann ich kein Wort von seinem unter seiner Unterhose versteckten Geheul erkennen und schlage ihm die Nase, das Jochbein, den Kiefer und die Zähne ein.
Seltsam – nicht – wie hilflos man sein kann, wenn man die Rache heraufbeschwört. Gibt es eine Grenze? Nein, es kann keine Grenze geben in der Rache an denjenigen, die

die Grenze zum Allerheiligsten überschritten haben …
›Du sollst nicht begehren deines Nächsten Weib.‹
Immer wieder flüstere ich ihm diese Worte in seine Ohren, aber er scheint mich nicht verstehen zu wollen. Ob er mir etwas sagen möchte? Ob er mich um Verzeihung bitten möchte? Ob er es bereut, mir die Liebe meines Lebens zerstört zu haben? Ob er es zutiefst bedauert, in mein Reich eingedrungen zu sein, um die Rosen meiner Liebe zu zertreten?
Mag sein – aber jetzt ist es leider zu spät.
Die Zeit der Vergebung ist vorbei. Jetzt ist die Zeit der Ernte. Man erntet, was man sät, und wer Wind sät, der wird Sturm ernten. Ich versuche immer wieder, ihm diesen Satz zu sagen, aber ich glaube, er will mich nicht hören. Er windet sich unter den Stricken, die ihm ins Fleisch schneiden, und ich beginne, ihn zu verachten.
Ich verachte, daß er nicht bereit ist, seine Strafe wie ein Mann zu empfangen. Ich verachte sein jämmerliches Geröchel und seine stinkende Todesangst. Ist er selbst nicht noch vor kurzem Herr der Lage gewesen? Hat er nicht selbst noch vor ein paar Augenblicken das Herz und den Körper meiner Frau gedemütigt? Warum also irgendein anderes Gefühl als Verachtung für dieses jämmerliche, zuckende Bündel Fleisch?
Es widert mich an, wie er daliegt und zuckt.
Ich nehme ein silbernes Käsemesser und schneide ihm den Schwanz ab. Ich werfe das kleine Teil in die rotglimmende Glut, die von dem hochlodernden Feuer übriggebliebe ist, und sehe kurz zu, wie er sich ein letztes Mal aufkrümmt, wie die Haut platzt und das Ding verbrennt und zu Asche zerfällt.

Er ist in Ohnmacht gefallen, und ich schütte ihm ein Glas Eiswasser ins Gesicht. Er erwacht, um in meine Augen zu blicken und die Klinge des Messers zu sehen, das kurz darauf aus seinem Blickfeld verschwindet, weil ich es ihm mit einer entschlossenen Bewegung durch die Kehle ziehe und danach in sein Herz stoße. Er bäumt sich auf, und seine Finger verkrallen sich in die Stricke, und in seinem Todeskampf schafft er es doch tatsächlich, einen Strick durchzureißen, aber kurz darauf bleibt er zuckend in seinem Blut liegen.

Auch dieses Zucken wird schwächer, bebt noch einmal durch seinen Körper und erlischt …

Das Blut tropft langsam von der Tischplatte und bildet eine dunkle Pfütze in meinem Wohnzimmer. Ich setze mich kurz in einen Stuhl und atme tief durch. Ich blicke auf die alten Ölgemälde an der Wand, blicke in die nun schon fast erloschene Glut und lausche den Geräuschen der Blätter vor dem Fenster. Im zarten Gegenlicht zeichnet sich seine Silhouette wie ein Segelboot mit gerefftem Segel ab. Das Messer steht aus seiner Brust und glänzt ein wenig im spärlichen Nachtlicht, das durch das Fenster fällt.«

Ich öffnete die Augen und sah den Fremden schweigend vor mir sitzen.

Eine Zeitlang konnte ich mich nicht bewegen und kaum atmen. Mit einemmal brach ein seltsamer Ton aus meiner Brust heraus. Es war, als würden sich für ewige Zeiten verschlossene Panzertüren öffnen und den kühlen Wind eines ersten Frühlingstages durch die Räume meiner verborgenen Wünsche wehen lassen.

Es war ein langes Seufzen, und hinter dem Seufzen wartete ein Lachen und ein Weinen. Dicht nebeneinander standen das Weinen und das Lachen und hielten sich an den Händen.

»Schämen Sie sich nicht für Ihre Wahrheit«, sagte der Unbekannte und legte seine Hände ineinander. Er saß ruhig und aufrecht da und beobachtete mich. Es war ein Wissen in seinem Blick, das mich beruhigte und gleichzeitig wach machte. Er ließ mich keine Sekunde aus den Augen, und selbst dann, wenn er das Gefühl hatte, daß ich seine Beobachtung nicht mehr ertrug, und er daraufhin den Blick senkte, fühlte ich doch, daß seine Aufmerksamkeit ununterbrochen auf mich gerichtet war.

»Schämen Sie sich nicht – das war die Wahrheit. Die tiefste Wahrheit Ihres Wesens. Erlauben Sie sich, dorthin zu blicken, wo diese Rache sitzt, und geben Sie ihr freien Raum.«

Freien Raum ... Freier Raum ...

Ja – das war das Wort. Kaum hatte er diese zwei Worte gesagt, überkam mich ein Gefühl der Wärme und Zufriedenheit, wie ich es schon seit ewigen Zeiten nicht mehr gekannt hatte.

Freien Raum ... Freier Raum ...

Ich hatte das Gefühl, daß in meinem Herzen und in meinem Denken ein Haß und eine Mordlust verborgen waren, die, ohne sich zu zeigen, verhinderten, daß ich mich frei bewegen konnte. Seit dieser Nacht, in der ich mit den Rosen in meiner blutenden Hand vor dem Fenster stand, hatte ein schwarzer Klumpen in mir gelegen, der stetig angewachsen war. Wie ein Tumor, der seine Tentakel durch den Körper schickt, auf der Suche nach frischem Leben, hatte ein Haß und ein Vernichtungswille

in mir geschlafen und mit seiner dumpfen Kraft meine Gefühle zerstört.
Ich hatte seit damals nicht mehr lachen können.
Kein freies Atmen war möglich gewesen. Keine Freude angesichts neuer, weißer Blüten auf den Fliederstauden im Frühling.
Plötzlich war dieses dunkle, zähe Etwas draußen. Plötzlich war da ein freier Raum in mir, durch den kühles, frisches Wasser fließen konnte. Ich hatte getan, was getan werden mußte – ich –
»Fühlen Sie sich besser«, fragte der Mann und lächelte mich an.
»Ja, ich fühle mich besser.«
»Ist es nicht eigenartig, was alles in uns darauf wartet, endlich ins Freie zu dürfen? Die Tiere der Finsternis scharren mit ihren Klauen an der Holztür unserer Vernunft und sehnen sich nach Freiheit ...«
Er lachte und schüttelte den Kopf.
Ich richtete mich auf und betrachtete sein Profil. Ich konnte nicht sagen, wie alt er war. Wenn ich bei seinem ersten Anblick noch eine Vorstellung einer Zahl seiner gelebten Jahre gehabt hatte, so war dieser Eindruck jetzt wieder völlig verschwommen. Ich hätte ihm fünfhundert Jahre gegeben und fünfundzwanzig im selben Augenblick. Die Gelassenheit, die er ausstrahlte, gab ihm eine unwiderstehliche Farbe der Ewigkeit, und gleichzeitig strahlte aus seinen Augen eine Jugend, eine Lebendigkeit und ein Feuer, das heiß und kalt war. Es kühlte mich und erhitzte mich. Ich sah ihn an und fragte: »Was denken Sie?«
»Ich bin froh, daß Sie mir erzählt haben, was Sie tatsächlich empfinden, und ich freue mich, daß Sie sich nun

etwas leichter fühlen – aber wissen Sie, daß Sie in Wirklichkeit noch nichts erreicht haben?«

»Was soll ich erreichen?«

»Sie haben jetzt in einem Schattenspiel Ihren Feind besiegt. Der wirkliche Gegner aber lebt noch und lacht über Sie. Sie haben den Feind, der sich Ihnen von außen genähert hat, in Ihre Rache laufen lassen – der wahre Gegner aber ist so nah, daß Sie ihn nicht einmal erkennen.«

Ich war verwirrt.

Was wollte er mir sagen, warum hatte er mich die unglaublichsten Gedanken aussprechen lassen? Warum hatte er mir zugehört? Warum hatte er mich bestätigt in meiner Schamlosigkeit und ließ mich jetzt so völlig hilflos in seinen Worten stehen?

»Was wollen Sie damit sagen – wen meinen Sie – wer ist denn Ihrer Meinung nach mein wahrer Gegner?«

»Ihr wahrer Gegner sind Sie selbst.«

Er drehte seinen Kopf wieder in meine Richtung und drückte mir mit seinem Blick eine Kraft ins Herz, die mich verstummen ließ. Er hatte recht.

Er hatte fürchterlich recht und ließ mich nicht ausweichen. Warum ließ er mich nicht laufen? Warum zwang er mich, immer weiter zu gehen, auf diesem Weg, den ich ohne ihn niemals begonnen hätte zu gehen. Warum?

»Es gibt keine Freiheit, bevor nicht das letzte Staubkorn aus Ihrem Zimmer entfernt ist«, sagte er mit einer Stimme, die fest war und sich auf meine Brust legte, als würde er mit seiner Hand gegen mein Herz drücken.

»Sie selbst sind in Wahrheit Ihr größter Feind. Sie selbst haben sich all Ihre Schmerzen in Ihr Leben geholt. Sie

selbst haben geglaubt, eine Frau zu lieben, die in Wahrheit – in Wahrheit niemals Ihre Frau sein konnte.«
»Ich habe sie geliebt, ich –«
»Nein … Sie wollten sie lieben. Sie haben Ihre Wunschvorstellungen von Liebe mit ihr erleben wollen. Sie hatten Träume in Ihrem Kopf und in Ihrem Herzen, in die Ihre Frau als perfekte Darstellerin gepaßt hat. Das Leben aber ist kein Film, in dem man die halbe Wahrheit so lange beleuchtet, bis sie wie die ganze Wahrheit wirkt. Wenn es die Frau Ihres Lebens gewesen wäre, dann säße Sie jetzt hier bei Ihnen. Wenn Sie als die Ergänzung für Sie bestimmt gewesen wäre, hätte es niemals zu dieser Katastrophe in Ihrem Leben kommen können. Wenn sie die Begleitung füreinander gewesen wären, durch das Labyrinth dieses unergründlichen Lebens, dann hätte ich mich niemals zu Ihnen an diesen Tisch gesetzt.
Die Wahrheit ist, daß Sie stärker sein wollten als das Schicksal.
Die Wahrheit ist, daß Sie nicht erkennen wollten, was die Realität zwischen Ihnen und Maria war. Vielleicht war es nur der erste Moment … Vielleicht war es der Anblick der Silhouette ihres Körpers, der Sie hier auf diesem Platz einmal so glücklich gemacht hat …
Vielleicht war es sogar der ganze Tag und die ganze Nacht. Aber was immer es war, und welche Dauer es hatte – in Wahrheit war diese Begegnung nicht für die Ewigkeit gedacht.
Die Wahrheit ist auch, daß Sie das alles von der ersten Sekunde an wußten und nicht akzeptieren wollten. Sie wollten die Ewigkeit erzwingen. Sie wollten die Flamme eines Feuers zum niemals erlöschenden Feuer der Sonne ma-

chen. Sie wollten nicht wahrhaben, daß Sie mit dem wirklichen Glück, dieser Frau begegnet zu sein, nicht leben konnten.
Sie wollten sie fesseln und binden, und Sie haben die Todsünde aller Todsünden begangen – Sie wollten Sie verändern!
Sie wollten Ihre Natur so lange mit dem Hammer Ihrer guten Absichten auf dem Amboß Ihrer Fürsorge erschlagen, bis sie in Ihre Vorstellung gepaßt hätte. Und Sie haben das alles sich selbst gegenüber auch noch als beste Absicht getarnt. Es ist so, wie es ist – und Sie haben sich aufgeschwungen und wollten stärker sein als die Wahrheit einer Begegnung.
Sie konnten nicht dankbar sein. Sie konnten angesichts der Kälte, der Fremdheit, des Zynismus, der Aggression und der Lieblosigkeit, die in unserer Welt herrscht, nicht dankbar sein dafür, daß Ihnen das Schicksal einen Schluck Wasser gereicht hat in dieser Wüste des Wahnsinns, die unsere Welt darstellt.
Sie wollten den ganzen Brunnen – und Sie wollten ihn für sich allein. Sie wollten ihn allein für sich besitzen. Sie waren voller Gier und haben es Liebe genannt. Das ist die Todsünde aller Todsünden. Wenn Sie in Liebe gelebt hätten, dann wäre es für Sie keine Frage gewesen, die wahre Natur dieser Frau zu respektieren und sie fliegen zu lassen. Sie aber haben ein luftundurchlässiges Gefäß über sie gesetzt und haben Ihre Angst, sie zu verlieren, getarnt, indem Sie ›das Beste für sie wollten‹.
Wer sind Sie, daß Sie wissen können, was das Beste für einen anderen Menschen ist? Sie wollten nicht auf ihre Bewegungen hören. Sie wollten ihre Ausdehnung nicht

respektieren, und Sie haben auch noch ihre Warnung in den Wind geschlagen. Sie wollten stärker sein als der Gott der Wahrheit und haben mit Schmerzen und Chaos lernen müssen, loszulassen und demütig zu werden …
Darum sitzen Sie heute hier und sind bis ins Mark getroffen und können nicht atmen und nicht lachen und nicht leben – weil all das, von dem Sie glauben, daß man es Ihnen von außen zu Unrecht angetan hat – all das haben Sie in Wirklichkeit selbst inszeniert, um durch diesen unglaublichen Schmerz des Verlustes etwas zu lernen. Die Liebe und die Freiheit, die Sie ersehnen, finden Sie nur, indem Sie die Wahrheit annehmen und ertragen.
Nichts und niemand ist stärker als die Wahrheit, und so lange Sie es nicht dankbar annehmen, daß das Schicksal Ihnen Ihre Grenzen gezeigt hat, solange werden Sie nicht die Freiheit erleben, die man nur im demütigen Akzeptieren der eigenen Grenzen erleben kann.«
Ich hatte ihm zugehört und konnte nichts sagen. Noch niemals hatte jemand so mit mir gesprochen. Noch niemals mir selbst so klar die Verantwortung für mein Leben gegeben. Wie sollte ich ihm in die Augen schauen nach dieser … Was war das gewesen? War es ein Schlag gewesen, der mich aufrütteln sollte … War es eine Beleidigung – ich war getroffen und verstummt, aber ich mußte doch zugeben, daß er mit allem, was er gesagt hatte, im Recht war.
Ich kämpfte mit mir, seine Worte nicht einfach wegschieben zu wollen, nur weil sie mich berührt hatten. Ich fühlte mich durchschaut und streng ermahnt. Ich fühlte mich aber bei aller Härte, die er mir angedeihen ließ, nicht verletzt.

Was hätte es auch für einen Sinn gehabt, sich zurückzuziehen und sich zu verschließen? Er hatte recht, und wenn ich das nicht akzeptieren wollte, brauchte ich nur aufzustehen und zu gehen.

»Ich weiß, daß Sie überlegen, ob Sie nicht aufstehen sollten, um zu gehen«, sagte er in mein Schweigen hinein, »wer bin ich denn, denken Sie, daß ich mir als erwachsener Mensch solche Sätze anhören muß, ich bin ja nicht mehr fünfzehn Jahre alt ... Ist es so?«

»Nein, es ist nicht wirklich so ... Ich gebe zu, daß ich es einen Moment lang nicht ertragen konnte, Ihnen zuzuhören, aber wenn ich ehrlich bin, muß ich auch sagen, daß das nur ein Reflex meiner Eitelkeit war ... Sie haben recht ... Sie haben recht, und ich frage mich nur, warum es dazu kommen konnte. Ich lebe ein Leben, das nicht mein Leben ist. Wenn ich fähig bin, all diese Fehler zu machen, die Sie mir soeben genannt haben, was ist das dann für ein Leben? Warum mache ich diese Fehler? Warum bin ich zu dem geworden, der ich bin, und wie kann ich all das hinter mir lassen?«

»Wollen Sie es denn wirklich hinter sich lassen?« Er beugte sich vor und sah mich an.

»Ja, natürlich, sonst wäre ich ja schon aufgestanden und gegangen, wie können Sie fragen?«

»Ich wollte nur wissen, wie weit Sie noch in dieses alte Leben verliebt sind und bereit sind zu behaupten, Ihre Fehler wären eben ein Teil Ihrer Persönlichkeit.«

»Nein, ich weiß, daß ich nichts lieber möchte, als aus all diesen Verspiegelungen auszubrechen und mein wirkliches Leben zu führen. Aber beantworten Sie bitte meine Frage. Woher kommt es, daß wir überhaupt so tief in diese

Irrtümer hineingeraten und noch dazu glauben, es sei der einzig richtige Weg?«

»Weil wir vom Beginn unseres Lebens an in die falsche Richtung geschickt werden – und wenn wir das einmal erkannt haben, müssen wir den ganzen Weg zurückgehen und wieder den Punkt finden, wo sich unsere wahre innere Natur hat vergewaltigen lassen. Das ist ein langer und mühseliger Weg, und er ist von Blut, Schweiß und Tränen gezeichnet, aber wenn wir ihn gehen, können wir nicht mehr zurück, weil man mit jedem mühseligen Schritt zu spüren beginnt, daß das Ziel eine Wahrheit ist, von der wir nicht einmal zu träumen wagten.«

»Wie sind Sie diesen Weg gegangen? Wie sind Sie aufgewacht? Sagen Sie mir das bitte.«

»Es ist noch nicht soweit. Noch würden Sie glauben, entsetzt sein zu müssen. Geben Sie mir noch einige Augenblicke Ihres Lebens, dann werde ich Ihnen alles berichten.«

Er winkte dem Kellner und bestellte einen Espresso und ein Mineralwasser. Seine Bewegungen, seine Stimme, seine Art mit den Menschen zu reden, hatten etwas Bestimmtes, Genaues, nicht zu Irritierendes, wie ich es noch nie bei jemandem gesehen hatte.

Es war nichts Überhebliches oder Distanziertes – es war eine Ausstrahlung der Präzision, die keine Ausreden oder Umwege duldete. Er wirkte wie jemand, dem bewußt war, daß wir mit jedem Atemzug einen Schritt weiter auf dem Lebensweg gehen und daß am Ende dieses Weges der Tod steht.

Man kann bei diesem Gedanken in Panik verfallen, oder aber man wird ganz ruhig und schont seine Kräfte, weil

man nichts mehr zu verschwenden hat. Er wirkte wie jemand, der um das kostbarste Geschenk des Lebens genau Bescheid wußte, weil er erkannt hatte, daß dieses Geschenk nicht für die Ewigkeit gedacht ist.
Fein und genau waren seine Bewegungen. Fein und genau die Art, wie er jetzt über die Piazza blickte, über die zwei Mädchen, die eingehängt und plaudernd zu einem Rendezvous spazierten.
»Schön, nicht ...«, sagte er und lächelte beim Anblick der beiden jungen Frauen, die sich im benachbarten Café »Colombia« zu zwei jungen Männern setzten, die ihren Weg über den Platz voller Bewunderung und Vorfreude beobachtet hatten.
»Was das wohl wieder für eine Geschichte ergibt ...«, er schüttete einen Löffel Zucker in seinen Kaffee und rührte um. Er nahm einen Schluck und fragte mich, ob er eine von meinen Zigaretten haben dürfte. Ich reichte ihm die Packung und gab ihm Feuer.
Er schien den ersten Zug sehr zu genießen und sagte dann: »Darf ich Ihnen zwei Fragen stellen?«
»Sehr gern.«
»Warum haben Sie den Beruf ergriffen, den Sie haben?«
»Und die zweite Frage.«
»Die möchte ich Ihnen gern danach stellen ...«
»Ich habe meinen Beruf, weil ich Geschichten erzählen möchte.«
»Was für Geschichten?«
Ich mußte lachen. Jahre und Jahrzehnte arbeitet man Tag für Tag in einem Beruf, der ausschließlich etwas mit Träumen zu tun hat. Man kämpft mit Autoren, man kämpft mit Schauspielern, man kämpft mit der Technik – man ist be-

sessen, wie eine Dampflokomotive das Gebirge der Behinderungen zu überqueren – aber man hat fast nie mehr die Zeit, sich hinzusetzen, um diese einfache Frage zu stellen …

Natürlich kann man schnell einmal antworten, daß man seine Geschichten erzählen möchte, um die Menschen zu unterhalten oder weil man etwas bewegen möchte oder weil man Spannung erzeugen will. Aber der Anfangspunkt, der Moment, der der Startschuß war für diesen eigenartigen Beruf, den ich habe – hat man den Mut, davon wirklich zu berichten?

»Ich kann mich kaum mehr daran erinnern – und doch brennt die Flamme immer noch in mir, und diese Flamme heißt Sehnsucht. Ich war als kleiner Junge einmal im Kino und habe einen Ritterfilm gesehen. Es war der Film ›Ivanhoe – Der schwarze Ritter‹, und Liz Taylor spielte eine Frau, die verantwortlich ist für die Liebe in sämtlichen Ritterherzen. Ich saß im dunklen Kino und starrte wie paralysiert auf die Leinwand. Es waren nicht die Kostüme, die Rüstungen, die Schwerter, die Pferde, die Burgen, die mich faszinierten – es waren die Augen der Darsteller. Ich saß im Dunkel des kleinen, altmodischen Kinos und sah in Menschenaugen, wie ich sie noch nie gesehen hatte. Es war so verdichtet, was ich da erleben konnte – es war so geheimnisvoll und gleichzeitig so offenkundig. Es war der direkte Zugang zu den Herzen der Menschen, die da vor der Kamera so taten, als wären sie vergnügt, verfeindet, voller Sehnsucht und Liebe …

Ich hatte das Gefühl, daß die Schauspieler die Chance benützten, ihre Wahrheit herzuzeigen, weil alle Welt glaubte, sie würden nur etwas spielen. Natürlich gibt es

Schauspieler, die ihr Geld damit verdienen, sich zu verstellen. Zu Recht bleiben sie unbedeutend und Mittelmaß, weil das Publikum nicht belogen werden kann. Die Menschen werden nur von der Wahrheit angezogen und erlauben sich, davon fasziniert zu sein, weil es ja angeblich nur ein Spiel ist. Ich habe auch oft den Satz gehört, daß ein Schauspieler sich hinter einer Rolle verstecken kann. Das Gegenteil davon ist wahr. Es gibt nicht den Millimeter einer Chance, sich zu verstecken. Im Gegenteil – eine Filmkamera arbeitet wie ein Seziergerät, das die Wahrheit in der Wahrheit der Wahrheit entpuppt und sichtbar macht.

Der Aberglaube, daß man sich als Schauspieler hinter einer Rolle verstecken könne, liegt nur darin, daß man fremde Kleider anzieht und sich Farbe ins Gesicht schmiert. Man kann aber keine Farbe auf die Seele schmieren, und dorthin blickt die Kamera einzig und allein. Die Kamera ist bereit, die Tiefen der Seele des Menschen, der vor ihr lebt, aufzufangen und weiterzugeben. Es ist nicht so, daß ein Film nur Bewegungen von Menschen beobachtet. Ein Film ist ein magisches Medium, das in der Lage ist, die Aura und die Wahrheit des Schauspielers aufzuzeichnen und wiederzugeben.

Wie ein Schwamm saugt die Kamera die Seelenvibrationen der Schauspieler auf und gibt diese Schwingungen unendlich vergrößert an das Publikum weiter.

Die Magie von manchen Schauspielern liegt einzig und allein darin, daß in ihrer Seele etwas zu finden ist, das in der Gruppenseele des Publikums und im Herzen jedes einzelnen Zusehers die Wahrheit zum Klingen bringt.

Wahre Liebe, abgrundtiefer Haß, Zuneigung und Feindschaft ... All das kommt in purer, konzentriertester Form von der Leinwand herunter und dringt in das Herz des Zuschauers.

Was dort geschieht, ist ein alchemistischer Prozeß. Die Erinnerung wird geweckt. Die Erinnerung, daß wir die Sehnsucht nach diesen Gefühlen in uns haben, daß wir sie erleben wollen und auch können. Wir tragen unsere vereisten Herzen in einen guten Film, und langsam beginnt dieses Eis etwas zu schmelzen. Ununterbrochen weht der heiße Atem der tiefsten Gefühle gegen unsere Kälte und öffnet unsere Wahrheit. Es ist nicht die Phantasie, die in einem guten Film erweckt wird – es ist die Wahrheit.

Die Wahrheit ist, daß wir Liebe wollen. Die Wahrheit ist, daß wir geliebt werden wollen. Die Wahrheit ist, daß wir Größe und Stärke und Kraft in uns haben, die wir niemals ausleben dürfen. Wir dürfen uns nicht zu unserer wahren Größe aufrichten, weil wir dann nicht mehr hineinpassen. Wir passen nicht mehr hinein in das Gefüge unserer Welt, die uns klein machen möchte. Klein und hilflos und voller Existenzangst vegetieren wir dahin und lassen alles in uns zertrümmern, was uns zu außergewöhnlichen Menschen macht. Aufrichtigkeit, Ehrlichkeit, Zärtlichkeit, Zartheit, Verspieltheit, Wehmut und Trauer ... All das müssen wir unentwegt einengen, um in unserer Mörderwelt zu überleben.

Das Kino kann ein Gottesdienst sein für unsere verschütteten und gequälten Herzen. Wir gehen ins Kino, um ein Ventil zu finden für die Größe unserer Gefühle, die sich nicht mehr frei bewegen dürfen. Wir feiern eine Gemeinsamkeit, die sich im Dunkeln mit all den Menschen beschützt fühlen darf.

Im Dunkel fühlen wir uns versteckt und geborgen und müssen uns nicht schämen, wenn wir zu weinen beginnen, weil uns bewußt wird, was wir in unserem Leben versäumen.

Es ist ein seelischer Heilungsprozeß, den wir erleben dürfen, wenn wir Menschen zusehen, die für uns in die Tiefe ihres Wesens steigen, und uns von dort unten daran erinnern, daß auch wir voller Lebendigkeit sind. Ein ununterbrochener Angriff auf die Leblosigkeit ist das Kino. Eine Aufforderung, uns nicht abzufinden mit dem Mittelmaß und dem Durchschnitt unserer Alltagsrealität. Eine Brandfackel des Aufbegehrens ist es, die ein guter Film in das Dürregestrüpp unserer Gewohnheiten schleudert.

Im besten Fall schafft es ein Film, uns so zu verzaubern, daß es zu einer Verwandlung kommt. Im besten Fall ist es so, daß wir so aufgerüttelt werden von der Lebendigkeit, die wir vorgeführt bekommen, daß wir nach einem Film nicht mehr zurückkönnen. Wir können nicht mehr zurück, wenn wir einmal den Kopf aus der Deckung gesteckt haben und deswegen, deswegen … deswegen habe ich begonnen, Filme zu machen.«

Ich blickte zur Eingangstür des Cafés und sah im Halbdunkel das Foto von Federico, der mir während meiner Sätze zugelächelt hatte.

»Darf ich Ihnen nun meine zweite Frage stellen?«

»Ja, bitte!«

»Was würde geschehen, wenn diese Kunst einmal ihren Zweck erfüllt hätte?«

»Wie meinen Sie das?«

»Sie haben am Ende gesagt, daß es geschehen kann, daß

man nach einem Film nicht mehr in den Alltag der Unfreiheit zurück kann … Im besten aller Fälle.«
»Ja, im besten aller Fälle wäre das so.«
»Heißt das aber nicht gleichzeitig, daß es die höchste Aufgabe der Kunst wäre, sich selbst abzuschaffen? Heißt das nicht, daß die Wahrheit der Befreiung von Unterdrückung, die Wahrheit von gelebter Liebe, die Wahrheit von vollstrecktem Tod – heißt das nicht, daß das gelebte Leben die Kunst dann nicht mehr braucht, wenn der Durchbruch vollzogen ist? Wer braucht noch Bilder von Lebendigkeit, Mut, Stärke, Kraft, Liebe und Tod, wenn sein Dasein voll Leben, Stärke und Liebe ist? Wenn es nichts mehr zu erobern gibt an Realität und Wahrheit – weil sie eingetreten sind.
Ich will Sie fragen, ob es nicht so ist, daß die Realität das Ziel sein sollte, und nicht nur das Bild der Realität?«
»Sie haben sicher recht – aber noch ist es nicht soweit in unserer Welt.«
»Glauben Sie nicht, daß es an der Zeit wäre, daran zu arbeiten, daß es endlich dazu kommt?«
»Wie stellen Sie sich das vor?«
»Ich stelle mir vor, daß Sie den Mut aufbringen, von der Sehnsucht zur Wahrheit zu kommen. Ich stelle mir vor, daß Sie die Schleier der Phantasie sprengen. Die Bilder, die Ihnen Ihre Träume von der Wahrheit zeigen, können auch zur Wand zwischen Ihnen und der Wahrheit werden.«
»Das kann sein … Ich weiß aber noch immer nicht genau, worauf Sie hinauswollen?«
»Ich wollte spüren, wie sehr Sie in den Zauber Ihrer Arbeit verliebt sind und wie groß die Sehnsucht in Ihnen ist,

endlich von der Puppe zum Schmetterling zu werden. Ich habe zuvor mit großer Anteilnahme der Schilderung Ihrer Rache an Ihrem Lebensfeind zugehört … Das war der Film, der in Ihrem Kopf abgelaufen ist. Unterstützt und genährt von der Wucht der Gefühle Ihres Herzens. Er hat Ihnen für einen Moment lang Erleichterung gebracht … Aber wie weit sind Sie noch von der dritten Dimension entfernt. Wie sehr genügt es Ihnen noch, sich etwas vorzustellen, anstatt es zum wirklichen Leben zu bringen. Wollen Sie nicht endlich damit aufhören, sich alles immer nur vorzustellen? Wollen Sie nicht endlich aufstehen und Ihre Träume in die Tat umsetzen? Wollen Sie wirklich am Ende Ihres Lebens dastehen und sagen – ich bin immer aufgefordert worden und ich habe immer gefühlt, daß ich fliegen könnte, bin jedoch immer sitzen geblieben?
Stehen Sie doch endlich auf, und werden Sie konkret. Das ist das einzige Ziel, worauf alles in Ihrem Leben hinausläuft, und Sie müssen es endlich akzeptieren.«
Ich mußte lachen.
»Was soll ich also Ihrer Meinung nach tun – zurückfahren und den Mann wirklich töten?«
Der Unbekannte sah mich lange an, dann sagte er: »Warum nicht?«
Ich war mir nicht sicher, ob er mich verstanden hatte und wiederholte deshalb meine Frage: »Ich soll also Ihrer Meinung nach einfach hingehen und diesen Mann tatsächlich töten?«
»Auch ich wiederhole mich manchmal gern und sage noch einmal – warum nicht?«
Ich mußte laut lachen und streckte mich in die Höhe. Das Gespräch dauerte nun schon eine ganze Weile, und die

Sonne begann sich den Dächern auf den Häusern zu nähern, die abwartend um die Piazza standen. In den Geschäften, die original italienisches Plastikkunsthandwerk anboten, herrschte reges Treiben. Die Massentouristen kehrten aus dem Kolosseum und dem Forum Romanum zurück und beeilten sich, noch eine Plastik-Pietà zu erstehen, bevor sie, mit einer Limonade abgefüllt, wieder in ihre Hotels zurückkehren mußten.

Die Maler waren aus ihrer Lethargie erwacht und klatschten bunte Farbe auf Ihre Leinwände, um das Spiel der Sonne auf den Steinfiguren zu verewigen, die im Brunnen von Bernini seit undenklichen Zeiten naßgespritzt wurden.

Bis jetzt hatte ich das Gespräch mit großer Neugier geführt, weil ich es noch nie zuvor erlebt hatte, von einem Fremden so angesprochen zu werden. Es führte mich auf Wege und Exzesse der Phantasie, die ich mir schon lange nicht – ja in manchen Abwegen noch nie – erlaubt hatte. Jetzt war es mir für einen Augenblick jedoch zuviel geworden. Ich hatte das Gefühl, daß dieser Fremde mit meinen Empfindungen spielen wollte, um zu sehen, wie weit ich bereit war, ihm und seiner Weltsicht zu folgen.

Diese letzte Frage konnte und wollte ich nicht mehr ernstnehmen. Ich lachte und sah, daß er todernst blieb. Nicht der Funken eines Witzes blitzte in seinen Augen, als er mich noch einmal fragte: »Warum nicht?«

Ich wurde von seinem Ton wieder zu einer Haltung der Aufmerksamkeit gezwungen und entschloß mich, nun doch das Spiel mit ihm weiterzuspielen.

»Sie meinen also, es wäre ein leichtes, zurückzugehen und diesen Mann umzubringen?«

»Ich habe nicht behauptet, daß es ein leichtes wäre – ich habe Sie gefragt, was dagegen spricht, ihn zu töten?«
»Ich bin kein Mörder.«
»Und warum nicht?«
»Weil ich nicht das Recht habe, einem Menschen das Leben zu nehmen.«
»Hat dieser Mann Ihnen Ihr Leben genommen? Hat er Ihre Liebe zerstört, Ihr Herz zerrissen, Ihre Existenz vernichtet?«
»Ja.«
»Hat er Sie also nicht einem noch größeren Schmerz ausgesetzt – als es der plötzliche Tod ist? Hat er Ihnen nicht die Grausamkeit zukommen lassen, Sie bei lebendigem Leib auszulöschen? Hat sein Eintritt in Ihr Dasein nicht jede Wurzel Ihres Lebensbaumes vernichtet?«
»Ja ...«
»Sie sagen so ruhig und gelassen ›Ja‹ und haben doch die detailliertesten Vorstellungen, wie Sie ihn vom Leben zum Tod bringen würden, wenn Sie den Mut hätten – und tun es nicht?«
»Nein.«
»Warum nicht?«
»Weil mein Leben danach ...« –
Ich stockte – ich begann zu erkennen, wohin er mich mit seinem Spiel treiben wollte, und stockte mitten in meinem Satz.
»Ich bitte Sie, weiterzureden.«
»Ich müßte verschwinden, nachdem ich ihn umgebracht hätte.«
»Das sind Sie jetzt auch schon. Sie sind aus dem Paradies der Liebe verschwunden. Sie sind finanziell ruiniert, und

Sie haben keine Aussicht auf eine Zukunft. Sie sitzen in Rom auf der Piazza Navona, und noch vor kurzer Zeit haben Sie sich in den Gedanken verloren, Selbstmord zu verüben.«

»Ja …«

»Stellen Sie sich vor, Sie hätten das tatsächlich getan. Heißt das nicht, daß er mit seiner Absicht, Sie zu töten, Sieger geblieben wäre? Es ist nicht mehr so, wie noch vor zweihundert Jahren, daß wir Mann gegen Mann antreten können, und das Schwert entscheidet, wer der Sieger bleiben wird. Unsere Zeit ist feige geworden und hinterhältig. Unsere Zeit spielt ein verdecktes Spiel. Unsere Zeit tötet um die Ecke. Unsere Zeit gibt den Mördern die Gelegenheit, überhaupt nicht in Erscheinung zu treten. Es werden Taten gesetzt und Gift ausgelegt, das schleichend den Tod herbeiführt. Dieser Mord findet immer so langsam statt, daß man fast nicht bemerkt, wo der Tod seinen Anfang hatte. Aber dieses Töten ist nicht minder effektiv!

Niemand hätte Ihrem Gegner den Prozeß gemacht, wenn Sie sich heute abend in den Tiber gestürzt hätten. Er hätte doppelt gesiegt. Sein Gegner wäre nicht nur gesellschaftlich, sondern tatsächlich tot, und der Verdacht würde nicht einmal auf ihn fallen.«

»Ja …«

»Glauben Sie, daß er es gewagt hätte, auf offenem Feld einen Kampf mit dem Messer zu führen?«

»Niemals!«

»Warum nicht?«

»Er ist ein Schwächling.«

»Das heißt, daß er eine andere Art des Kampfes gegen Sie anwenden mußte, um zu triumphieren. Das Nichtvorhandensein von wirklicher Stärke führt zum Mittel des indirekten Stoßes. Dieser ist nicht weniger tödlich und ist auch noch zusätzlich grausam. Es ist grausam zu wissen, daß Sie jede Chance auf eine Zukunft verloren haben und Ihren eigenen Leichnam betrachten müssen.«

»Also gut – ich versuche Ihnen zu folgen und behaupte, ich könnte ihn töten. Was dann? Wohin sollte ich mich wenden? Wohin sollte ich fliehen? Man wird mich jagen und fangen und früher oder später hinter Gitter bringen. Dort kann ich dann für den Rest meines Lebens an dieses Gespräch mit Ihnen denken.«

»Warum gehen Sie von der Allmacht des Dilletantismus aus?« fragte der Unbekannte, »warum sehen Sie die plumpe Lösung vor Augen, dieses Schwein auf offener Straße und am hellen Tag zu töten? Warum sehen Sie die Szene so ablaufen, daß Sie mit einer Pistole vor ihm stehen und ihm ins Gesicht schießen, und tausend Leute sehen dabei zu und beobachten eine Stunde später Ihre Festnahme? Sie sind doch in Ihrem Beruf kein solcher Amateur. Ihre Phantasie hat uns doch eben vorhin bewiesen, wie effizient Sie sich seinen Tod ausmalen können! Gesetzt den Fall, Sie möchten es doch nicht so raffiniert ablaufen lassen, wie auf Ihrem Wohnzimmertisch, sondern wie eine Guillotine durch seinen Lebensfaden schneiden. Wer sagt Ihnen, daß man Sie als Täter identifizieren muß?«

»Die Polizei und die Gerichtsmedizin sind heute soweit, an kleinsten Spuren den Täter festzustellen … Es genügt, daß ein Haar von mir zurückbleibt, und ich bin verloren.«

»Jede Waffe hat eine Gegenwaffe, und der Täter ist den Verfolgern immer einen Schritt voraus – wenn er es will.

Warum glauben Sie, werden neunzig Prozent aller Morde noch immer nicht aufgeklärt – trotz Gerichtsmedizin und verlorenen Haaren?«

»Sagen Sie es mir.«

»Weil der Täter kühl gehandelt hat. Die kühle, ruhige Planung einer Tötung ist die Voraussetzung für ihr reibungsloses Gelingen und die Voraussetzung für eine Durchführung der Tat, die den Täter nicht verrät.«

»Meinen Sie …«

»Das meine ich nicht, das ist so. Wenn Sie sich allerdings hinreißen lassen und sich in die Aktion leidenschaftlich verlieren, ist es um sie geschehen.

Wenn Sie dem zu Tötenden unbedingt ein Messer in sein Herz rammen wollen, wird vermutlich eines Tages ein Blutstropfen den Weg zu Ihnen weisen. Sie können sich diese Nähe zu Ihrem Opfer nur erlauben, wenn es keinerlei private Verbindung zwischen Ihnen und dem zu tötenden Menschen gegeben hat. Die Faustregel lautet: Frühere Nähe erzwingt distanziertes Töten – keine Bekanntschaft ermöglicht es, dem Opfer beim letzten Atemzug in die Augen zu sehen.«

»Was würden Sie also als Tötungsart in meinem Fall vorschlagen – ein Gewehr mit Zielfernrohr?«

»Die Möglichkeit ist nicht von der Hand zu weisen, allerdings vermute ich, daß Sie Fehler machen würden beim Kauf des Gewehres, die Patronenhülsen am Tatort liegen lassen könnten und vor lauter Nervosität mit Ihren eigenen Schuhen dort stehen würden, von wo Sie den Schuß abgeben wollen.«

»Was also gibt es noch für eine distanziertere Möglichkeit, ihn zu töten?«

»Warum vergelten Sie die ausgedehnte Grausamkeit, die Sie erleiden mußten, nicht mit etwas Ähnlichem? Warum verschicken Sie keine Briefe mit tödlichen Viren? Warum statten Sie einen seiner Stühle nicht mit einer kleinen Menge Plutonium aus, das seinen Körper von innen zerfrißt? Warum, und das ist die einfachste Methode, organisieren Sie nicht eine Probe mit HIV-verseuchtem Plasma und bringen es in seinen Blutkreislauf?«
Der Fremde nahm einen Schluck aus seinem Wasserglas und wartete auf meine Antwort. Ich blickte vor mich hin und war erstaunt, wie weit ich schon bereit war, ihm auf seinen Gedankengängen zu folgen. Ich saß da und überlegte mir tatsächlich, was es noch für einen Grund geben konnte, diesen Menschen nicht zu töten, der mein Leben auf dem Gewissen hatte.
Gewissen – das war das Wort.
»Ich glaube, ich könnte es nicht mit meinem Gewissen vereinbaren, ihn zu töten.«
»Mit Ihrem Gewissen?«
»Ja.«
»Was hatte er für Probleme mit seinem Gewissen, als Ihre Frau vor ihm auf dem Tisch lag?«
»Das ist genau der Punkt. Ich bin der Meinung, daß man nicht Gleiches mit Gleichem vergelten sollte, weil sonst der ewige Kreislauf von Gewalt und Gegengewalt niemals aufhören wird.«
»Aha – und da sind Sie lieber das Opfer und halten die zweite Wange auch noch hin?«
»Ich halte das für eine humane Möglichkeit.«
Er lachte so herzlich und erheitert auf, daß ich völlig perplex war. Bis zu diesem Moment war dieser Mann von

einer durch nichts zu erschütternden Undurchdringlichkeit gewesen, und nur mein letzter Satz hatte etwas in ihm berührt, daß ihn ein Lachen schüttelte, das nicht mehr verstummen wollte.
»Eine humane Möglichkeit«, lachte er und wiederholte diesen Satz noch zweimal, bevor er sich wieder beruhigen konnte. »Verzeihen Sie mir meine Heiterkeit, aber ich habe selten gesehen, mit welch hoch erhobenem Kopf ein Opferlamm seinem Henker hinterhergeht und dafür auch noch eine Erklärung findet –«
»Was ist an diesem Gedanken so lächerlich?«
»Verzeihen Sie, es ist natürlich nicht lächerlich. Es ist ein zweitausend Jahre altes Kulturgut und hat zweitausend Jahre lang dazu geführt, daß die Zahl der Toten, die in Kriegen gefallen sind, jährlich steigt.
Verzeihen Sie, wenn ich es Ihnen so direkt auf den Kopf zusage, aber dieser Satz ist von den Starken für die Schwachen gemacht worden, damit sie schwach bleiben und nicht einmal davon zu träumen wagen, stärker als die Starken zu sein und sich zu erheben.
Wissen Sie, was das Bild von Jesus Christus am Kreuz für eine Aufforderung darstellt?«
»Sagen Sie es mir.«
»Es ist die Aufforderung zu erkennen, daß man auf dieser Welt für das, was Sie Humanismus nennen, gekreuzigt wird. Nichts weiter. Es gibt keinen tieferen Sinn hinter diesem Bild, als die Botschaft, daß derjenige, der auf seine Stärke verzichtet, zum Schwachen wird und in der Folge sein Leben, an ein Brett genagelt, aushauchen muß.
Wir sind auf einen Planeten der Mörder reinkarniert, und

diesen Dschungel überlebt man nur, wenn man schneller und wacher und härter ist als die anderen.«
»Aber glauben Sie nicht, daß wir daran arbeiten sollten, diesen Zustand zu verändern?«
»Wie soll das gehen, wenn Sie den Stärkeren die Möglichkeit lassen, Sie zu kreuzigen?
Am Leben bleiben und weiterkämpfen, das ist der Ausweg. Dieses Folterbild, das in jeder Schule hängt, ist das Beispiel des größten Mißverständnisses in der Geschichte der Menschheit.
Es ist als Abschreckung gedacht und nicht als Vorbild.
Streben Sie es an, blutverschmiert und mit zerbrochenen Beinen an der Wand zu hängen und damit jedermann zu zeigen, was mit denen geschieht, die ihre andere Wange auch hinhalten? Dieser Akt hat sogar unter Wölfen noch einen Sinn, weil ein Alphatier niemals in die dargebotene Kehle des Schwächeren beißen würde. Wir sind jedoch keine Tiere, die ja Gott noch sehr nahestehen. Wir sind Menschen, und wenn unsereins eine Kehle dargeboten bekommt, zerfleischt er sie mit größter Genugtuung und Tötungslust. Das ist das Sinnbild des Kreuzes. Niemals den Weg der Liebe aus einer Position der Schwäche heraus einzuschlagen. Niemals.
Ich sage nicht, daß ich nicht in einer Welt des Friedens und der Liebe leben möchte. Das geht in der Realität jedoch nur, wenn meine Feinde wissen, daß es ihr Tod wäre, mich anzugreifen.
Erschrecken Sie nicht bei diesen Worten, sondern erkennen Sie, daß man Sie von Kindheit an dazu dressiert hat, die Schwäche als eine Stärke zu erleben.
Das ist ein Irrtum.

Dieser Irrtum sorgt dafür, daß unsere Welt so aussieht, wie sie aussieht, und daß es niemand wagt, dagegen aufzubegehren.«

»Haben Sie jemals versucht, dagegen aufzubegehren?«

Er nahm sich eine meiner Zigaretten, und ich gab ihm Feuer.

»Ich übe es ... Ich übe es.«

»Wollen Sie mir nicht sagen, wie Sie es üben?«

»Noch nicht.«

Ich wollte nicht weiter in ihn dringen und schwieg. Nach einigen Zügen an der Zigarette machte er sie aus und begann wieder zu sprechen.

»Haben Sie das Gefühl, daß Sie von Ihrem Richter Gerechtigkeit erfahren haben?«

»Ich glaube, meine Erzählung hat Ihnen doch gezeigt, daß ich die größtmögliche Ungerechtigkeit erfahren habe.«

»Wie konnte das geschehen?«

»Ich verstehe Ihre Frage nicht ...«

»Ich frage Sie, wie ist es Ihrer Meinung nach möglich, gegen jede menschliche Vernunft zusehen zu müssen, wie ein Mensch die Macht hat, die Buchstaben des Gesetzes so zu drehen und zu wenden, daß es zur Falle für Ihre Zukunft wird?«

»Ich weiß es nicht.«

»Dann werde ich es Ihnen sagen: Wir leben in einer doppelten Welt. Wir sind daran gewöhnt, an das zu glauben, was man uns vorführt, doch das, was wir sehen, ist nur ein Schauspiel, und die Bühne, auf der es aufgeführt wird, ist unsere Gutgläubigkeit. Wir werden von Kindheit an darauf trainiert, denjenigen zu glauben, die schon länger als wir auf diesem Planeten leben. Wer aber sagt, daß die

Weltanschauung derjenigen, die die erste Macht in unserem Leben über uns haben, die richtige ist?
Wie kommt es, daß wir mit jedem Jahr, das wir erleben dürfen, kleiner, mutloser und ängstlicher werden? Wo bleibt der Lebensimpuls, den wir mitgebracht haben, als man uns auf diese Erde geschickt hat? Er beginnt zu verdorren, in dem Moment, in dem wir nicht mehr auf uns selbst hören, sondern hilflos denjenigen recht zu geben beginnen, die einfach lauter sind als wir.
Ist Ihnen noch nie aufgefallen, wie unaufhaltsam sich die Traurigkeit in die Gesichter der Kinder schleicht? Ist Ihnen noch nie aufgefallen, wie ihre Lebendigkeit versiegt und sie still werden? Es ist jedoch keine Stille, die der Mensch braucht, um den leisen Tönen des Lebens zuzuhören – es ist die Stille eines Friedhofes.
Alles das, was Ihnen mitgegeben wurde, um am Leben zu bleiben, wird Ihnen Stück für Stück weggenommen.
Was wir wirklich brauchen, ist Empfindsamkeit. Was wir wirklich brauchen, ist die Freiheit zu entscheiden, wie wir leben wollen, wenn unser einziges Vorbild die Gesundheit unseres Herzens ist.
Was wir wirklich brauchen, ist die Kraft, uns zu wehren, wenn man versucht, uns in die Irre zu führen.
Was bekommen wir? Was bekommen wir in den wichtigsten Jahren unseres Lebens, wenn wir programmiert werden, die Welt auf eine bestimmte Weise zu erleben?
Angst.
Wir werden einzig und allein und ausschließlich auf Angst programmiert.
Man macht uns angst, wenn wir uns bewegen. Man macht uns angst, wenn wir lachen wollen. Man macht uns angst,

unsere eigene Meinung zu finden, und man macht uns angst, wenn wir es wagen sollten, unsere Meinung zu verteidigen.
Wir werden von den ersten Schritten an in ein Gefängnis gesteckt, das sich unsichtbar um uns legt und jede Freiheit im Keim erstickt. Wir wissen es nicht besser, weil wir keinen Vergleich kennen. Wir beginnen, denjenigen zu glauben, die die Kraft haben, uns Nahrung zu geben und ein Dach über dem Kopf. Wir sind schutzlos ausgelieferte Wesen, und wir sind davon abhängig, daß man uns Zuneigung entgegenbringt und uns beschützt. Und um diesen Schutz zu bekommen, beginnen wir, uns so zu verhalten, wie wir glauben, daß man es von uns erwartet. Das, was man aber von uns erwartet, ist in erster Linie, daß wir nicht stören. Der Wahnsinn in unserer Gesellschaft beginnt mit der Tatsache, daß ein neues, junges Leben stört. Wir sind zersplittert und zerfallen in eine Gesellschaft, die isoliert und abgekapselt funktioniert. Unsere Welt baut sich aus kleinen, fensterlosen Einzelzellen auf, in die niemand hineinsehen kann, und aus denen es keinen Blick nach draußen gibt. Das einzige aber, was die Seele des Menschen braucht, um nicht zu verkümmern, ist eine Gemeinschaft voller Liebe, Wärme, Zuneigung und Kommunikation.
All das haben wir nicht mehr in unserer Welt. Wir sind durch die Formen unseres Zusammenlebens in eine Einsamkeit und Isolation gepreßt, aus der es kein Entrinnen gibt. Alle unsere natürlichen Bedürfnisse sind verkrüppelt worden, und das Gegenteil von dem, was unser Herz braucht, um lebendig zu bleiben, ist uns zum Gott erklärt worden. Die unsagbare Einsamkeit, in die wir uns haben

treiben lassen, führt natürlich dazu, daß eine Frustration in uns heranwächst, die nicht zu besänftigen ist.
Voller Verzweiflung irren wir umher und suchen nach dem verlorenen Paradies der Gemeinschaft. Wir haben uns jede Gemeinschaft nehmen lassen. Es gibt keine Gemeinschaft mehr mit unserem Nächsten, und es gibt keine Gemeinschaft mehr mit diesem Planeten, auf dem wir leben. Wir haben uns entwurzeln lassen und feiern diese Entwurzelung auch noch als Fortschritt auf dem Weg zum Individuum.
Es ist kein Fortschritt.
Es ist kein Fortschritt, nicht mehr wirklich miteinander reden zu können, weil wir das Zuhören verlernt haben. Es ist kein Fortschritt, voller Ungeduld zu sein, weil wir gelernt haben, daß nur das schnelle Glück das einzig mögliche Glück darstellt. Es ist kein Fortschritt, nicht mehr zu wissen, was die Wörter ›Wachstum‹ und ›Reife‹ bedeuten. Es ist kein Fortschritt, beim Wort ›Geduld‹ an verlorene Zeit zu denken, anstatt an die Vorfreude, die sich nur im Warten einstellen kann. Eingepfercht sitzen wir in unseren Zellen, und plötzlich kommt ein neues Leben dazu.
Hilflos, schutzlos, lebendig – es fordert unsere Aufmerksamkeit und erhält nur Zurechtweisung, weil es stört. Wann haben Sie zum letzten Mal eine Mutter auf der Straße gesehen, die ihren kleinen Sohn lachend und liebevoll umarmt und geküßt hat? Wann haben Sie das letzte Mal auf der Straße einen Mann gesehen, der seine Frau voller Liebe und Zärtlichkeit umarmt hat, und neben den beiden stand ihre kleine Tochter, die sich ohne Eifersucht über das Glück ihrer Eltern gefreut hat? Ohne

Eifersucht – weil sie spüren darf, daß sie wiederum das willkommene Glück ihrer Eltern ist?
Ich sage Ihnen, Sie haben es nicht gesehen. Was Sie gesehen haben, sind entsetzte, hysterisierte, kleine Menschen, die schreiend ihre Sehnsucht nach Zärtlichkeit hinausbrüllen. Sie haben Eltern gesehen, die so überfordert, überreizt und mit den Nerven am Ende waren, daß sie nur noch versuchen können, dieses Schreien ihres Kindes zu überschreien. Sie werden Schläge gesehen haben, die auf kleine Kinderköpfe niedergesaust sind, weil die Eltern nicht mehr fühlen können, daß ihr Kind ganz einfach ihren Schutz und ihre Nähe und Wärme sucht. Jedes kleine Tier ruft in der Dunkelheit verzweifelt nach seiner Mutter, wenn es erwacht und sich verloren fühlt. Welcher Löwin würde es einfallen, dieses Weinen mit einem Schlag zu beantworten? Welchem Elefantenbullen würde es einfallen, seinen kleinen Sohn mit dem Rüssel niederzustoßen, weil er sich vor einem morschen Baumstumpf ängstigt und zwischen seinen Beinen Schutz sucht?
Kein Tier kann jemals so grausam, kalt und herzlos sein wie unsere Rasse. Keinem Tier würde es einfallen, sich freiwillig von seiner Herde zu isolieren, deren Gemeinschaft Schutz und Sicherheit bedeutet.
Wir waren als einziges Lebewesen auf diesem Planeten so verblendet, uns über die Schöpfung zu stellen, die uns hervorgebracht hat.
Nur uns ist es eingefallen, die Abwendung von der Natur als Fortschritt zu bezeichnen.
Welcher Baum würde es als Fortschritt bezeichnen, daß man ihm seine Wurzeln aus dem Erdreich gezogen hat. Unser Lebensbaum ist morsch, wir selbst haben die Axt an

unseren Stamm gelegt, und unsere Blüte fällt. Während wir fallen, rauscht die Luft im Stürzen um unsere Blätter, und wir halten dieses Brausen für die Musik einer neuen Epoche. Das einzig neue, das unsere Epoche uns zu bieten hat, ist, daß sie die letzte Epoche sein wird, die wir erleben dürfen. Wir verbrauchen jeden Vorrat, der nötig ist, um die Kette der Bequemlichkeit nicht abreißen zu lassen. Wir zerschneiden, wir beuten aus, wir zerstören.

Wir lassen eine Spur der Verwüstung hinter uns und bemühen uns nicht einmal, die Stiefeltritte unserer Zerstörungswut zu verbergen.

Die Erkenntnis, daß wir falsch handeln, bedeutet überhaupt nichts für uns. Fast ist es sogar so, daß die Erkenntnis, daß wir als Rasse Selbstmord begehen, wie ein geiler Kitzel auf uns wirkt.

Alles scheint immer so weit weg zu sein, wenn wir daheim sitzen vor dem Fernseher und auf diese Weise die Welt konsumieren.

Es ist aber nicht weit weg.

Er ist ganz nah. Der Untergang, den wir selbst inszenieren, spielt sich in uns ab, und die Katastrophen, die sich in unseren Außenwelten abspielen, sind nur die Katastrophen, die in unserem Denken und Fühlen begonnen haben und die wir nach außen projizieren.

Alles, alles, alles hat seine Wurzel in der Dimension des Geistes. Unser Geist aber ist krank.

Wir tragen die Pest der falschen Bedürfnisse auf unserer Haut, und darum beginnt unser Planet, von dieser Pest angesteckt zu sein und zu verfaulen. Es gibt niemand mehr, der uns von diesem Weg abbringen kann.

All diejenigen, die an unserer Spitze stehen, sind in Wahr-

heit die Wegbereiter unseres Untergangs, weil sie nur an ihren eigenen, kleinen Palast denken, den sie erbauen wollen. Sie geben uns Ziele vor, nach denen wir glauben, uns abhetzen zu müssen, so lange, bis uns die Lungen und das Herz zerplatzen.
Sie stacheln uns dazu an, uns gegenseitig im Wettbewerb nach dem Schnellsten, Stärksten und Besten aus dem Weg zu räumen, und wir sind auch noch stolz darauf, wenn uns diese angemaßten falschen Führer die Hand zum Lob auf die Schulter legen.
Dankbar leuchten unsere Augen auf, wenn es uns wieder einmal gelungen ist, einen Sieg gegen unsere Empfindsamkeit zu führen. Verführt zum Größenwahn, zur Lieblosigkeit, zur Existenzbedrohung unserer Welt, glauben wir voll Stolz ihren lobenden Worten.
Es sind die Worte und die Gedanken des Untergangs.
Mit diesem Untergang, der schon nach der Fäulnis der Pest zu stinken beginnt, wird uns auch noch das passende Parfum gereicht. Mit süßem Duftstoff wird der Odem des Todes überdeckt, damit wir nicht doch plötzlich aufschrecken und bekennen, daß wir etwas ganz anderes vom Leben erwartet haben, daß wir ganz anders leben wollen, und um das zu verhindern, schläfert man uns beizeiten ein.
Man schläfert uns ein, und in unserem nicht endenden Traum vergessen wir, woher wir gekommen sind, und wie das Lachen unserer Kindheit geklungen hat.«
Er saß da und hörte zu sprechen auf. Ich hatte das Gefühl, daß er nicht zu mir geredet hatte, obwohl er mich immer wieder bei seinen Worten angesehen hatte. Eine seltsame Kraft hatte von ihm Besitz ergriffen und ihn im Sprechen

weitergetrieben. Dieser unbekannte Mann war wie von einer übermächtigen Hand vorwärtsgestoßen, wie ein Schiff auf hoher See, das vor dem Wind fährt und von immer höheren Wellenbergen immer weiter und tiefer in die See hinausgetrieben wird.
Irgend etwas war in ihm, das wie ein rastloser Sturm in sein Leben gegriffen haben mußte. Irgend etwas trug er in sich, das ihm die Farbe der Einsamkeit und der Heimatlosigkeit verlieh. Woher kam dieser eigenartig kalte und gleichzeitig glühende Haß? Ich fühlte, daß wir auf verschiedenen Wegen zu ein und derselben Einsamkeit gefunden hatten. Wir hatten einander angezogen, weil es einen Moment in unserem Leben gegeben haben mußte, der unseren Glauben, unsere Hoffnung und unser Herz verändert hatte. Irgend etwas lag auf ihm, das keinen Ausweg zuließ. Kein Ausweg lag in seiner Stimme. Kein Ausweg lag in seinen Bewegungen, in seiner Art, wie er mich ansah, wie er sprach, wie er vorwärts trieb.
Er war ein Getriebener, dem es nicht vergönnt war, an Rast zu denken. Er hatte eine Wunde in seinem Herzen, die nicht heilen wollte und die er mir zeigte.
Er stand auf und sah sich um, dann ging er zu dem Brunnen, der auf der Mitte der Piazza stand. Er blieb eine Weile an den Rand gelehnt stehen und senkte den Kopf und blickte in das Wasser. Er nahm seine Hände, füllte sie mit Wasser und drückte sein Gesicht hinein. Ich ging ihm nicht nach, weil ich fühlte, daß er mit sich sein wollte. Er blieb noch eine Zeitlang am Brunnenrand stehen und kam dann langsam wieder zu unserem Tisch zurück.
»Was gibt es für einen Ausweg für Sie?« fragte ich ihn.
Er blickte mich tief und lange an, so, als wolle er heraus-

finden, ob ich bereit sei, ihm weiter zu folgen, dann sagte er: »Der Ausweg besteht darin, sich zu rächen.«
»Wie sieht Ihre Rache aus?« fragte ich und gab seinen Blick zurück.
Er wartete kurz und sagte dann: »Ich töte.«
Ich sah ihn an und wußte, daß er die Wahrheit sagte. Ich war von einer seltsamen Ruhe erfüllt und forschte in meinem Inneren nach einem Gefühl wie Angst oder Abscheu oder Entsetzen. Es war nicht da.
Ich hatte kein Gefühl der Furcht oder der Panik. Ich war nur von einer unbestimmten Zuneigung erfüllt. Ich wollte wissen, wer dieser Mann war, woher er kam und was in seinem Leben vorgefallen war, das ihn zu dem Punkt geführt hatte, an dem er nun angekommen war.
Was trieb diesen Unbekannten, sich mir zu offenbaren? Wie konnte er es wagen, seine Wahrheit so offen zu zeigen? Wie war es möglich, daß er offenbar keinerlei Furcht davor hatte, ich könnte aufstehen und gehen oder ihn von mir wegstoßen?
Er bestand darauf, mir zu zeigen, wer er war, und dieses Vertrauen hielt mich in seiner Gegenwart fest. Ohne zu wissen, was er durchgemacht hatte, fühlte ich, daß ich der erste Mensch seit langer, langer Zeit sein mußte, dem er sich öffnete.
»Wollen Sie mir erzählen, wie es dazu gekommen ist«, fragte ich ruhig und war bereit, zuzuhören.

Es hat mit einer Liebe begonnen ...«, sagte er und legte seine Hände ineinander. »Es hat mit der ersten, einzigen, größten und wahren Liebe meines Lebens begonnen.
Vor vielen Jahren war ich ein Student.
Ich studierte Medizin, weil ich Arzt werden wollte. Ich lebte in einer kleinen Wohnung und hatte wenig Geld. Eines Tages saß ich wieder in einer Vorlesung, als eine junge Frau den Hörsaal betrat. Ich sah sie und war vom ersten Augenblick an verzaubert. Ich finde kein anderes Wort, auch wenn es vielleicht schon etwas aus der Mode gekommen ist.
Sie hatte eine so freie, leichte, schöne und heitere Ausstrahlung, daß ich völlig auf den Vortragenden vergaß und eine ganze Vorlesung lang nur in ihre Richtung sehen konnte. Sie hatte lange, blonde Haare und blaue Augen. Als sie zuvor die Geschichte Ihrer letzten zwei Jahre erzählten und vor mir das Bild von Maria zeichneten, mußte ich an diese erste Begegnung zwischen mir und Susanna denken.
Sie hieß Susanna, aber das wußte ich damals, an diesem Tag, noch nicht, als sie den Hörsaal betrat. Sie setzte sich zwei Reihen über mir in eine der Bänke, die in dem Hörsaal wie in einem Amphitheater angebracht waren. Ich mußte mich ununterbrochen nach ihr umdrehen und sie ansehen. Sie hatte ein Gesicht wie ein Engel. Ihre blauen Augen und ihre feine Nase, ihre zart geschwungenen Lip-

pen und ihre helle Haut wurden von den weichen Wellen ihrer Haare umrahmt, und auf ihren Wangen hatte sie einen leichten Hauch von einem Sommerton der Wärme, der zart und schimmernd strahlte.
Sie strahlte.
Sie saß da und strahlte, ohne irgend etwas zu tun. Sie war die schönste Frau, die ich jemals gesehen hatte, und sie trug diese Schönheit mit einer unglaublichen Grazie.
Grazie – das war es, was sie umgab. Die Grazie eines jungen Tieres, das das Spielen noch nicht verlernt hatte und dessen Anmut noch niemals von einem Blitzschlag des Lebens irritiert worden war.
Ich sah sie an und war auf der Stelle verliebt. Ich war verliebt in die Art, wie sie dasaß, wie sie ihren Kopf in die linke Hand stützte ... Ich war verliebt in den Ernst, mit dem sie dem Dozenten zuhörte und sich hin und wieder Notizen machte. Ich war gefesselt von der Art, wie sie ein Buch hervorholte und darin blätterte. Gefesselt von der Selbstverständlichkeit, mit der sie einer Nachbarin ihren Stift borgte. Gefangen von ihrer Bewegung, als sie einige Haare, die ihr ins Gesicht gefallen waren, nach hinten hob.
Wenn ich ein Künstler wäre, ich hätte sie malen wollen oder ein Lied für sie komponieren, ein Gedicht verfassen und ihr durch einen Boten zukommen lassen. Ich saß da und konnte meinen Blick nicht von ihr wenden.
Nach einer Weile spürte sie, daß jemand sie beobachtete, und suchte, woher diese Blicke kamen.
Unsere Augen trafen sich, und sie sah, daß ich völlig verloren war. Sie hielt meinen Blick ein paar Atemzüge lang fest und senkte dann den Kopf und lächelte. Es hatte kei-

nen Sinn, sich zu verbergen. Ich war ein offenes Buch, und sie konnte darin lesen, und was sie dort fand, ließ sie lächeln. Es war kein Lächeln einer schönen Frau, die es gewohnt ist, daß alle Männer, die ihr begegnen, erstarren und unfähig sind, sich weiter normal zu benehmen. Es war ein fast scheues, erstauntes Lächeln, so, als hätte sie etwas gesehen, was sie selbst in sich kannte und was sie zutiefst überraschte.

Nach einer Weile blickte sie wieder zu mir herüber, wie um nachzuforschen, ob sie sich getäuscht hatte. Wieder sah sie tief in mich hinein, und dann war da ein Ernst … Ein leichter, freier Ernst in ihr, weil sie sehen konnte, daß etwas zwischen uns war, was auch sie noch nie erlebt hatte …

Die Vorlesung ging zu Ende, und wir verließen den Hörsaal.

Ich war plötzlich von einer unbegreiflichen Scheu erfüllt, sie anzusprechen, und auch sie ging mit gesenktem Blick an mir vorbei aus dem Saal und aus der Universität. Auf diesem Weg begegnete ich einem Bekannten, der mit einer anderen Studentin das Gebäude verließ. Er blieb stehen und plauderte mit dem blonden Mädchen, und als er mich sah, winkte er mich heran. Er stellte uns vor, und so erfuhr ich ihren Namen –

Susanna …

Susanna … Ich mußte plötzlich lachen, weil dieser Name zum schönsten Wort für mich geworden war, und dann beschlossen wir, einen Kaffee zu trinken. Wir saßen da zu zweit und lachten und plauderten. Ich weiß nicht mehr, worum sich unser Gespräch drehte, ich weiß nur, daß ich in Wirklichkeit überhaupt nicht daran teilnahm. Ich saß neben ihr und fühlte eine starke Wärme und Nähe zu ihr, als sich unsere Arme oder Hände – wie zufällig – berührten.

Es war kein Zufall …

Als sie den Zucker heranholen wollte, um ihren Kaffee zu süßen, griff auch ich nach dem Glasgefäß, um es ihr zu reichen, und in dem Moment berührten sich unsere Hände, obwohl es überhaupt nicht nötig gewesen wäre, diesen Zuckerstreuer gemeinsam über die Distanz von vielleicht vierzig Zentimetern an ihre Tasse heranzutragen. Beide spürten wir, daß wir unsere Hände ineinanderlegen wollten, und die Tatsache, daß dieser Zuckerstreuer vierzig Zentimeter zu weit entfernt stand, gab uns die Gelegenheit zu dieser Berührung.

Ihre Hand war warm – fast heiß … Und ich spürte, daß sie ein wenig zitterte. Wir redeten über die neuesten medizinischen Forschungen, und in Wirklichkeit sagten wir beide immer nur – Hallo … Hallo … Hallo du …

Sie wendete mir oft ihr Gesicht zu und sah mir direkt in die Augen, und ich wollte sie am liebsten an der Hand nehmen und mit ihr aus dem Café gehen und sie nie wieder loslassen. Ich war so getroffen von unserer Begegnung und von einer Schüchternheit, die ich an mir noch nie erlebt hatte.

Ich wurde so unfähig, den Eroberer zu spielen, daß ich es nicht fertigbrachte, sie um ihre Telefonnummer zu bitten. Mitten in unserem Gespräch blickte sie einmal auf die Uhr und entschuldigte sich, um telefonieren zu gehen. Sie kam wieder und wirkte verstört und nervös. ›Es tut mir leid, aber ich muß jetzt gehen‹, sagte sie und gab jedem von uns die Hand.

Ich war so überrumpelt, daß ich nur ›Auf Wiedersehen‹ sagen konnte, obwohl ich mit ihr gehen wollte, obwohl ich bei ihr sein wollte, und das für den Rest meines Lebens. Plötzlich war sie weg, und ich hatte nicht einmal den Mut gehabt, sie nach ihrer Telefonnummer zu fragen. Der Moment wäre dagewesen, als sie mir etwas zu lange die Hand gab und mich wartend ansah. Ich glaubte, die Aufforderung in ihrem Blick zu sehen, aber auf eine nicht zu erklärende Weise war ich wie gelähmt. Diese Lähmung steigerte sich noch, als ich ihr durch die Glasfenster des Kaffeehauses nachsah und meinen Bekannten sagen hörte: ›Sie scheint wieder mal Probleme mit ihrem Freund zu haben.‹

Dieser Satz ließ mich zusammensinken und schlug mir in die Magengrube. Ich sah sie plötzlich von mir weggerissen und durch einen langen Gang verschwinden und konnte in der Folge noch weniger an dem Gespräch meiner Freunde teilnehmen.

Der Rest des Tages verlief wie eine ferne Musik, die man hinter geschlossenen Türen hört und die so leise klingt, daß man die Melodie nicht mehr erkennen kann. In den nächsten Tagen war ich bei den Vorlesungen unkonzentriert und gereizt, wenn mich meine Freunde zum Kinobesuch einladen wollten, weil sie nicht mehr kam.

Sie kam nicht mehr in die Vorlesungen. Ich trieb mich danach und davor in den Gängen der Universität herum, ich spazierte durch die umliegenden Parks, ich trank Unmengen von Kaffee in den Restaurants, die von uns Studenten besucht wurden – aber sie kam nicht wieder.

Nach ein paar Wochen erkannte ich, daß ich sie niemals wiedersehen würde, und versuchte, mich auf mein Studium zu konzentrieren. Die Monate reihten sich aneinander, und ich tat mir gegenüber so, als hätte diese Begegnung niemals stattgefunden. Sie hatte aber stattgefunden, und das wurde mir immer dann unerträglich bewußt, wenn ich mit einem Mädchen ausging. Ich ging ins Kino, ich ging tanzen, ich fuhr am Wochenende mit ihnen aufs Land, ich saß neben ihnen, ich hielt ihre Hand, ich küßte sie – aber alles erinnerte mich in seiner Bedeutungslosigkeit nur immer wieder an die eine, kleine, zufällige Berührung, die unsere Hände erlebt hatten, als wir gemeinsam nach dem Zucker griffen.

Soviel Wärme und plötzliche Nähe war in diesem einen, viel zu kurzen Moment gewesen, soviel Vertrautheit und ewiges Kennen, daß die leidenschaftlichsten Küsse, die ich danach mit anderen Mädchen tauschte, eben nur eine Täuschung waren.

Ich konnte nicht mehr.

Ich konnte mich nicht mehr darüber hinweglügen, daß ich Sehnsucht hatte nach Susanna und daß mich jede andere Frau nur an sie erinnerte. Also beschloß ich, keine anderen Rendezvous mehr zu verabreden, weil ich dieses quälende Spiel nicht immer wieder erleben wollte.

Ein Jahr lang dauerte dieser Zustand, bis eines Tages bei mir zu Hause das Telefon läutete.

Ich war soeben dabei gewesen, Milch heiß zu machen, um einen Cappuccino zu kochen, als ich eine Stimme hörte, die sagte: ›Guten Abend, hier ist Susanna ... Bin ich da richtig?‹

Ich war wie vom Blitzschlag getroffen und bemerkte nicht, daß die Milch überkochte und dampfend und Blasen schlagend meinen Herd und den Küchenboden verwüstete.

Ich versuchte, gefaßt zu klingen, mußte ununterbrochen lachen, und dann verabredeten wir uns in dem kleinen Café, das der Platz unserer ersten Nähe gewesen war.
Ich sah sie zur Tür hereinkommen, stand auf, ging ihr entgegen, und dann fielen wir uns in die Arme …
Es gab überhaupt keine Frage und keine Unsicherheit, kein Zögern und keine Koketterie, wir fielen uns in die Arme und lachten, weil wir füreinander bestimmt waren und endlich … Endlich … Endlich die Trennung zwischen uns beendet war.
Sie erzählte mir, daß sie an jenem Tag unseres ersten Lebens mit ihrem damaligen Freund Schluß gemacht und dann für die nächsten Monate die Stadt verlassen hatte. Sie erzählte nur, daß sie ihr Studium abgebrochen habe und sich mit verschiedenen Jobs durchschlagen mußte und nun schon seit ein paar Monaten wieder in der Stadt lebte.
›Warum hast du denn dann nicht schon früher angerufen?‹ fragte ich und hielt ihre Hand fest.
›Ich war irgendwie überrascht und vielleicht auch enttäuscht, daß du mich nicht um meine Telefonnummer gebeten hast‹, sagte sie, ›ich war so getroffen davon, wie du meine Hand berührt hast, als ich nach dem Zuckerstreuer gegriffen habe – deine Berührung ist mir durch und durch gegangen, und ich habe so gehofft, daß du mich wiedersehen willst –‹
Es war ihr also ganz genauso ergangen wie mir. Es wäre falsch zu sagen, daß ich überrascht war. Nein, ich war nicht wirklich überrascht … Weil es mir völlig selbstverständlich schien, daß wir beide dasselbe erleben mußten.
›Ich habe so oft in all den Monaten an dich denken müs-

sen‹, sagte sie und mußte lachen, als ich nur hilflos sagen konnte: ›Ich auch …‹

›Also gut‹, lachte sie dann, ›dann sehen wir's eben als eine Prüfung wie in der Zauberflöte …‹

Ich nahm ihre Hand, legte sie auf mein Gesicht und küßte sie.

Die Zauberflöte ist für mich, genauso wie für sie, meine Lieblingsoper … Und meine Lieblingsszene ist die Stelle, an der es dem Liebespaar verboten wird, miteinander zu sprechen, weil das Schicksal sehen möchte, ob sie diese Prüfung gemeinsam bestehen werden.

Sie bestehen sie und dürfen zusammenfinden, und das taten auch wir, weil die Semesterferien vor der Tür standen und ich sie einlud, mit mir nach Rom zu fahren.

Wir landeten, ließen uns ins Zentrum fahren und gingen auf die Piazza Navona.

Wir saßen hier, wie wir beide jetzt, und redeten und redeten und erzählten uns unser Leben und lachten und tranken Kaffee und Campari Soda. Die Tauben flogen um unsere Köpfe, und die Wasserstrahlen des Brunnens wehten zu uns herüber, weil an diesem Tag ein lachender Wind über die Piazza tanzte, der sich über uns amüsierte …

Wir gingen ineinander verschlungen durch die engen Gassen und blieben da und dort stehen, um in eine Auslage zu schauen, um einen Espresso zu trinken, um Mandelgebäck zu kaufen und um uns gegenseitig zu füttern. Ich kaufte ihr ein helles Sommerkleid mit fürchterlichen, kleinen Rosen darauf – aber in diesen Zeiten war uns alles egal, und alles, was uns zum Lachen brachte, war willkommen …

Unser Lachen wollte überhaupt nicht verstummen an diesem Tag, wir zogen über das Forum Romanum und hielten Ansprachen … Wir zückten mit dem Engel auf der Engelsburg gemeinsam das Schwert … Wir trieben die Pferde unserer Heiterkeit in Wagenrennen, und wie Juda Ben Hur schafften wir es, mit unserem Glück über die Ziellinie der Alltäglichkeit zu galoppieren …

Die Sonne begann zu sinken.

Wir gingen zu der kleinen Pension, in der wir ein Zimmer genommen hatten …

Diese Nacht wurde die schönste Nacht meines ganzen Lebens.

Wir legten uns ins Bett und versanken in unserer Umarmung. Wir küßten einander voller Zärtlichkeit und mit dem Gefühl, uns nach Äonen wiedergefunden zu haben. Ich hielt sie in meinen Armen, und sie hielt mich fest, und am Höhepunkt unserer Liebe sah sie mich an und sagte: »Du bist mein Mann …«

Diese Worte fielen in mein Herz und ließen alles wiederauferstehen, was seit Jahrtausenden geschlafen hatte. Ich glaube nicht … – ich weiß, daß es die Wiedergeburt der Seele gibt und daß es die Wiederbegegnung gibt von Seelen, die einander aus uralten Zeiten kennen.

In dieser Nacht ist etwas geschehen, was mir zeigte, damals und für alle Zeiten, daß Susanna meine Frau war, ist und immer bleiben wird. Wir lagen nebeneinander im Dunkel der Nacht und hielten uns umarmt. Ich kann nicht sagen, ob wir eingeschlafen sind oder wachblieben – ich fühlte nur mit einemmal, wie unsere Haut, die warm und weich aneinander lag, sich zu öffnen begann. Ich spürte, wie sie sich an meiner Seite öffnete, und wie ich mich öffnete, und wie wir begannen, zu einem Körper, einer Seele, einem Herz und einem Wesen zu werden.

Es war dunkel in unserem Zimmer, und dann hatte ich mit einem Mal das Gefühl, als würde auch unser Denken zu einem einzigen Gedanken. Ich wußte, wer sie war und woher sie kam. Ich kannte ihre Geschichte, die länger war als die Jahre, die sie bis zu dieser Nacht auf unserer Erde verbracht hatte … Ich wußte, fühlte und sah, daß wir einander schon oft begegnet waren und daß auch diese Begegnung, die wir jetzt erleben durften, zu einem Echo gehörte, das viel, viel, viel früher seinen Ursprung genommen hatte.

Ich begriff, daß unsere Seele durch die Zeiten streift und sich ein Schicksal sucht, von dem sie lernen darf, und ich begriff, daß wir uns manchmal als Heimat das Herz eines Mannes und manchmal das Herz einer Frau nehmen dürfen. Wir wechseln die Ufer an ein und demselben Fluß, um zu lernen, wie der andere fühlt, denkt, empfindet und die Welt erlebt.

Wir dürfen erfahren, daß es nur einen einzigen Fluß gibt und daß die beiden Ufer dazu da sind, um ihm zu ermöglichen weiterzufließen und sich nicht aufzulösen.

Ich spürte in einem anderen Leben, daß ich eine Frau gewesen war und sie mein Mann. Ich erlebte, was es bedeutet, eine weibliche Seele zu haben und sich diesem Gefühl hinzugeben. Ich fühlte das Fremde in meinem Mann, in dem die Seele verborgen war, die in diesem, jetzigen Leben wieder zu meiner Frau geworden war …

So lagen wir in dem kleinen Zimmer unserer Pension da und sahen, wie diese Lebensfilme durch unser Denken zogen, das zu einem einzigen Denken geworden war. Manchmal schienen die Bilder stillzustehen, und manchmal rasten sie vorbei, so, als wollte es jemand nicht dulden, daß wir zuviel erkennen konnten. Wenn sie stehenblieben, dann zeigte man uns einen Lebensmoment, der darin bestand, das Sterben zu begreifen. Der Tod war es, der uns immer wieder gezeigt wurde. Ich weiß nicht, was ich dabei fühlte ... Ich weiß nur, daß es, je öfter ich ihm in die Augen sah, um so leichter wurde, seinen Anblick zu ertragen.

Er stand vor uns und hielt die Hand von sich gestreckt. Er zeigte uns die Fläche seiner Hand, auf der ich keine Linien sehen konnte. Es war, als wäre seine Hand der Teil einer Grenze, an der es kein Entrinnen gab. Er stand da und schwieg. Er war nicht kalt und grausam und erschreckend – er war nur still.

Ich sah mich sterben an seiner Hand ...

Ich sah sie sterben an seiner Hand ...

Ich erkannte, daß er nicht voller Grausamkeit war, sondern einfach nur still ...

Er stand da und wartete, er zeigte keinen Haß und keine Rache und keine Vergeltung und keine Belehrung – er war nur einfach da, und er war still.

Ich fühlte, daß alle Angst, die ich vor ihm hatte, all die Strafe, die ich von ihm erwartete, in meinem eigenen Herzen waren. Je mehr ich mich gegen ihn wehrte, um so größer wurde der Schmerz, der darin bestand, daß ich mich am Leben festkrallte wie ein Tier, das nicht ertrinken will. Das Sterben war für mich in jedem Leben schwer – aber mit einemmal hatte ich nach Tausenden von Leben, die man uns sehen ließ in dieser Nacht, das Gefühl, als wäre eine winzige Veränderung zu bemerken. Mit einemmal hatte ich das Gefühl, in einem neuen Leben, als wäre ich ihm einen Schritt entgegengekommen.

Es ging ein steter Sog von ihm aus, aus dem es kein Entrinnen gab. Wie ein kreiselnder Strudel im tiefsten Meer zog er am Lebensende die letzten Lebensfunken zu sich heran, um sie zu löschen. Doch dann hatte ich das Gefühl, als wäre meine Todesangst ein wenig kleiner geworden. Ein wenig mehr Verstehen war in mir, daß es ihn geben muß. Eine Ahnung war mit einemmal in mir, daß er kein Feind war, den man besiegen mußte, weil es niemals einen Sieg geben konnte. Ich sah dem Tod ins Gesicht und erkannte mich selbst. Er stand an einem Tor und ließ mich hindurchgehen, und mit einemmal glaubte ich zu fühlen, daß er nicht der Endpunkt war. Er war eine Station auf meinem Weg. Er war eine Station auf unserem Weg, die nichts beurteilte. Es war nur das Beenden einer Rolle, das er markierte – aber er war nicht das Auslöschen des Spielers, der sie spielte.
Ich horchte tief in mich hinein in dieser Nacht und sah, daß tausend Hüllen von mir schon zurückgeblieben waren und tausend Hüllen noch darauf warteten, von mir getragen zu werden. Erst, wenn ich in eine Lebensrolle hineingestiegen war, begann das persönliche Leiden.
Mein jeweiliges persönliches Leiden war es, das sich selbst zum Mittelpunkt des Universums machte. Der Beginn meiner jeweiligen Laufbahn war es, in dem die Angst vor dem Ende des jeweiligen Spiels begann. Erst in der Sekunde, als ich als Mensch sagen konnte: ›Ich bin‹, wollte ich nicht, daß dieses Ich jemals vergehen sollte. Aber was war denn so wichtig an diesem Ich, daß es sich anmaßte, ewig leben zu wollen? Niemand von uns hat eine solche Wichtigkeit für den Ablauf des Universums, daß dieses Universum mit einemmal seine Regeln ändern

würde, um diesem kleinen Ich das ewige Leben zu schenken.
Alles, was in der Zeit geboren wird, muß in der Zeit sterben, und wir werden nur geboren, um zu erfahren, daß hinter dem Tod unserer in der Zeit begrenzten Persönlichkeit etwas anderes wartet, das durch den Tod befreit wird.
Der Tod stand da und hielt die Hand ausgestreckt, um uns zu zeigen, daß das Ende eines Durchlaufs nur den Beginn einer neuen Maskerade darstellt. So oft hatte ich geglaubt, ihn überlisten zu können – so oft hatte ich mein Leben in den Dienst meiner Absicht gestellt, zu überleben – und unsterblich zu werden. So oft hatte ich in den Momenten der Zärtlichkeit, des Triumphes, der Stärke gehofft, daß dieser Glücksrausch ewig währen könnte.
Im Augenblick dieser Hoffnung, im Augenblick aber, in dem ich dem Strom meiner Verwandlungen einen Damm bauen wollte, hatte ich auch schon das Gegenteil erreicht. Kaum hatte ich gedacht, den Tod zu besiegen, indem ich an einem hohen Moment festhalten wollte, war er schneller zur Stelle, als wenn ich es nicht versucht hätte. Wenn ich einen Damm baute, um das fließende Wasser der Existenz nicht verrinnen zu lassen, blieb es tatsächlich für einen Moment stehen und begann auch schon in der Sekunde danach, faulig zu werden – seine Energie zu verlieren und mich schneller altern zu lassen, als wenn ich ihm sein Recht gelassen hätte, das darin bestand zu fließen. Im Moment, in dem ich glaubte, einen Sieg über die Vergänglichkeit errungen zu haben, trat der Tod einen Schritt schneller an mich heran und ermahnte mich, loszulassen.
Loslassen …

Loslassen, loslassen, loslassen ... Das war die Botschaft, die sich immer mehr und mehr aus all meinen Leben und all meinen Toden herauskristallisierte.
Es war so schwer ...
Es ist so schwer ...
Nichts was lebt, will sterben.
Das ist die Wahrheit. Nichts was lebt, will sterben. Nichts was lebt, gibt freiwillig auf, beugt sein Haupt und verläßt die Bühne, auf der das Glück des Lebendigseins zu erleben ist. Tausendmal müssen wir es erleben, daß nur die Veränderung der Sinn des Lebens ist und nicht das Bewahren.
Tausendmal müssen uns die Hände gebrochen werden, mit denen wir uns am Ufer festkrallen, damit uns der Strom der Veränderungen von einer einmal gefundenen Ruhe fortzerren kann.
Eine Zeitlang wird dieses Loslassen nur erzwungen sein. Tausendmal werden wir loslassen, weil uns gar keine andere Wahl gelassen wird. Das Liebste, Schönste, Beste, Beglückendste wird uns entrissen, damit wir den Hochmut aufgeben. Wir müssen den Hochmut aufgeben zu glauben, wir seien stärker als die Macht des Schicksals. Wie aber ist das zu erlernen? Wie können wir dorthin kommen, das Loslassen anders zu begreifen als durch Schmerz?
Vielleicht ist es möglich, wenn wir sehen, daß es die Polarität des Lebens ist, die uns dabei helfen kann.
Liebe und Haß sind ein und dasselbe Gefühl. Es ist ein und dasselbe Gefühl, und nur durch den Spiegel der Umstände beginnen die Figuren, die Liebe und Haß darstellen, auf dem Kopf zu stehen und scheinen einander zu

bekämpfen. Wer würde das Negative, das Böse, den Schmerz, den Haß festhalten wollen? Bei Liebe, Zärtlichkeit und Glück aber tun wir es. Wie können wir das wagen, nachdem wir doch erlebt haben, daß Liebe nur das Gegenteil von Haß ist – derselbe vitale Puls dahintersteckt.
Wenn wir von selbst vermeiden wollen, das Schwarze über Gebühr in unserem Leben festzuhalten – warum halten wir dann das Weiße in unserem Leben fest?
Natürlich tun wir es, weil es im Moment angenehm ist und das Leben schöner macht. Wie oft aber müssen wir lernen, daß das Schöne von einer Sekunde auf die andere zur Fratze wird, wenn wir es nicht genauso wieder gehen lassen, wie es gekommen ist.
Wir müssen die Kindheit hinter uns lassen, die noch nichts wissen kann. Die Kindheit unserer Persönlichkeit will auf ewig weiterspielen und ewigen Sonnenschein. Wenn es uns gelänge, die Erde anzuhalten, um ewiges Sonnenlicht zu erhalten, würde alles Leben verbrennen.
Weiterziehen lassen … Gehen lassen … Kommen lassen … Gehen lassen … Das war die Botschaft, die ich tausendmal durch die Gegenwart des Todes erhalten hatte und die klar wie helles Bergwasser ohne Erklärung vor uns stand.
Wir hatten mit einemmal das Gefühl, als wären wir nicht allein in unserem Zimmer – die Wände wurden durchsichtig, und wir sahen hinaus in den Weltraum.
Still und dunkel lag er um uns, und abermilliarden und abertausend Sonnen drehten sich in ewigen Akkorden und miteinander singend durch den Raum. Wir hatten das Gefühl, als wären wir so klein wie ein Atom, und das Uni-

versum würde uns von allen Seiten einschließen und uns seine Größe zeigen.
Zur selben Zeit hatten wir das Gefühl, als würden wir uns vom Mittelpunkt unserer Seelen her ausdehnen ... Weiter werden ... Durchlässig werden ... Immer mehr und mehr uns ausdehnen, bis das Universum klein wie ein Atom in der Mitte unserer Seelen lag und wir es von allen Seiten her umschlossen.
Wir begannen zu pulsieren wie ein einziger Herzschlag. Wir dehnten uns aus und wurden wieder klein und blieben klein und dehnten uns aus, und dann begann dieser Rhythmus schneller zu werden und immer schneller, bis er sich so sehr beschleunigte und steigerte, daß wir das Gefühl hatten, klein und unendlich groß zu sein.
Im selben Herzschlag waren wir alles und nichts, und dann wurden wir wieder ruhig, und die Wände wurden wieder zu Wänden und das Bett wieder zu unserem Bett, und dann lagen wir wieder als Menschen nebeneinander und hielten uns fest.
In diesen letzten Ewigkeiten, die wir erlebten, als wir in den Himmel sehen durften, wußte ich, daß wir nicht getrennt waren. Es gab nicht mich, und es gab nicht sie – wir waren ein lebendes Bild, das alle Teile in sich trug, und es gab keine Grenze mehr zwischen ihr und mir.
Es gab nicht länger den Mann, der noch am Nachmittag einen Campari Soda getrunken hatte, und es gab nicht Susanna, die mich lachend mit Wasser aus dem Bernini-Brunnen naßgespritzt hatte ... Es war die Vereinigung.
Wir lagen da, und ganz langsam kehrten wir in uns zurück. Langsam begann ich wieder, meine Haut als meine Haut zu spüren und ihren Atem als den Windhauch einer Frau

zu fühlen. Unsere Körper waren wieder dazu da, uns eine Heimat zu geben, und waren wieder dazu da, den anderen durch seine Grenzen zu erkennen. Es war uns nicht gegeben, dort draußen zu bleiben und frei geworden zu sein. Die Suche nach der Unendlichkeit ... Der Weg aus der Erde hinaus zu dem körperlosen Schweigen hatte wieder begonnen. Das Fenster unseres Zimmers stand offen, und ich hörte das Rauschen der Oleanderblätter, die auf der Terrasse leicht aneinander rieben.

Wir schwiegen und wußten, daß wir dasselbe erlebt hatten. Wir hatten eine Ahnung geschenkt bekommen, warum wir hier sein mußten. Eine Ahnung davon, warum wir hier sein durften.

Ich sage, daß wir erkannten, daß wir hier sein durften, weil wir im Anblick der Unendlichkeit noch ein anderes Gefühl erlebt hatten als die befreite Leichtigkeit der Körperlosigkeit.

Da war etwas.

Da war ein Leben und eine Bewegung, die keinen Körper kannte ... Es war ein Zwischenraum, in dem es doch auch ein Bewußtsein gab. Es waren Lebendigkeiten, die noch zu lernen hatten und zwischen den Leben in der Körperlosigkeit verharren mußten.

Es war kein Unglück oder eine Form der Trauer zu spüren ... Es war vielmehr wie ein ziehendes Warten darauf, wieder auf diesem Planeten am Widerstand der Materie lernen zu dürfen. Vielleicht gibt uns das Glück, das wir als Menschen erleben dürfen, die Ahnung einer Leichtigkeit, die wir eines Tages erleben werden, und vielleicht gibt uns das Unglück den Widerstand, der unsere Kräfte formt.

Nur im Widerstand, nur unter Druck, nur im schweren

Erarbeiten gegen den reißenden Strom der Zufälle und der Materie formen wir unsere Fähigkeit, zu erkennen und leicht und gelassen zu werden.
Nur in der Haltung der Gelassenheit ist es uns geschenkt, loslassen zu können, und das ohne Schmerzen. Diese Gelassenheit können wir nur finden, wenn wir akzeptiert haben, daß es niemals ein Festhalten geben wird.
In dieser Nacht begann es, vor unserem Zimmer zu donnern und zu blitzen, so daß ich sie festhalten mußte. Wir waren wieder voneinander getrennte Menschen geworden, die sich danach sehnten, festgehalten zu werden und Geborgenheit zu erleben, und sei es auch nur für die Dauer eines kurzen, krachenden, römischen Gewitters.
Ich zog sie dicht an mich heran und küßte ihre Augen, ihre Wangen, ihren Hals und ihren Mund.
Der Tod – nur der Tod macht uns lebendig –, dachte es in mir, als ich wieder in ihre Umarmung versank und nichts wollte, als ihren Duft und ihre Küsse in mich aufzusaugen.
Nur das tatsächliche Wissen darum, daß es eines Tages diesen Körper nicht mehr geben wird, daß es diese Hände nicht mehr geben wird, daß es diese Lippen nicht mehr geben wird, erhöht den Wert eines geliebten Kusses zum Schatz aller Planeten des Weltalls.
Nur das Wissen darum, daß wir eines Tages atemlos daliegen werden und sich unsere Brust nie wieder heben und senken wird, macht jeden Atemzug zu einem Geschenk des Allmächtigen, neben dem jedes andere Gut dieser Erde zu Staub zerfällt.
Ich hielt sie fest und war wie gespalten in zwei Gefühle. Ich hatte erfahren und begriffen, daß es uns eines Tages nicht mehr geben würde, und diese Erkenntnis trieb mich

wie einen Verdurstenden in die Lebendigkeit Ihres Körpers. Gleichzeitig hatte ich doch auch sehen dürfen, daß das Auseinandergehen, daß das Sterben, daß der Tod, daß die Trennung auf ewig eine Illusion ist. Alles in unserer Kultur ist falsch. Alles ist falsch, und so ist auch die Beschwörungsformel bei der Verbindung zwischen Mann und Frau völlig falsch. Es darf nicht heißen: ›Bis daß der Tod euch scheidet …‹ Es muß heißen: ›Bis daß der körperliche Tod die letzte Barriere zwischen euren Seelen beseitigt hat und ihr eure wahre Vereinigung erleben dürft …‹
Wir blieben diese donnernde Regennacht, den nächsten Tag und die darauffolgende Nacht in unserem Zimmer und in unserem Bett, und nur einmal stand ich kurz auf, um über den Zimmerservice etwas zu Essen zu bestellen.
Man brachte uns Weißbrot und Schinken und Melone, Erdbeeren und etwas kaltes Huhn und Eier und Käse und eine Flasche Rotwein, und wir saßen da und fütterten uns gegenseitig und lachten und schwiegen und liebten uns immer und ewig.
Es waren Tage, wie der Beginn und das Ende dieser Welt. Ich hatte niemals zuvor so eine Nähe gespürt. Niemals zuvor hatte mich eine Frau so in den Armen gehalten und mir äonenlang in die Augen geblickt. Nie zuvor hatte ich in der Dunkelheit der Nacht so eine Stimme gehört, die zu mir sagte: ›Ich liebe dich …‹
Ich liebe dich …
›Ich liebe dich‹, sagte ich und ließ es Nacht werden und Tag und wieder Nacht. Ich wollte, daß diese Zeit niemals zu Ende gehen sollte, und während ich diese Worte dachte, kam mir das Erlebnis der ersten Nacht in den Sinn, und ich bemühte mich, nicht daran zu denken, daß

die Zeit stillstehen sollte und das Wasser aufhören zu fließen. Ich versuchte, dem Leben und seiner Natur der Veränderung keine Grenzen zu setzen, und akzeptierte es, daß diese schöne Zeit von Rom zu Ende kommen mußte.
Wir packten unsere Koffer und fuhren nach Hause.
Nach Hause ... Ich muß lachen, wenn ich das sage, weil auch für mich – genauso wie für Sie – diese Stadt, dieses Rom zum Zuhause geworden war, zur Geburtsstätte meiner Liebe, meines Lebens, meiner Hoffnung, meiner Sehnsucht, meiner Erkenntnis und meiner Berufung.
Wir waren gerufen worden in dieser Nacht, wir mußten den Weg unseres Schicksals zu Ende gehen, ob wir es wollten oder nicht.
Wir fuhren also in das Land und in die Stadt, in der wir lebten, und fingen an, ein gemeinsames Dasein aufzubauen. Wir fingen an, miteinander zu leben und uns den Alltag zu teilen.
Es war ein Paradies.
Wir hatten beide durch das Geschenk dieser Nacht erfahren, welchen Wert jeder Atemzug auf diesem Erdball hat. Wir waren so voller Liebe füreinander, daß unser Glück, nach einigen Zeiten wieder einmal gemeinsam gehen zu dürfen, jede Routine und jedes Müdewerden im Alltag wie von selbst ausschloß. Ich war glücklich, sie am Morgen zu sehen und am Abend neben ihr einzuschlafen. Sie war voller Zärtlichkeit und Liebe, wenn wir gemeinsam über den vergangenen Tag redeten und uns überlegten, wie wir den kommenden zu einem Fest verwandeln konnten.
Unsere Nächte waren voll der Sanftheit einer fallenden Feder und voller Wildheit junger Löwen. Unsere Vertrautheit wuchs mit jeder Stunde, weil wir, gleichzeitig zu

unserer Begegnung, jetzt und hier an diese Körper gebunden, wußten, daß wir eine durch nichts begrenzte Geschichte unserer gemeinsamen Seele mit uns brachten.
Manchmal, wenn ich allein und ohne sie durch die Straßen ging, bekam ich Angst.
Mit einer nicht vorherzusehenden Gewalt sprang mich eine unerklärliche Angst vor dem Verlust an.
Es gab nicht das geringste Anzeichen zwischen uns, daß irgend etwas jemals unser Glück trüben könnte – und genau das machte mir angst. Es machte mir angst, daran zu denken, daß es eines Tages vorbei sein könnte.
Ich weiß nicht, warum diese Angst immer wiederkam, aber ich weiß, daß sie immer dann auftauchte, wenn ich an unsere magische Nacht in der kleinen Pension in Rom dachte. Es blieb immer öfter eine Frage zurück, die immer größer und fordernder vor mir stand. Warum hatten wir überhaupt dieses Erlebnis gehabt? Warum hatten wir von oben auf unser Dasein blicken dürfen? Was hatte es für eine Botschaft enthalten, außer dem Himmel dankbar sein zu müssen?
Je öfter ich die Bilder der damaligen Nacht vor meinem inneren Auge vorbeiziehen ließ, um so öfter begann ich, etwas zu erkennen, das all unseren Leben gemeinsam war. Nie ... Niemals ... Kein einziges Mal in den Zeiten seit unserer Entstehung war es uns vergönnt gewesen, ein Leben voller Glück zu Ende zu führen.
Niemals war ewiger Frieden die Haupttonart unserer gemeinsamen Existenz gewesen. Wenn es Daseinsformen gegeben hat, in denen wir füreinander das große Hindernis waren, das Glück zu erleben – hatten wir dafür keine Angriffe aus der Außenwelt zu erleben. In den Wiederge-

burten aber, in denen wir voller Liebe und Glück vereint waren, kam die Trennung, kam das Auseinandergerissenwerden von außen. Ein unvorhersehbares, unerklärliches Schicksal hieb das Schwert der Trennung zwischen unsere verschlungenen Hände und bereitete dem Glück ein unfaßbares Ende.

›Ihr seid nicht füreinander geschaffen, um glücklich zu sein, sondern dafür, miteinander durch Schmerzen zu lernen.‹

Dieser Satz dröhnte nach jedem Auseinandergehen durch mein Herz und ließ mich zerstört zurück.

Nur durch Schmerz dehnten sich unsere Herzen wieder aus, wenn sie schon begonnen hatten, sich im gemeinsamen Glück einzuleben und nur noch füreinander dazusein.

Es war so, als hätte der Weltgeist etwas dagegen, daß unsere Harmonie eine Wand zwischen unserem Glück und dem Irrsinn der Umwelt aufbauen konnte, und immer dann, wenn wir geglaubt hatten, endlich in Sicherheit zu sein und uns nicht mehr an den mörderischen Spielen der Welt beteiligen zu müssen, schlug das Schicksal doppelt unbarmherzig zu. Es hatte auch keinen Sinn, daß ich das Schicksal beschwören wollte, uns zu verschonen.

Es hatte keinen Sinn, daß ich die Sendboten der Finsternis überzeugen wollte, an unserer Tür vorbeizugehen und dem Tod keinen Kreidestrich an unserem Haus zu hinterlassen, der ihm zeigte, daß hier zwei Menschen waren, deren Seligkeit durch Entsetzen aufgerüttelt werden mußte.«

Der Fremde hatte aufgehört zu sprechen und blickte vor sich hin.

Ich respektierte sein Schweigen und sah ihn nicht an. Er fuhr sich mit den Händen über das Gesicht und schloß die Augen. Nach einigen Minuten sagte ich: »Bitte erzählen Sie weiter.«

»Ja … Ich erzähle Ihnen, wie schnell es gehen kann, und die Sonne fällt vom Himmel und verglüht im Meer der Unberechenbarkeit … Ich erzähle es Ihnen, weil Sie dieses Gefühl kennen, und weil ich Ihnen sagen möchte, daß Sie nicht allein sind. Wir glauben oft, daß wir Menschen verbunden sind durch das Erleben von Glück – auch hier ist das Gegenteil der Fall. In Wahrheit sind wir durch Unglück verbunden.

Das Unglück der Trennung, des Verlustes, des Todes ist es, das wir alle erleben und verstehen, und das wir alle teilen.

Wir hatten ein kleines Haus am Stadtrand gemietet und waren dabei, es nach unseren Vorstellungen zu renovieren. Susanna überwachte die Arbeiten im Haus, wenn ich nicht da war, und ich kümmerte mich um den Fortschritt der Arbeit, wenn sie in der Außenwelt beschäftigt war.

Es war an einem Donnerstag vor vielen Jahren. Ich war einige Tage im Ausland gewesen, hatte die letzte Abendmaschine genommen und stand auf dem Flughafen. Ich rief bei ihr zu Hause an, um ihr zu sagen, wie groß meine Sehnsucht nach ihr sei und daß ich sofort in den Wagen steigen würde, um zu ihr zu fahren.

Ich hoffte, daß sie sagen würde, daß ich schnell fahren solle, weil sie mir um den Hals fallen wolle, und wahrscheinlich würde sie so wie immer sagen, daß ich gleichzeitig ganz langsam fahren müsse, um keinen Unfall zu riskieren.

Ich würde ihr noch tausend Küsse am Telefon geben und dann losfahren. So war es schon oft gewesen – diesmal nicht. Ich ließ es oft und oft läuten, aber niemand hob ab. Ich war der Meinung, daß sie vielleicht einen Spaziergang machen würde und setzte mich in den Wagen und fuhr los.

Als ich angekommen war, brach ich einen blühenden Ast von einem Fliederbusch und ging ins Haus.

Die Zimmer waren leer, und der Geruch von frischer Farbe hing in den Räumen. Wir hatten Maler bestellt, die unsere Wände streichen sollten.

Wir hatten uns eine Farbe gemischt, die uns an die untergehende Sonne über der Piazza Navona erinnern sollte, und ich sehe noch vor mir, wie zwei der Wände im großen Zimmer unseres Erdgeschosses warm und leuchtend bemalt waren – die Arbeit an der dritten Wand war nur zur Hälfte ausgeführt. Wahrscheinlich hatten die Männer pünktlich ihren Pinsel hingelegt, um Feierabend zu machen.

Ich ging über das ausgelegte Papier und rief ihren Namen. Niemand antwortete.

Ich ging die Treppe hoch zum ersten Stock und hörte plötzlich ein leises Weinen und Susannas Stimme. Sie weinte und rief meinen Namen. Wir hatten noch keine Möbel in unserem Haus, und nur in ein Zimmer, das einmal unser Schlafzimmer werden sollte, hatten wir eine Matratze gelegt. Wir wollten dieses Haus einfach schon auf unseren bevorstehenden Einzug vorbereiten und schliefen ohne jedes Mobiliar, außer dieser Matratze und einer großen Bettdecke, im ersten Stock unseres zukünftigen Schlosses.

Ich bog um die Ecke und sah sie auf der Matratze liegen. Ihr Hemd war zerfetzt und ihr kurzer Rock bis über den Bauch hochgeschoben. Sie hatte sich in die Decke verkrallt und lag zitternd und weinend vor mir. Als ich näher kam und mich über sie beugte, sah ich Blut auf der Matratze, Blut an ihren Oberschenkeln und Blut in ihrem Gesicht.

Sie war allein gewesen an diesem Nachmittag. Ich hatte sie allein gelassen, und sie war von den Männern, die unser Haus bemalten, vergewaltigt worden.

Sie weinte und konnte nicht sprechen und umarmte mich verzweifelt und verbiß sich in meinen Arm, den ich um sie legen wollte. Sie weinte zuerst wie ein kleines Kind, das sich verloren hat, und je länger ich sie im Arm hielt und ihre Haare streichelte, um so lauter und verzweifelter wurde ihr Weinen. Sie hörte nicht mehr auf zu zittern und schrie mit einemmal so laut, wie ich noch niemals ein Lebewesen habe schreien hören. Es war, als ob sie diesen unfaßbaren Schmerz, den man ihr angetan hatte, von sich wegschreien wollte. Es war, als ob sie die Erinnerung mit jedem Schrei von sich wegstoßen wollte, wie ein Tier versucht, sich aus der Falle zu befreien, in die es auf seinem Weg durch den Wald getreten war.

Ihr Herz lag bloß, und sie blutete und blutete und drohte, in ihrem Schmerz unterzugehen. Ich konnte nichts sagen und nichts tun, außer dazusitzen und zu versuchen, sie festzuhalten. Immer wieder stieß sie mich weg, so, als würde sie nicht erkennen, daß ich es sei, und immer wieder holte ich sie zurück in meine Arme, die sie alleingelassen hatten in dem Moment, in dem sie mich wirklich gebraucht hätte.

Ich konnte nichts tun, um ihren Schmerz zu lindern, und als ich ihre Wunden nicht mehr ertrug, begann auch ich zu weinen.
Die Tränen rannen mir über mein Gesicht und wollten nicht mehr aufhören, mich zu zerbrechen. Ich hielt meine geliebte Frau in meinen Armen und fühlte, wie ihre Seele und ihr Herz zu sterben begannen.
Sie war die Blume im Garten meines Lebens gewesen, die einzige Rose, zu der ich immer wieder gegangen war, um an ihrem Duft teilzuhaben. Sie war die einzige gewesen, die mir das Leben geschenkt hatte, und nun spürte ich, wie ihre Kraft zerbrochen war.
Sie lag in meinen Armen und hörte auf zu schreien. Solange die Schreie ihrer Schmerzen noch über ihre Lippen gekommen waren, war sie noch neben mir ... Als sie plötzlich leiser wurde und schließlich ganz verstummte, sah ich, wie die roten Blätter ihrer Freude eins nach dem anderen zu Boden fielen und verwelkten.
Ich fühlte, wie sie langsam in sich selbst verschwand ...
Sie schloß ganz langsam eine Tür nach der anderen, durch die sie so oft ins Freie gelaufen war, und versank in sich selbst, und als sie nicht mehr weiter zurück konnte, verstummte sie und verlor ihr Licht. Ich hielt sie in meinen Armen und rief immer wieder ihren Namen. Sie konnte mich hören, sie atmete, ich fühlte, daß ihr Körper sich bewegte und wußte doch, daß sie jetzt nicht mehr bei mir war. Wir saßen eine Nacht in dem dunklen Zimmer, und ich hielt sie fest, und dann blieben wir in diesem Zimmer, in dem wir unser Leben hatten leben wollen, und sagten nichts und taten nichts, und langsam kam der Morgen.
Die Sonne stieg am Horizont herauf, die Vögel begannen

zu singen, erst einzeln und langsam, bis sie alle miteinander den neuen Tag begrüßten.
Der Tau lag auf der Wiese und brach das Sonnenlicht zu tausend Diamanten, der Morgenwind strich über die Welt, und es war vorbei.«
Der Mann hörte auf zu sprechen – ich sah, wie die Erinnerung an ihm vorüberzog, und sah, wie oft er diese Bilder schon betrachtet hatte, und sah, daß er so oft mit ihnen zerbrochen war, daß nichts mehr von dem übriggeblieben war, was ihn vor vielen Jahren einmal ausgemacht hatte.
Wie die Hülle einer Schmetterlingspuppe lag sein zerbrochenes Herz in ihm, und der Wind trieb den Kokon seiner verlorenen Zukunft über den Boden seiner Vergangenheit.
Er schwieg und blickte auf seine Hände, die er gefaltet in den Schoß gelegt hatte.
Was sollte ich sagen.
Jedes Wort des Mitleids wäre ein Hohn gewesen, angesichts seines Schmerzes. Ich wußte nicht, was ich tun sollte, und beugte mich vor, und legte eine Hand auf seinen Unterarm.
Er blickte hoch und sah mich an. »Ja, das war der Schwerthieb dieses Lebens. Das war die Strafe für ein kurzes Glück, das es so noch nie gegeben hat«, sagte er und lächelte mich an. In seinem Lächeln war eine Ferne und eine eigenartige Form von Verständnis. Es war ein Verständnis in seinen Augen für die Hoffnungslosigkeit und Ohnmacht des Menschen, dem nicht einmal mehr beten hilft, wenn er dem Willen der Götter gegenübersteht.
Er wußte, daß es keinen Sinn hatte, zu flehen und zu schreien und sich zu empören. Der Blitz hatte nicht

neben seinem Baum eingeschlagen und ihn erschreckt – der Finger der Ewigkeit hatte direkt auf ihn gezeigt und den Blitz mitten in das Herz seines Lebens geführt.
»Wollen Sie weitersprechen?« fragte ich ihn, und er antwortete: »Ich möchte weitersprechen, und ich muß weitersprechen, damit Sie verstehen, warum ich der geworden bin, der ich jetzt bin, und warum ich mich Ihnen genähert habe.
Diese Nacht war das Ende meiner Illusionen, und schon am nächsten Tag durfte ich das Schauspiel der Gerechtigkeit erleben.«
Er sprach das Wort ›Gerechtigkeit‹ mit einem Klang von Ekel, Wut und Haß aus, wie ich ihn noch nicht gehört hatte. Die Töne von Zynismus, Bitterkeit und Hohn klangen in diesem Wort nach, und sie klangen mit einer so unbarmherzigen Ausweglosigkeit nach, daß ich zusammenzuckte.
»Erschrecken Sie nicht, Sie selbst haben doch erlebt, was es zu bedeuten hat, daß die Statue der Gerechtigkeit die Augen verbunden hat. Wir beide wissen, was es zu bedeuten hat, den Menschen ausgeliefert zu sein, gefesselt zu sein, gebunden zu sein, festgenagelt zu sein und bei lebendigem Leib mitansehen zu müssen, wie Tag und Nacht ihren Platz tauschen, und die Gerechtigkeit bestimmt, daß es so sein muß.
Ich werde Ihnen erzählen, was ich erleben durfte.
Am nächsten Morgen mußten wir uns der Realität unserer Welt stellen und uns den offenen Armen der Bürokratie anvertrauen. Wir gingen zur Polizei und machten eine Anzeige. Ich sehe noch das Amtszimmer vor mir, als säße ich mitten darin. Die graugelben, mit Ölfarbe versehenen

Wände, der Plastikfußboden, die niederen Tische, der Geruch verbrannten Kaffees, der in einer Kaffeemaschine kochte, überfloß und auf der Elektroplatte zischend verdampfte.
Ich sehe die durchgeschwitzten, stinkenden Uniformhemden der Polizisten, ich sehe ihre wulstigen Fettbäuche, die über die Gürtelschließen ihrer Uniformhosen quollen.
Ich sehe die belästigten Blicke, die sich auf uns richteten, als wir die Wachstube betraten.
Ich höre das Klappern der Tastaturen, die von den speckigen Beamtenfingern behämmert wurden, die irgendein Protokoll eines nervösen Autofahrers aufnahmen, der seinen Wagen nicht mehr wiederfinden konnte.
Wir traten in das Wachzimmer und fragten, ob es eine weibliche Polizistin gab, weil wir eine Vergewaltigung anzeigen wollten. Es gab keine Frau in dieser Polizeistube, und so mußte meine Frau einem hageren, älteren Polizisten zu Protokoll geben, was vorgefallen war. Nach den ersten Sätzen versagte ihr die Stimme, und sie schüttelte nur den Kopf und sank in sich zusammen. Er sah sie ungeduldig und verärgert an und nahm dann von mir die Namen der beiden Männer auf, die meine Frau vergewaltigt hatten.
Als wir wieder gingen, fühlte ich die Blicke der Beamten, die sich in unsere Rücken bohrten und unter dem Kleid meiner Frau nachforschten, ob es sich denn wenigstens ausgezahlt hätte, ein bißchen Gewalt anzuwenden.
Ich schloß die Tür hinter mir und wußte, daß das erst der erste Schlag mit der neunschwänzigen Katze gewesen war, den man uns zukommen lassen würde.

Wir gingen zu einem Anwalt und baten ihn, Strafanzeige zu erstatten. Der Mann war in den Jahren seines Daseins im Gefängnis der Gerechtigkeit zu einem lebenden Roboter verkommen. Er saß vor uns wie ein Schatten seiner selbst, der nur von den vor ihm liegenden Prozeßterminen noch am Leben erhalten wurde. In seinem Büro stand ein großer Glastisch mit Beinen aus Metall, auf dem sein Computer und seine drei Telefone standen, von denen eines alle fünf Minuten läutete.
Wir saßen vor ihm, und ich mußte ununterbrochen auf die Knöpfe seiner dunkelgrauen Weste starren, weil ich den Anblick seiner Augen nicht ertragen konnte.
›Wissen Sie, was bei einem Prozeß in dieser Angelegenheit auf Sie zukommt?‹ fragte er meine Frau und sah sie durchdringend an und wippte leicht in seinem Stuhl.
Susanna sagte nichts.
›Sie werden diesen beiden gegenübergestellt werden und werden die ganze Geschichte haarklein und in allen Details erzählen müssen – ich betone – in allen Details … Wollen Sie sich das antun?‹
Sie sagte nichts.
›Sie werden die beiden von Angesicht zu Angesicht sehen, Sie werden sie anschauen müssen und in ihrem Beisein alles noch einmal erzählen müssen – in allen Details … In allen Details. Sie haben keine Zeugen für den tatsächlichen Tathergang, und die beiden anderen werden alles abstreiten. Wollen Sie dieses Schauspiel erleben … Wollen Sie das?‹
Sie hob den Kopf und sagte: ›Ich will, daß sie hinter Gitter kommen.‹ Sogar dieser fremde Mann, dem Susanna nichts bedeuten konnte, für den sie nicht mehr war als eine Akte

in seinem hölzernen, schwarzen Aktenschrank, sogar er erschrak kurz, als er sie ansah, und er wußte, daß sie Vergeltung wollte. Sie wollte ihre Vergeltung, und sie war dafür bereit, in sämtliche Abgründe der Demütigung zu steigen, um zu versuchen, sich auf diese Weise reinzuwaschen. Er sah ihren kalten Haß und ihre Wut und ihre Verzweiflung und sah, daß er sie nicht von ihrem Vorhaben würde abbringen können. Nach einer kurzen Pause sagte er: ›Also gut, ich werde alles versuchen, was in meiner Macht steht, damit Sie zu Ihrem Recht kommen.‹

Er blickte mich an, und ich sah, daß er nicht wirklich glaubte, was er sagte. Vielleicht hätte er dieses eine Mal wirklich gern die Macht gehabt, einem Menschen in Not zu helfen – ich sah jedoch in seinem Blick, daß er wußte, daß das unmöglich war. Wir verabschiedeten uns kurz und höflich und warteten auf den Prozeß.

Der Tag der Verhandlung kam, und wir gingen zum Gerichtsgebäude. Unser Anwalt erwartete uns auf den Stufen, die zur Eingangstür hinaufführten, mit professioneller Freundlichkeit. ›Na, dann wollen wir das Schauspiel mal über die Bühne bringen‹, sagte er und klopfte mir freundschaftlich auf den Rücken. Ich nickte, und dann traten wir ein – gingen zu unserem Verhandlungsraum und nahmen auf einer der Wartebänke Platz, die auf dem Gang vor dem Gerichtssaal standen.

Kaum hatten wir uns gesetzt, erschienen die beiden Männer, die meine Frau auf dem Gewissen hatten, mit ihrem Anwalt. Sie sahen unerträglich lächerlich aus in ihren dunklen Anzügen mit Weste und Trenchcoat. Man konnte auf den ersten Blick sehen, daß ihr Anwalt ihnen bis ins Detail vorgeschrieben hatte, welche Art von Kleidung sie

zu diesem Anlaß zu tragen hätten, um seriös zu wirken. Sie nahmen eine Bank weiter Platz und hatten auch noch die Anmaßung, im Vorbeigehen freundlich zu grüßen.
Ich hatte ein Gefühl der Schwäche und der Hilflosigkeit, weil ich fühlte, daß wir allein waren. Wir waren allein gegen eine undurchdringliche Mauer an perfekt inszenierter Gegenwehr. Wir hatten die Spielregeln gebrochen, die besagen, daß man sich nicht in Gefahr begeben soll, wenn man nicht darin umkommen will.
Sie saßen da und rauchten und plauderten und lachten sogar und unterhielten sich über das Wetter und den letzten Urlaub. Ich hörte ihre Stimmen, und ich fühlte, wie sie uns mit ihren Worten einen Klang herüberschickten, der uns zeigen sollte, daß sie nicht im Traum daran dachten, diesen Gerichtssaal als Verurteilte zu verlassen.
Sie sprachen viel zu laut und eindringlich – so, als suchten sie eine Lücke in unserem Schweigen, in die sie ihre Siegesgewißheit hineinstoßen konnten. Es war wie der Beginn eines Boxkampfes, bei dem sich die Gegner in der Mitte des Ringes treffen, um einander bekannt gemacht zu werden und dem Ringrichter zuzuhören, der ihnen die Regeln des grausamen Spiels erklärt. Keiner von den beiden Kämpfern hört dem Ringrichter zu, weil sie seine heruntergeleierten Sätze schon tausendmal gehört haben. Keiner läßt sich von seinen Floskeln ablenken, weil beide wissen, daß der Kampf in diesem Augenblick schon begonnen hat. Schon in der Sekunde, in der sie aus ihren Ecken herauskamen, um sich in der Mitte des Ringes zu treffen, hatte er begonnen.
Die Art, wie sie gehen, wie sie sich halten, wie sie ihre Stärke demonstrieren – das ist schon der erste Schlag an

diesem Tag. Es soll ein Schlag für den Gegner sein, der erkennen soll, daß es aussichtslos für ihn sein wird zu kämpfen. Der erfahrene Kämpfer geht sogar so weit, so zu tun, als müsse er überhaupt nicht darauf hinweisen, daß er sich als der Überlegene fühlt. Lässig, fast gleichgültig wird er seinem Gegner entgegenkommen und sich völlig entspannt bereit machen, ihn zu treffen.

Wenn sie dann voreinander stehen, beginnt der zweite Schlag seine Wucht zu entfalten. Im Gegenüberstehen gilt es, die Augen des Feindes niederzustarren. Hart, kräftig und unerschütterlich muß der Blick des Feindes gefesselt werden, um ihn anschließend niederzuringen.

Der Kampf der Geister ist der Beginn einer Schlacht der Körper. Diese Körper aber sind schon fast wieder überflüssig geworden, weil sich alles – alles schon in den ersten Sekunden der Vorbereitung abzeichnet und ausschlaggebend ist über Sieg oder Niederlage. Man sieht es im Auge des Gegners, wie stark man selbst ist – und der Gegner erkennt, wenn man etwas zu verbergen hat. Derjenige, dem es gelingt, Spott in seinen Ausdruck zu legen und dabei nicht zu lügen – der wird den Sieg davontragen.

An diesem Tag vor dem Gerichtssaal nun konnten wir einander nicht gegenüberstehen. Susanna zitterte am ganzen Körper, und ich hielt ihre Hand und versuchte, ihr etwas Ruhe zu geben.

Diese Berührung war an sich schon ein kleines Wunder, weil es uns seit dem Tag des Überfalles auf sie bis zu der Stunde der Gerechtigkeit nicht geschenkt worden war, einander zu trösten. Ich hatte versucht, sie in den Arm zu nehmen, aber schon in der Annäherung hatte ich gespürt,

daß meine Berührung für sie wie brennendes Eis gewesen wäre.
Ich zog mich zurück und versuchte, einfach dazusein und bereit für sie, falls sie mich doch in ihrer Nähe haben wollte. Wir konnten nicht im selben Bett schlafen, und wenn ich in der Nacht oft zu ihrem Zimmer ging, um vor ihrer Tür zu warten, hörte ich sie stundenlang weinen.
Am Tag blieb ich, so oft ich konnte, bei ihr und versuchte, mit ihr zu reden. Es war wie bei der Umarmung, die sie nicht annehmen konnte. Sie sah mich nur an und schwieg. So verbrachten wir die Tage und Wochen und Monate, bis wir endlich vor dem Gerichtssaal saßen.
Unsere Feinde lachten laut und legten den Unterton der Verhöhnung in ihre Worte über den letzten Ferienaufenthalt im Süden. Diese Verhöhnung sollte unsere Standfestigkeit erschüttern und uns zerbrechen, noch bevor der Kampf begonnen hatte. Ich fühlte diese Kriegserklärung und konnte nichts machen. Nicht ich war es, dem der Fehdehandschuh ins Gesicht geworfen wurde, sondern der Liebe meines Lebens. Nicht ich konnte aufstehen und sie niederschlagen, sondern meine Geliebte mußte hingehen und sich einem Kampf stellen, dem sie nicht gewappnet war. Sie war mit nichts anderem gerüstet als mit ihrem Schmerz, und das war ein brüchiges Schwert. Sie hatte noch niemals einem Gegner gegenübergestanden, der sie vernichten wollte, und ich spürte, daß niemand, niemand – nicht einmal ich – ihr helfen konnte.
Sie hatte meine Hand genommen, und das war seit jener Nacht, in der ich sie am Boden liegend gefunden hatte, die erste Berührung, die sie ertrug. Sie preßte meine Fin-

ger zusammen, als wollte sie sie nie wieder loslassen, und ich fühlte ihre Angst. Sie hatte Angst vor dem, was kommen würde. Angst vor dem, was danach sein würde, Angst, hier zu sitzen, Angst davor, jeden Moment aufstehen zu müssen, um sich zum Kampf zu stellen.

Ich versuchte, alles, was an Kraft und Mut und Wut und Rache in mir war, in den Druck meiner Finger zu legen, um ihr zu zeigen, daß sie nicht allein war. Ich wollte ihr zeigen, daß ich sie nicht verlassen würde, obwohl sie sich selbst schon verlassen hatte. Ich saß da und blickte auf ihre schöne, schmale Hand und fühlte ihr Zittern und mußte an unsere erste Berührung vor vielen Jahren in dem kleinen Café denken, das gegenüber der Universität lag. Wieviel Erleben lag dazwischen. Welche Berge der Glückseligkeit hatten wir erstiegen, durch wieviel Täler des Friedens waren wir miteinander gewandert. Ich wollte laut schreien und sie umarmen, und ich wollte schreien und mich auf ihre Feinde stürzen und sie zerstören. Ich wollte ihnen an den Hals springen, in ihren Rachen greifen und ihr Herz packen und durch ihren Schlund herausreißen. Ich wollte ihre Schädel mit bloßen Händen und Füßen zertreten und das Hirn aus ihren geborstenen Schädeln an die Wand schmieren, als Warnung für alle, die es wagen sollten …

Die Tür zum Gerichtssaal wurde geöffnet, und wir wurden aufgerufen. Wir betraten als erste den großen Raum und setzten uns neben unseren Anwalt. Er ordnete seine Akten auf seinem Tisch und zwinkerte uns leutselig zu. Er blinzelte mit seinem linken Auge ganz so, als stünde ein phantastisches Schauspiel bevor, und in diesem Moment kamen die Richter herein und nahmen Platz. Wir standen

auf, um ihnen unsere Ehrerbietung zu demonstrieren, und durften uns daraufhin wieder setzen.
Als ich den vorsitzenden Richter sah, wußte ich, daß wir verloren hatten.
Er war ein bleicher, kleiner, feiger Mann, der sich in seine schwarze Robe gerettet hatte, damit er einen Platz in der Gesellschaft einnehmen konnte, der es ihm erlaubte, Rache zu nehmen. Er war einer von den Männern, an denen das Leben vorbeigeht, ohne sie eines Blickes zu würdigen. Das Leben ließ sich durch seine ängstliche, feige Ausstrahlung in seinem Weitergehen nicht beirren, und so war er seit seiner Jugend immer einer gewesen, der nicht mitspielen durfte.
Er war einer von den Männern, die niemals – niemals auch nur in die Nähe der Frauen kommen, die sie sich erträumen. Er war ein Nichts, ein Niemand, und er war auch noch häßlich. Dieser Mann hatte nicht einmal eine Häßlichkeit, die man als interessant bezeichnen konnte. Es hätte in seinem Leben nicht einmal zur Skrupellosigkeit eines Kriminellen gereicht. Es war nicht ein Funke von Talent in ihm, der ihm zu einer Aura des Charmes verholfen hätte. Er war ein Zurückgebliebener und Stehengelassener.
Er war einer von denen, über den die Frauen lachen und sich lustig machen, wenn er versucht, um sie zu werben. Im Tierreich hätte er am Rande des Rudels leben müssen und wäre von dem Leitwolf weggebissen worden, wenn er sich einer Wölfin genähert hätte. Seine Gesundheit war schwach, und kein Tier hätte ihn sich ausgesucht, um von ihm Nachkommen zu erhalten. Er war ein Mitläufer, der, geduldet von den Stärkeren, die Reste der Jagdbeute be-

kommen hätte, und in der Natur wäre er alt geworden und gestorben, ohne jemals in die Mitte seiner Gruppe aufgerückt zu sein.
Nicht so in unserer Gesellschaft.
In unseren Gesetzen war es ihm möglich gewesen, mit einem bloßen Akt der Geduld sich in eine Position einzuschleichen, die ihm Macht geben konnte. Er hatte sich die Macht ersessen, über andere zu urteilen. Jahr um Jahr war er daheim über seinen Büchern gesessen und hatte das Durchhalten zu seinem Lebensinhalt gemacht. Er war dagesessen und hatte auswendig gelernt, während die anderen Männer seiner Generation kämpften, liebten, lachten, Familien gründeten und die Welt bewegten. Er war dagesessen, in seiner Deckung, und hatte gestrebt. Er hatte danach gestrebt, sein eingedrucktes Wissen aus alten Büchern der Reihe nach wieder auszuspucken, und mit jedem herausgewürgten Wissenspaket war er eine Stufe hinaufgekrochen in seinen Lehrjahren, bis er eines Tages endlich soweit war. Endlich hatte man ihm einen Stuhl in einem Amtsgebäude überlassen, der auf einem Podest stand, von dem aus er auf die Menschen herabblicken konnte. Er konnte einen großen schwarzen Umhang anlegen, der seinen Körper verhüllte, er konnte bewegungslos dasitzen und über diejenigen urteilen, die es gewagt hatten, aufgrund ihrer Lebendigkeit einen Fehler zu machen. Und von dem Tag an, an dem man ihn auf diesen Stuhl hatte kriechen lassen, übte er seine Rache. Er konnte dasitzen, und er konnte vorführen lassen. An den Drähten seiner Macht konnte er die Menschen ausgeliefert hin und her ziehen und zusehen, wie sie sich vor ihm drehten und wendeten, um seinem Zugriff zu entgehen.

Seine einzige Lust bestand darin, zuzusehen, wie das Feuer der Lebendigkeit unter seinen kalten, feuchten Fingern erschrocken zu flackern begann, um dann langsam von ihm ausgelöscht zu werden. Gierig saß er, abgeschirmt, auf seinem erhöhten Richterpult da und urteilte.

Er fühlte die Allmacht des Staates in seinem Rücken, der ihm das Recht gab, Recht zu sprechen. Mit dieser Allmacht ausgestattet, betrat dieser Mann nun den Saal, warf einen Blick auf seine heutigen Opfer und setzte sich.

In diesem einen Blick, den er Susanna zugeworfen hatte, konnte ich erkennen, daß wir verloren waren. Sie hatte auf Anraten unseres Anwalts ein häßliches, weites, graues Kostüm angezogen, die Haare zu einem Knoten nach hinten gefaßt und kein Make-up und keinen Lippenstift aufgelegt. Alles war umsonst. Es war unmöglich, ihre Schönheit, ihre Ausstrahlung, ihre Weiblichkeit und ihre Erotik zu verstecken. Der Richter sah sie an und haßte sie. Er mußte sie hassen, weil er etwas zu sehen bekam, was niemals in seinem Leben an seiner Seite sein würde. Er sah ein Leben vor sich stehen, das dazu geschaffen war, um zu lieben und zu blühen. Sie war geschaffen, ihre Schönheit und ihre Stärke mit dem Mann, den sie liebte, zu teilen, und so etwas würde er niemals erfahren. Er durchbohrte sie mit seinem Blick, als wollte er sie zerteilen, und dann begann die Verhandlung. Susanna mußte aufstehen und den Ablauf ihrer Demütigung noch einmal durchleben. Sie stand da und erzählte, was sich in unserer Wohnung abgespielt hatte. Kaum hatte sie den ersten Satz gesagt, unterbrach sie der Vorsitzende mit kalter Stimme: ›Lauter, bitte, wir können Sie nicht verstehen, und Sie wollen doch sicher, daß wir Ihren Ansführungen folgen können. In allen Details.‹

Er lehnte sich in seinem Stuhl zurück, stützte seinen Kopf in die linke Hand und fixierte sie durch seine Brille, die mit ihrem derben schwarzen Gestell sein Gesicht verdecken sollte.

Sie stand da und begann erneut zu sprechen.

Sie zwang sich, so langsam und genau wie möglich zu erzählen. Sie erzählte, wie die beiden Männer sie mit dummen Scherzen belästigt hatten. Sie erzählte, wie sie ihr lästige Komplimente über ihre Beine gemacht hatten. Sie erzählte, wie der eine begonnen hatte, nach ihren Haaren zu greifen. Sie sprach davon, wie einer von den beiden einen kleinen Kuß verlangt hätte, um weiter in guter Stimmung zu bleiben, damit die Arbeit zügig vorangehen könne. Sie sprach davon, wie sie gehen wollte und einer von den beiden sie am Arm festhielt und sie fragte, ob er nicht etwas zum Trinken bekommen könnte, weil ihm bei ihrem Anblick schon ganz heiß geworden sei. Sie sagte, daß sie sich losmachen wollte und sie der Mann daraufhin gepackt hatte, um sie zu küssen.

Sie wehrte sich und wollte sich losreißen. Der andere kam hinzu und zerrte sie von hinten an den Haaren und hielt sie fest. Der erste packte ihr Gesicht und preßte seinen Mund auf ihre Lippen und stieß ihr seine Zunge in den Mund und zerrte ihre Bluse aus ihrem Rock. Er riß die Bluse auseinander und biß in ihre Brüste. Der zweite drückte sie zu Boden und zerrte ihr den Rock über die Hüften. Dann hielt der eine sie fest und drückte ihr Gesicht in die Matratze, während der andere seine Hose öffnete und von hinten in sie hineinstieß. Sie konnte nur dumpf aufschreien, weil ihr Gesicht in die Decke gedrückt war, sie hörte das Keuchen und Fluchen der Männer. Sie fluchten wie zwei Schweine, die im Koben im Morast wühlten, und während der eine sie von hinten fickte, setzte sich der andere vor sie hin und zog ihren Kopf an den Haaren hoch und wollte seinen Schwanz in ihren Mund zwingen. Sie biß die Zähne aufeinander und weinte. Daraufhin schlug sie der Mann, der vor ihr kniete, so oft ins Gesicht, bis sie sich den Mund öffnen ließ und er sich in sie entleeren konnte. Dann tat der andere dasselbe, und der erste stieg hinter sie, drückte ihren Hintern auseinander und kam noch einmal. Während der eine sie festhielt und ihr sagte, was sie für eine gute Fotze sei und wie schön es wäre zusehen, was ihr das Ganze für einen Spaß machte, holte der andere eine Flasche Wein aus der Küche und begann, den Inhalt mit seinem Freund zu teilen.

Nach einer halben Flasche steckten sie ihr den Flaschenhals in den Mund und ließen ihr den Wein in die Kehle laufen. Sie hörte, wie sie ihr ins Ohr schrien, daß der Wein hervorragend sei, und daß sie ihn genießen solle. Der Wein würde sie locker machen, damit sie endlich kommen sollte, weil sie einen Orgasmus bei ihr vermißt hätten. ›Irgendwo muß der doch in deiner Fotze stecken‹, hörte sie den einen sagen, und kurz darauf spürte sie, wie sie noch einmal kurz und hart niedergefickt wurde und sofort darauf der zweite seinen Schwanz in sie hineinsteckte und zu fluchen begann, weil er nicht mehr kommen konnte. Sie hörten auf zu trinken, zogen die Reißverschlüsse an ihren Hosen hoch und gingen. Im Hinausgehen gaben sie ihr noch einen freundschaftlichen Klaps auf

den Po und sagten: ›Für eine Arztgattin gar nicht so schlecht, meine Süße …‹
Sie stand da und sprach, so laut sie konnte, Satz für Satz vor sich hin, damit das Hohe Gericht sie auch verstand. Ich sah, wie sie mit dem Schmerz der Erinnerung und den Tränen kämpfte. Sie hatte ihre Hände ineinandergelegt und den Blick zu Boden gesenkt und kämpfte jedes einzelne Wort aus sich heraus. Ihre Scham und ihre Wut kämpften gegeneinander, und zum Schluß schrie sie fast den letzten Satz, und ich sah, daß dieser Schrei die einzige Möglichkeit war, sich noch länger aufrecht zu halten.
Als sie geendet hatte, sagte der Richter: ›Danke vielmals für Ihre genaue Erinnerung, Sie können sich wieder setzen.‹
Ich sah, wie er sie mit seinen Blicken zu ihrem Platz verfolgte, und wenn er allein gewesen wäre, hätte er sich wahrscheinlich zu ihr begeben wollen, um ihr die Kleider vom Leib zu reißen. So aber mußte er sich mit der Rolle des Voyeurs begnügen und erteilte dem Anwalt der gegnerischen Partei das Wort.
Der Advokat erhob sich und sagte: ›Ich bin sehr bewegt und gerührt von Ihren Ausführungen und möchte versuchen, obwohl es meine Pflicht ist, die Rechte meiner Mandanten zu schützen, meine Fragen an Sie so behutsam wie möglich zu stellen. Sehen Sie sich in der Lage, zu antworten?‹
Sie nickte und blickte ihn an.
›Als erstes möchte ich Sie fragen, welche Weinsorte es war, die Sie mit meinen beiden Mandanten geteilt haben?‹
Ich sah meinen Anwalt an – ich sah den gegnerischen Anwalt an – ich sah den Richter an und konnte es nicht glau-

ben. Irgend jemand mußte doch etwas sagen … Irgend jemand mußte doch den Versuch, dieses Spiel zu spielen, unterbrechen, noch bevor es wirklich beginnen konnte.
Sie saß da und wußte nicht, wie sie reagieren sollte. Nach einer Weile fragte sie: ›Wie meinen Sie das?‹
›Nun, ich glaube, ich habe mich doch ziemlich deutlich ausgedrückt‹, sagte der Anwalt und setzte hinzu: ›Wenn Sie sich doch sonst an jedes Detail so genau erinnern können, werden Sie sich doch auch noch bestimmt daran erinnern können, ob es Weißwein oder Rotwein war?‹
›Nein, ich kann mich nicht daran erinnern.‹
›Aber, aber Sie können sich doch sicher daran erinnern, welcher meiner beiden Mandanten zuerst mit Ihnen Geschlechtsverkehr hatte?‹
›Nein, ich kann mich nicht daran erinnern.‹
›Warun nicht?‹
›Weil ich mit dem Kopf nach unten auf meinem Bett lag und weil ich keinen Geschlechtsverkehr hatte, sondern weil ich vergewaltigt wurde.‹
›Sie lagen also in Ihrem Bett?‹
›Ja.‹
›Aha, soviel ich weiß, waren meine Mandanten zu Ihnen ins Haus gebeten worden, um Ihre Zimmer zu streichen?‹
›Das ist richtig.‹
›Und soviel ich weiß, hatten meine beiden Mandanten ihre Arbeit im Parterre begonnen.‹
›Ja.‹
›Und dann haben Sie erzählt, daß Sie von meinen Mandanten vergewaltigt worden seien.‹
›Ja.‹
›Darf ich Sie dann fragen, wie Sie in den ersten Stock ge-

kommen sind, um in Ihr Bett zu gehen, anstatt ganz einfach das Haus zu verlassen?‹
Sie stockte und sah ihn fassungslos an. ›Ich sagte Ihnen doch, daß ich mich nicht mehr wehren konnte.‹
›Diese Sätze habe ich gehört, Sie haben mich auch wirklich bewegt – nur haben Sie mit keinem Wort erklärt, wie Sie während des sexuellen Aktes in den ersten Stock in Ihr Bett gelangt sind, wo es doch bei einer tatsächlichen Vergewaltigung naheliegend gewesen wäre, Sie an Ort und Stelle auf dem Fußboden zu vergewaltigen?‹
›Sie haben mich hinaufgeschafft –‹
›Sie haben Sie hinaufgeschafft?‹
›Ja.‹
›Ich darf zu Protokoll geben, daß Ihnen dieser Vorgang erst jetzt, bei meiner Befragung, wieder eingefallen ist, aber gut, darf ich fragen, wie es gelingen soll, eine erwachsene, junge, kräftige Frau gegen ihren Willen über eine schmale Treppe in den ersten Stock ‚hinaufzuschaffen'?‹
›Ich sagte Ihnen doch schon, daß sie mich geschlagen und festgehalten haben – ich hatte Todesangst und konnte mich nicht wehren.‹
›Sie hatten Todesangst und haben trotzdem mit meinen Mandanten Wein getrunken?‹
›Ich habe nicht mit ihnen Wein getrunken – sie haben mir den Mund aufgerissen und mir den Wein hineingeschüttet, Sie mieses Schwein!!‹
Sie brüllte den Anwalt an, wie ein verwundetes Tier, dem der abgebrochene Pfeil seines Jägers zitternd in der Flanke steckt. Mit stiller Genugtuung nahm der Anwalt diesen Ausbruch zur Kenntnis und sprach weiter. ›Kann es nicht sein, daß die ganze Szene sich völlig anders abge-

spielt hat, als Sie es uns versuchen, plausibel zu machen?‹
›Nein!‹
›Kann es nicht sein – ich darf darauf hinweisen, daß Sie an diesem Tag einen schwarzen Minirock trugen, ist das richtig?‹
›Ja.‹
›Kann es nicht ganz anders gelaufen sein – kann es nicht so gewesen sein, daß Sie mit meinen beiden Mandanten allein gewesen sind und es zu einem Gespräch gekommen ist. Kann es nicht sein, daß Sie von den beiden Männern Komplimente bekommen haben, und kann es nicht sein, daß Sie, um die Stimmung am Ende eines Arbeitstages zu feiern, eine Flasche Rotwein geöffnet haben?‹
›Nein.‹
›Kann es nicht sein, daß es in der Folge zu dem Austausch von Zärtlichkeiten gekommen ist, in deren Folge Sie sich mit meinen beiden Mandanten in den ersten Stock begeben haben, wo das einzige Möbel Ihres leeren Hauses – eine breite Matratze – für sie alle drei Platz bot?‹
›Nein.‹
›Darf ich Sie fragen, was Ihrer Meinung nach in zwei jungen Männern vorgeht, die einen Tag lang dem Anblick Ihrer schönen Beine ausgesetzt sind? Kann es nicht sein, daß Sie diesen Anblick als Aufforderung verstanden haben?‹
›Nein.‹
›Kann es nicht sein, daß Sie durch die Abwesenheit Ihres Gatten animiert waren, ein – sagen wir – kleines Abenteuer zu erleben und Ihrem Gatten gegenüber ein schlechtes Gewissen hatten. Kann es nicht sein, daß Sie die ganze Geschichte erfunden haben, um Ihre zerrissene

Bluse und die paar Kratzer in Ihrem Gesicht zu erklären?‹
›Nein … Nein – ich habe geblutet – ich war voller Blut!‹
›Na gut – es wird also, von mir aus, ein bißchen heftig zugegangen sein – aber, wie auch immer – es war Alkohol im Spiel, und das weckt schon ein bißchen den Tiger im Manne – was, hahaha?‹
Er lachte und wandte sich an den Richter. Seine Mandanten lachten und nickten sich zu. Der Richter unterdrückte ein süffisantes Lächeln und sagte: ›Ruhe, bitte … Fahren Sie fort.‹
Der Gerichtssaal verschwamm vor meinen Augen. Die Schlacht war verloren gewesen, noch bevor sie überhaupt begonnen hatte. Die Schüsse prasselten in Salven auf Susanna herunter, und ihr blieb keine Chance zur Gegenwehr. Der gegnerische Anwalt redete und redete und entwarf ein Bild, das so perfekt inszeniert war, daß es nicht die kleinste Chance gab. Wir hatten keinen Zeugen, wir waren hilflos, wir waren verloren. Unser Anwalt hatte Mühe, sich überhaupt zu erheben und seine Fragen zu stellen. Die beiden Männer antworteten auf das Beste präpariert und bestätigten das Bild, daß Susanna eine Verführung inszeniert hatte, zu der sie nicht nein sagen wollten.
Ich saß da und blickte zu ihr. Sie begriff, daß sie in ein offenes Messer gelaufen war. Sie begriff, daß niemand ihr helfen konnte – sie gab auf. Der Richter kam zu dem schnellen Urteil, das die beiden Männer freisprach, und dann machte er meine Frau darauf aufmerksam, daß sie froh sein könne, von der Gegenseite nicht der üblen Nachrede bezichtigt zu werden.
Er schloß die Akte, warf ihr noch einen abschätzigen Blick

zu und entließ uns dann aus dem Gerichtssaal. Vor der Tür zu dem Zimmer, in dem die Amtshandlung stattgefunden hatte, verabschiedete sich unser Anwalt von uns. ›Es tut mir leid, aber ich habe Ihnen vorher gesagt, daß so eine üble Geschichte sehr unangenehm werden kann. Na also. Kopf hoch – an die Zukunft denken und vergessen. Ich schicke Ihnen dann in den nächsten Tagen meine Rechnung.‹

Er verschwand schnellen Schrittes um die Ecke, und ich hörte, wie das Klappern seiner genagelten Lederschuhe leiser wurde und sich dann in der Ferne verlor.

Ich stand mit Susanna in dem langen Gang des Gerichtsgebäudes und sagte nichts. Wir traten an das Fenster und sahen hinaus. Es war uns unmöglich, miteinander zu reden. Ich stand neben ihr und sah, daß es heute zum zweiten Mal geschehen war. Hatten sie das erste Mal ihrem Körper und ihrer Seele Gewalt angetan, so hatten sie heute ihr Herz und ihren Verstand gebrochen. Sie lehnte sich mit dem Kopf an die Glasscheibe, und ohne eine Regung und ohne einen Laut liefen ihr die Tränen aus den Augen und fielen zu Boden.

Nach einer Ewigkeit gingen wir aus dem Gebäude der Gerechtigkeit und fuhren nach Hause. Wir gingen in unsere getrennten Schlafzimmer und traten in die Nacht ein. Bevor sie ihre Tür schloß, sah sie mir noch einmal in die Augen und strich mir über die Wange. ›Danke …‹, sagte sie und gab mir einen Kuß auf meine Lippen, wie ich noch niemals einen Kuß von ihr erhalten hatte.

Es war wie das Zittern eines Vogels, der mit seinen Flügeln schlägt. Sie hielt ihre Lippen an meinen Mund gepreßt, und dann zog sie sich zurück.

Ich stand noch eine Weile vor ihrer Tür und wußte nicht, ob sie wollte, daß ich ihr nachgehen sollte oder nicht. Ich erkannte, daß es eine lange, lange Zeit brauchen würde, bis wir wieder bereit sein konnten, einfach nur nebeneinander zu sein. Ich ging in mein Zimmer und überlegte, wie ich uns helfen könnte.
Vielleicht wäre ein Urlaub das einzige, was uns aus unseren immer wiederkehrenden Gedanken herauslösen konnte. Vielleicht sollte ich einfach eine kurze Reise nach Rom buchen und sie damit überraschen. Ich würde mir überhaupt nichts anmerken lassen, würde zwei Flugtickets besorgen und dasselbe Zimmer in unserer Pension in Rom buchen.
Ich wußte noch nicht genau, wie ich die Überraschung inszenieren sollte. Entweder konnte ich die Billetts eines Tages neben ihre Kaffeetasse legen – oder aber, ich konnte es so auf die Spitze treiben, daß ich sie eines Tages einfach in ein Taxi setzte, mit ihr zum Flughafen fuhr und ihr bis zur letzten Minute einfach nicht sagte, was ich mit ihr vorhatte. Die letzte Möglichkeit schien mir als die romantischste, und mit diesem Gedanken schlief ich ein.
Am nächsten Morgen wachte ich plötzlich, wie von einem fernen Glockenschlag aus dem Schlaf gerissen, auf. Es war früh am Morgen, und ich wußte nicht, was mich so plötzlich geweckt hatte. Eigenartigerweise hatte ich das Gefühl, als hätte sie meinen Namen gerufen, also ging ich zu ihrem Zimmer und klopfte vorsichtig. Es blieb alles stumm, also öffnete ich die Tür.
Ihr Bett war leer. Ich zog die Tür wieder zu und ging in die Küche und sah sie dort tot am Fensterkreuz hängen. Sie hatte den Gürtel ihres Bademantels um ihren Hals gelegt,

um das Fensterkreuz gezogen und hatte sich dann von einem Stuhl in die Schlinge fallen lassen. Der Stuhl stand noch immer neben ihren lose hängenden Beinen.

Ich sah sie an und wußte, daß jede Hilfe zu spät kam. Ich lief hin und hob sie herunter und legte sie auf den Boden. Ich begann, ihr Herz zu massieren und sie zu beatmen. Ich blies ihr meinen Atem in den Mund und hörte, wie das Geräusch des Ausatmens entstand. Es war aber nur meine eigene Luft, die zurückgepreßt wurde, und die Stöße, die ich auf ihr Herz ausübte, blieben ohne Erfolg. Ich weiß nicht, wie lange ich so dakniete und sie anflehte zurückzukommen, bis ich mich plötzlich neben ihr sitzend auf dem Boden fand. Ich hielt ihre Hand und sah in ihr schönes Gesicht, das auch im Tod noch die Schönheit eines Engels hatte.

Um ihren Hals zog sich ein blauroter Streifen, aber sonst sah sie aus, als läge sie in einem tiefen Schlaf. Es war der Schlaf, von dem ihre Seele im Augenblick ihrer Geburt an gewußt hatte, daß er über sie kommen würde, und nun lag sie da und war schlafengegangen. Sie würde nie mehr durch meine Haare streichen und mich anlachen.

Sie würde nie mehr in der Nacht aufwachen und sich zu mir legen, wir würden nie mehr gemeinsam durch einen Wald gehen und dem Knistern der fallenden Tannennadeln zuhören. Nie wieder würde sie auflachen, wenn ich sie vor allen Leuten auf den Hals küßte, nie wieder mein Gesicht in die Hand nehmen und sagen: ›Ich liebe dich …‹

Ihr Herz und ihr Geist waren vor langer Zeit getötet worden, und jetzt hatte sie nur den Körper hinterhergeschickt und der Seele ihre Freiheit wiedergegeben.

Ich beugte mich über sie und küßte ein letztes Mal ihre

Augen und küßte ein letztes Mal ihren Mund. Ich blieb noch ein paar Stunden an ihrer Seite und hielt ihre Hand. Aber ich ahnte und fühlte, daß sie mich sehen konnte und gehen wollte. Dann ließ ich ihre Hand los und bediente die kalten Rituale unserer Welt.

Ich ging zum Telefon und organisierte alles, was man zu tun hat, wenn der Tod über uns gekommen ist. Ich sah zu, wie sie ihren Körper abholten, ich sah zu, wie ich Formulare und Papiere unterschreiben mußte, ich sah zu, wie sie sie auszogen und wuschen und in den Sarg legten. Ich sah ein letztes Mal ihre blonden Haare, bevor der Deckel mit dumpfem Schlag geschlossen wurde. Ich sah die Wolken über uns treiben, als ich am Grab stand und man sie mit langen Seilen langsam in die Erde versenkte. Ich trat an den Rand der Grube und warf einen Rosenbusch mit ihren Lieblingsfarben hinterher. Seltsamerweise hatte sie rote Rosen nicht so sehr geliebt wie diese wunderschönen vielfarbigen Teerosen, die wild blühend in manchen Gebüschen zu finden sind.

Ihr letzter Rosenbusch hatte die Mischung aus einem zarten Rosa, einem hellen Gelb und einem feinen Ocker.

Ich hörte, wie er auf dem Sargdeckel aufschlug, und dann sagte ich leise zu ihr: ›Bis gleich.‹

Ich verließ den Friedhof und fuhr in die Stadt. Ich ging in ein Waffengeschäft und kaufte mir einen Revolver und einige Pakete Munition. Ich trat wieder aus dem Geschäft auf die Straße und war bereit, Rache zu üben.«

Ich fuhr zu der Firma, in der die beiden Männer arbeiteten, die meine Frau auf dem Gewissen hatten.
Ich sah, wie sie am Abend mit einem kleinen Lastwagen von einem der Häuser zurückkamen, in dem sie die Wände gestrichen und vielleicht eine Flasche Wein getrunken hatten.
Sie lachten und scherzten und warfen heiter die Wagentür zu und gingen in das Haus, um ihre Overalls gegen ihre Freizeitkleidung einzutauschen.
Sie traten wieder ins Freie und verabschiedeten sich voneinander, um in einen entspannten Abend hinüberzugleiten. Ich saß in meinem Wagen und folgte einem der beiden auf seinem Heimweg. Er ging zu Fuß und hielt eine Plastiktüte in der Hand. Er bog in eine wenig befahrene Seitengasse ein, und ich überholte ihn mit meinem Wagen und stieg aus. Ich ging auf ihn zu und sah, daß er mich nicht erkannte. Ich bat ihn, mir kurz behilflich zu sein, weil ich ein seltsames Klopfen in meinem Motor gehört hätte und nicht weiterfahren wollte, ohne es überprüft zu haben. Er schien es nicht eilig zu haben, und so stieg er in mein Auto, weil ich ihn gebeten hatte, doch langsam immer wieder Gas zu geben, während ich den Motor kontrollieren wollte.
Ich öffnete die Motorhaube und ließ ihn immer wieder aufs Gas steigen. Als er sich völlig sicher fühlte, trat ich neben die Fahrertür, zog meinen Revolver, hielt ihm die

Waffe an den Kopf und bat ihn, auf den Beifahrersitz zu rutschen. Er war völlig überrumpelt und wußte nicht, wie er reagieren sollte. Als ich aber den Hahn spannte, erkannte er, daß ich es ernst meinte, und tat, worum ich ihn gebeten hatte. Ich hatte eine sehr starke und sehr schnell wirkende Beruhigungsspritze vorbereitet, die ich griffbereit auf den Rücksitz gelegt hatte. Ich ersuchte ihn, seinen Hemdärmel zu öffnen, und als er den Stoff eben hochgezogen hatte, ohne dabei seinen panischen Blick vom Lauf meines Revolvers zu nehmen, stieß ich ihm die Injektion ins Fleisch und preßte die besänftigende Flüssigkeit in seinen Körper. Ich saß neben ihm und hielt ihm meine Waffe an die Schläfe und erklärte ihm, daß ich sofort abdrücken würde, wenn er sich auch nur ansatzweise bewegen würde oder einen Laut von sich gebe.
Ich sah, wie ihm der Angstschweiß ausbrach und nach einigen Minuten seine Lider zu zucken begannen und er betäubt neben mir in den Sitz sank. Ich befestigte ihn mit dem Sicherheitsgurt an seinem Sitz, damit er während der Fahrt nicht vom Sitz rutschen konnte. Ich schloß die Motorhaube und fuhr mit meinem stillen Passagier in mein Haus am Stadtrand.
Als wir dort angekommen waren, wartete ich noch eine halbe Stunde im Wagen, bis es völlig dunkel geworden war. Ich rauchte eine Zigarette und betrachtete sein vornübergesunkenes Profil. Er schnaufte wie ein Ochse, weil das Medikament seinen Tonus so herabgesetzt hatte, daß er fast eingeschlafen war. Danach stieg ich aus, ging um den Wagen herum und holte ihn heraus. Er konnte nur mit Mühe stehen und schien wenig von dem mitzubekommen, was mit ihm geschah. Ich stützte ihn beim Gehen wie

einen alten Bekannten und führte ihn durch den Vorgarten und die Wohnungstür, durch den Flur bis hinunter in den Keller. Dort setzte ich ihn in einen vorbereiteten Stuhl, ging noch einmal hinauf und schaltete laute Musik ein.
Der Keller war sehr solide gebaut, und die Eisentür, die ihn vom restlichen Haus abschloß, war dick und schwer, aber ich wollte doch sichergehen, falls seltsame Geräusche aus meinem Heim dringen sollten.
Ich holte die Injektionen, die ich aus meiner Praxis mitgebracht hatte, und verriegelte die Eisentür hinter mir.
Er war fast vom Stuhl gesunken, und so mußte ich ihn zur Sicherheit mit einem Strick um die Brust an die Lehne binden, damit er nicht noch einmal einknicken konnte, bis das Mittel, das ich ihm jetzt verabreichte, zu wirken begonnen hatte. Es war eine intensive Adrenalininjektion, die ich ihm gab, mit dem Zusatz eines starken Kreislaufstabilisators, der ihm ermöglichen sollte, das Kommende in seiner ganzen Tragweite zu erfassen, ohne der Gefahr eines zu frühen Herzstillstandes ausgesetzt zu sein.
Ich setzte mich ihm gegenüber auf einen zweiten Stuhl und beobachtete die ausgezeichnete Wirkung der Medikamente, die ihm nun wieder zu einem klaren Bewußtsein verhalfen. Langsam erwachten seine Lebensgeister, und er konnte seine irritierende Situation erkennen.
›Wer sind Sie?‹ sagte er. ›Was wollen Sie von mir?‹
Er sagte tatsächlich diese dummen Sätze, so, als erhoffe er sich dadurch, der Darsteller in einem schlechten Film zu sein, in dem sich gleich das Fenster öffnen würde und seine Befreier eintraten, um seine Fesseln zu lösen.
So aber geschah nichts dergleichen. Kein Fenster öffnete sich, kein Hoffnungsschimmer fiel in den Raum, nur das

überlaute Krachen meines Revolvers war zu hören. Ich hatte ihn gespannt, hatte auf sein linkes Fußgelenk gezielt, hatte geschossen und getroffen. Der Knall des Schusses war wirklich überraschend laut gewesen und hatte sich noch dazu mit seinem Schmerzensschrei vermischt, so daß dieser eigenartige Stereoeffekt erst nach einigen Sekunden verebbte und nur noch der einfache Ton seines Wimmerns blieb. Ich sah, wie seine Hose, sein Schuh und sein brauner Strumpf zerfetzt waren und der Boden unter seinem Stuhl die rote Farbe seines Blutes annahm.
Ich war nie ein besonders guter Schütze gewesen, aber auf diesen Treffer war ich wirklich stolz. Der erste Schuß mit einer mir unbekannten Waffe und dann gleich mitten ins Schwarze – ich war von mir selbst beeindruckt. Genaugenommen war es sogar eine doppelte Premiere, weil ich noch nie mit einem Revolver geschossen hatte. Das höchste der Gefühle war ein Luftdruckgewehr in einer Vergnügungsbude gewesen, in der man bunte Papierblumen erjagen konnte.
Nun also dieser Meisterschuß.
Ich wollte treffen und hatte es so gemacht, wie man es immer in den amerikanischen Gangsterfilmen sieht. Man streckt die Hand mit der Waffe starr von sich weg, legt die andere Hand um die Faust, die den Kolben hält, und drückt und zieht so die Waffe gleichzeitig in eine stabile Position. Warum man diese eigenartige Haltung einnehmen muß, erkannte ich, als ich den gewaltigen Rückstoß fühlte. Das also war der Sinn dieser etwas lächerlichen Haltung, die so gar nichts mit der der Revolverhelden früherer Kriminalfilme zu tun hatte, in denen noch nicht so sehr auf die Realität geachtet worden war.

Ich hatte also das Hochreißen der Waffe verhindern können und meine erste Kugel präzise dorthin plaziert, wo ich sie einschlagen sehen wollte. Ich überlegte kurz, ob ich mir wegen des Lärms etwas in die Ohren stopfen sollte, weil ich den Keller nicht als tauber Mann verlassen wollte. Ich entschied mich aber dann doch gegen diese Sicherheitsmaßnahme, weil mir ja somit auch zu großen Teilen der Klang seiner Stimme abhanden gekommen wäre. Die wollte ich um keinen Preis missen und schoß ihm sofort in seinen zweiten Fuß, als ich bemerkte, daß sein Schreien nach dem ersten Einschlag etwas leiser zu werden begann. Er glotzte mich so entsetzlich dumm an, daß mir fast schlecht wurde. Ich hatte erwartet, daß ich eine verzerrte Grimasse zu sehen bekommen würde, ausgefratzte Augen und zerquetschte Lippen. Statt dessen quollen ihm die Augen wie einem Laubfrosch aus den Höhlen, als er mich mit idiotenhaftem Ausdruck anstarrte, um zu begreifen, was mit ihm geschah.
›Warum schauen Sie denn so dumm?‹ fragte ich und schüttelte den Kopf, ›erkennen Sie mich nicht wieder?‹
Ich nehme an, daß er mich nicht verstanden hatte, weil sein Angstschnaufen meine Worte in seinen Ohren übertönt haben mußte. Ich wurde also ein wenig lauter und sagte noch einmal: ›Ich habe Sie gefragt, warum Sie so dumm schauen, und ob Sie mich denn nicht wiedererkennen?‹
Jetzt endlich schien ich zu ihm vorgedrungen zu sein, weil er den Kopf schüttelte. Immer wieder schüttelte er den Kopf und suchte in seinem Hirn mein Bild.
Es schien ihm aber beim besten Willen nicht einfallen zu wollen, also half ich seinem Gedächtnis ein wenig auf die Sprünge.

›Gut, dann fällt es Ihnen vielleicht wieder ein, wenn ich Sie frage, ob Sie es vorziehen würden, daß ich Sie in den ersten Stock hinaufschaffe – dort oben wartet eine breite Matratze auf Sie, und dann können wir ja auch eine Flasche Wein öffnen und es ein bißchen heftig hergehen lassen – Ihr Einverständnis vorausgesetzt!‹
Jetzt trat ein anderes Licht in seine Augen. Ich konnte sehen, wie er die Bilderalben der Gesichter der letzten Monate durchblätterte und an meinem Gesicht hängenblieb. Der Gerichtssaal fiel ihm ein, der Richter, die Aussage meiner Frau und auch, wie es zu dieser Veranstaltung gekommen war.
Er sagte: ›Nein – ich bitte Sie, lassen Sie mich gehen – ich habe ihr nichts getan … Es war der andere – es war nicht ich – ich habe sie nicht – ich habe ihr nichts getan – ich schwöre es – bitte lassen Sie mich gehen!‹
›Sie können leider nicht mehr gehen, weil Sie zwei zerschossene Füße haben‹, sagte ich und war sehr enttäuscht. Gibt es denn keine Männer mehr, dachte ich. Gibt es denn nicht mehr die früher einmal als Tugend eines wahren Mannes angesehene Haltung der Würde?
Eine männliche Würde, die es männlich ertrug, die Konsequenzen für gesetzte Taten zu ernten. Früher konnte man einem Offizier, der gefehlt hatte, wortlos eine Waffe auf den Tisch legen, salutieren und den Raum verlassen. Man konnte vorhersagen, was sich in dem geschlossenen Zimmer abspielen würde. Der Mann würde seinen Gardesäbel umlegen, in den Spiegel sehen – vielleicht würde er eine Zigarette rauchen, die Kippe ordentlich ausmachen, die Waffe an den Kopf setzen und einfach abdrücken. Das nenne ich eine männliche Haltung und

Würde. Aber das hier – schon bei den ersten Takten der Sinfonie, die diesen Mann erwartete, riß er die Würde seines Geschlechts in den Staub und zitterte und würgte und flehte um sein Leben. Mich ekelte, und ich zerschoß ihm zur Korrektur seinen rechten Oberschenkel.
Er mußte offensichtlich korrigiert werden. Sein Denken und die Vorstellung von der Welt, in der er lebte, mußten korrigiert werden. Der Zeitpunkt war gekommen, diesem Mann zu zeigen, daß es Grenzen gibt. Es gibt Grenzen zwischen den Menschen, und wer sie nicht respektieren will, muß seine Lektion eben unter Schmerzen lernen.
Wie lange hatte er sich dem Gefühl hingeben dürfen, ihm sei alles erlaubt. Er war jung, er war gesund, er war frech, und er fühlte sich als Sieger. Das, was ihm vor die Augen kam und was er haben wollte, glaubte er, sich einfach nehmen zu können.
Das ist ein fürchterlicher Irrtum.
Wir müssen Respekt voreinander haben und vorsichtig aufeinander zugehen, und selbst in einem Restaurant fragt der höfliche Mensch, ob er sich an den letzten freien Stuhl an einen Tisch setzen darf, an dem schon andere Gäste sitzen.
Die bloße Existenz einer schönen Frau ist nicht schon eine Einladung, ihr den Schwanz reinzustecken.
Ob er meine Gedankengänge nachvollziehen konnte?
Ich weiß es nicht. Ich hatte nur das deutliche Gefühl, daß er ein paar Grundbegriffe erlernen mußte, und weil wir schon beim Wort ›Bein‹ angekommen waren, schoß ich ihm in den linken Oberschenkel, damit die Balance wiederhergestellt war.
Nun hatte er die Gelegenheit, sich dieser beiden Extre-

mitäten im ausgewogenen Maß bewußt zu werden. Der Schock des Einschlages, den die Kugel in seinem Körper hinterließ, war so stark, daß er mit seinem Stuhl umfiel und mit seinem Gesicht in sein eigenes Blut platschte.
Er röchelte und verschmierte sich sein Gesicht, und ich sah ihm zu, wie er mit dem angebundenen Stuhl vor mir herumrutschte.
Wie eine Meeresschildkröte sieht das aus – dachte ich und verlor mich ein wenig in diesen Gedanken. Eine große Würde geht von diesen Tieren aus, während sie an den Strand schwimmen, um dort, wie Tausende ihrer Ahnen, ihre Eier in den heißen Sand zu legen. Eines Tages schlüpfen Hunderte kleine aufgeregte Schildkröten und treten den Wettlauf um ihr Leben an. Es geht um Leben und Tod, wenn sie auf die offene See zukrabbeln, weil die Möwen schon darauf warten, um mit der natürlichen Auslese zu beginnen. Nur die Stärksten und Schnellsten dürfen übrigbleiben, um ein stolzes und würdevolles Exemplar ihrer Art zu werden.
Würde …
Würde – darum geht es, es geht darum, das Leben in Würde zu meistern. Was sich da vor meinen Augen am Boden abspielte, kann ich leider wirklich nicht als würdevoll bezeichnen. Glucksend und kratzend versuchte er, sich mit seinem Stuhl über den Boden zu ziehen, und ich bekam eine Ahnung des Gefühls, das eine Seemöwe erfüllt, wenn sie die kleinen fliehenden Kröten erspäht, die sie gleich fassen wird.
Ich ging zu ihm und stellte ihn mit seinem Stuhl wieder aufrecht hin. ›Tut es sehr weh‹, fragte ich, und er wollte auf diese klare Frage keine klare Antwort geben, sondern

wiederholte immer wieder nur: ›Bitte … Bitte … Bitte …‹ Ich wußte nicht, worum er mich bat, also konnte ich seine Bitte nicht erfüllen.

›Ist das nicht ein berauschendes Gefühl‹, fragte ich ihn, ›ist das nicht ein berauschendes Gefühl, wenn man der Stärkere ist? Ist das nicht geil, wenn man so eine Frau vor sich liegen hat, und man kann mit ihr machen, was man will – hmm?! Hat sie dir sehr gefallen … Hmm … Hat sie dir gefallen?! Antworte!!‹

›Ja.‹

›Ja?!!‹

›Ja … bitte … bitte …‹

›Findest du das nicht eine ganz außergewöhnliche Unverschämtheit, daß du mir jetzt hier ins Gesicht sagst, daß es dir gefallen hat, meine Frau zu ficken – was glaubst du eigentlich, wer du bist, du Schwein, du dreckiges, feiges, kriechendes, hinterhältiges Dreckschwein.‹

Ich schlug ihm mehrmals mit dem Revolver ins Gesicht, bis einige Zähne splitterten und ihn an der Lippe verletzten. Ich beschmierte mir dabei die Hand, mit der ich die Waffe hielt, mit Blut, und das wollte ich nicht. Ich hatte keine Lust, sein Blut auf meiner Haut zu haben und legte die Waffe auf einen Tisch, der in meinem Keller stand, ging zur Tür, öffnete sie und verließ den Raum.

Oben angekommen, ging ich ins Badezimmer und wusch mir die Hände. Als das Waschbecken ganz rot wurde, bürstete ich auch noch die Ränder aus, bis alles wieder völlig sauber war. Dann wusch ich mir noch ein allerletztes Mal die Hände und das Gesicht. Ich tat das vor allem auch deswegen, um den Duft der Rosenseife noch einmal zu spüren.

Wir hatten uns einmal ganz wunderbare Rosenseife gekauft. Die Seife roch wie der älteste grünhügelige Teil von Wales, und auf der Packung, die in altem, überliefertem Design gehalten war, saßen zwei Tauben, die die Köpfe zusammensteckten und sich über ein Herz beugten. Das war der eigentliche Hintergrund bei diesem Kauf, und wir genossen es in vollen Zügen, kitschig zu sein.
Was heilt, hat recht – und wenn so eine alte Seifenpackung mit Rosenseife einen daran erinnert, wie sehr man die Frau liebt, mit der man diese Packung gekauft hat, dann ist das kein Kitsch, sondern ein Hinweis. Der Hinweis, wie unendlich zart und rosenduftartig die Momente der Zärtlichkeit sind und wie schnell sie vergehen können. Ich drehte den Wasserhahn zu und blickte in den Spiegel. Ich sah ein wenig abgespannt aus und hatte Ringe unter den Augen. Ich seufzte bei dem Gedanken, daß ich heute nicht früh ins Bett kommen würde, löschte das Licht und schloß die Badezimmertür. Ich ging durch den Wohnraum, weil ich sah, daß die Terrassentür noch offenstand. Ich wollte sie schließen, damit nicht unnötiger Lärm hinausdrang. Ich trat einen Schritt in den Garten und atmete die kühle, klare Luft …
›Es ist eine schöne Nacht, Susanna‹, flüsterte ich und schickte ihr einen Kuß in die Wolken, die soeben über den Mond zogen. Es half nichts – diese Nacht war nicht geboren, um ein Idyll zu sein –, ich mußte wieder in den Keller. Ich ging hinunter, schloß die Eisentür und griff wieder nach dem Revolver – bevor ich hinfaßte, sah ich den blutverschmierten Kolben. Das Händewaschen wäre umsonst gewesen, also beschloß ich, Gummihandschuhe anzuziehen, die in einem Regal lagen. Es waren sehr eng anlie-

gende schockrosafarbene Gummihandschuhe. Ich mußte lachen, als ich an meinen Händen heruntersah. Was Susanna wohl gesagt hätte? Sie wußte, daß ich es haßte, die Handschuhe anzuziehen, weil die Haut darin nicht richtig atmen kann. Aber gut – es gibt Ausnahmen im Leben, und diese Nacht kann man wohl als Ausnahme bezeichnen.
Er sah mich an und hatte wohl plötzlich den Einfall, daß ihm Schreien helfen könnte, weil er mit einemmal anfing, um Hilfe zu brüllen wie am Spieß. Offenbar hatte er erkannt, daß ich ihm auf sein Wort ›Bitte‹ nicht helfen konnte – also hatte er seinen Wortschatz erweitert und schrie nun ununterbrochen ›Hilfe ... Bitte Hilfe ... Hilfe bitte ...!!‹
Ich wurde ungeduldig und schoß das Magazin leer. Es waren aber nur noch zwei Patronen drin, also mußte ich nachladen und feuerte sechs Kugeln in sein linkes Bein und lud noch einmal nach und verschoß die zweite Patronenkammer in sein rechtes Bein.
Er war nicht stillzukriegen.
›Hör auf zu schreien, du Drecksack!‹ schrie ich ihn an und trat ihm auf den Kopf. ›Soll ich dir ein Kissen holen und deinen Kopf hineindrücken, so wie du ihr den Kopf in ein Kissen gedrückt hast?! Soll ich dir den Atem nehmen, damit du glaubst zu ersticken, so wie du sie erstickt hast – soll ich das – ja –ja?! Du willst das wahrscheinlich – du willst es also – gut – du atmest noch zu sehr, du Schwein, du atmest noch!!!‹
Ich war wirklich in Wut geraten, obwohl ich versucht hatte, ruhig zu bleiben, damit seine Belehrung langsam weitergehen konnte. Ich wollte nicht zu sehr in Eile kommen und das Wichtigste überspringen. Das Wichtigste

waren doch die Pausen zwischen den einzelnen Lernschritten, und nun trieb mich dieser Feigling mit seinem nicht zu stoppenden Schreien zu einer Hast, die ich nicht gewollt hatte.
Ich nehme an, daß sie auch keine Hast an den Tag gelegt hatten, als es darum ging, meiner Frau die Beine auseinanderzuzerren und sie zu vögeln. Ganz sicher war das Gegenteil der Fall gewesen. Ganz sicher war es zuvor zwar ›ein wenig heftig hergegangen‹, aber doch mit großem Genuß an der Sache. Und wie wir ja wissen, sind die Pausen zwischen den einzelnen Sensationen das Wichtigste bei jedem Spiel. Es ist wie bei einem guten Essen, das aus mehreren Gängen besteht und in dem das Intervall zwischen der Hummerschwanzsuppe und den Wachtelbrüstchen vom Chef de cuisine so genau bemessen werden muß, daß das Geschmacksecho des Hummers schon eine Weile verklungen ist und der Gaumen eben ungeduldig werden will, bevor man die marinierten Wachtelbrüstchen servieren darf.
Ja – so ist das, und nun brachte dieses Vieh meinen Ablauf durch seine Hysterie so durcheinander, daß ich tatsächlich in Rage geriet.
Ich hatte kein Kissen zur Hand, das ich ihm wie angekündigt auf seinen plärrenden Mund drücken konnte, also sah ich mich im Keller um und entdeckte einen offenen, halbvollen Sack mit Blumenerde in der Ecke stehen. Ich packte ihn und schüttete ihm die Erde über den Kopf.
Schlagartig war es still geworden.
Angenehm war es für die Ohren, in diesem doch etwas beengten Raum kein Geheule mehr zu hören. Ich konnte befreit aufatmen und lehnte mich an die Wand. Nur ein

ganz feines, ganz kleines, dumpfes Brummen summte durch die Topferde hindurch, und an den Krämpfen in seinen Händen sah ich, daß er noch lebte. Ich stand da und überlegte, ob es nicht Zeit wäre, eine Zigarette zu rauchen.

Der Gedanke gefiel mir.

Bevor ich sie mir anzündete, gab ich ihm aber doch noch ein starkes, kreislaufförderndes Mittel und eine hohe Dosis Morphium. Diese Mittel sind wirklich zauberhaft. Ich war noch nicht bei der Hälfte meiner Zigarette angekommen, da hatte sich sein Zustand schon verbessert. Ich nehme an, daß er bei konstanter ärztlicher Pflege und professioneller Wundversorgung in einem Jahr wieder auf den Beinen hätte sein können.

Er hob und schob seinen Kopf so lange, bis er durch die Erde hindurch war und mich anstarren konnte. Ich sah in seinen Augen, daß alles, was einmal seine Persönlichkeit gewesen sein mochte, zerbrochen war. Das Gesicht und die Augen waren mit Erdklumpen und Blut verschmiert, ich konnte jedoch in seine Pupillen sehen. Es waren dieselben Augen, in die meine Frau hatte blicken müssen, während dieses Blumenerdeschwein sie festgehalten hatte, damit der andere sie genußvoll ficken konnte.

Was für ein Unterschied –

Ich nehme doch stark an, daß der Ausdruck seiner Augen damals im ersten Stock und jetzt hier im Keller nicht zu vergleichen war.

Ob meine Frau sie gebeten hatte, doch aufzuhören …

Ob sie sie angefleht hatte …

Ob sie aus dem Lachen überhaupt nicht mehr herausgekommen waren? Was muß es aber auch für ein Spaß sein, so eine junge, schöne Frau unter sich liegen zu haben. Samtene, glatte, gebräunte Schenkel – eine schmale Hüfte – einen vollen, runden Busen ... So etwas bekommt man nicht alle Tage geboten. Da muß man schon hingreifen, wenn einem so etwas plötzlich vor die Flinte kommt. Ich weiß gar nicht, ob er auch verheiratet war. Wenn ja – wird er vielleicht ein paar kleine private Schwierigkeiten zu Hause bekommen haben. Wie soll man denn erklären, daß man wegen Vergewaltigung vor Gericht soll?

Der Haussegen ist damals sicher eine Zeitlang schief gehangen. Das muß ein Lachen und eine Freude gewesen sein, wie dann alles aus war. Das muß eine Erleichterung gewesen sein, als sich bewiesen hatte, daß es meine Frau gewesen war, die diese stinkenden, besoffenen Schweine in ihr Bett gebeten hatte. Da hatten sie einfach nicht nein sagen können, weil sie ja immerhin der Arbeitgeber war, und wer zahlt, schafft an.

Sicher würde es der Gattin einiges Kopfzerbrechen bereiten, das zu akzeptieren, aber besser, die Geschichte löst sich so auf, als daß man akzeptieren müßte, mit einem Verbrecher zusammenzuleben. Ja – das waren kleine, private Schwierigkeiten gegen das, was er heute dort unten in der Blumenerde zu ertragen hatte.

Ich sah, daß er mich anstarrte wie eine Erscheinung, und gleichzeitig sah ich, daß er nichts mehr wirklich mitbekam. Vielleicht war ihm doch klargeworden, daß er damals einen Fehler gemacht hatte und daß es der noch größere Fehler gewesen war, vor Gericht zu lachen, anstatt zu bereuen. Na gut – vergangen ist vergangen, dachte ich, und als ich begriffen hatte, daß er mir auf all meine Fragen nach Einsicht, Erkenntnis, Reue und Buße nicht

antworten konnte, nahm ich eine lange Axt und schlug ihm mit dem stumpfen Ende seinen Schädel ein.
Ich wünschte seiner Seele einen langen, ruhigen Aufenthalt im Zwischenreich und verließ den Keller.
Ich ging hinauf und setzte mich auf die Terrasse. Die Nacht war klar und angenehm mild. Die Sterne flimmerten wie Myriaden von Glühwürmchen. Ich war von einer gewissen Entspanntheit und doch noch nicht restlos befriedigt, weil erst die halbe Wegstrecke zurückgelegt war. Mit leichter Ungeduld erwartete ich den nächsten Tag und legte mich dann doch schlafen, damit der nächste Morgen schneller herankommen konnte.
Am nächsten Tag nahm ich wieder meine Waffe und eine Packung Patronen an mich und begab mich zur Firma, in der der Kollege des toten Mannes in meinem Keller arbeitete. Ich wartete auf das Ende seines Arbeitstages, wartete, bis er sich umgezogen hatte, wartete, bis er sich auf den Heimweg machte und sprach ihn dann am Tor, das von der Malerfirma auf die Straße führte, an. Ich begrüßte ihn und sah, daß auch er mich nicht erkannte. Ich sagte ihm, daß sein Kollege mich geschickt hätte und ihn bitten würde, mit mir zu kommen.
Ich erzählte ihm, daß ich in meiner Wohnung ein Zimmer zu streichen hatte und daß das schnell und ohne Rechnung bezahlt sein konnte. Sein Kollege würde schon den ganzen Tag bei mir arbeiten und hatte mich nach ihm geschickt, um die Arbeit und das damit verbundene Honorar zu teilen.
Er war überrascht, aber doch vergnügt, angesichts der Möglichkeit, mit einigen Scheinen Schwarzgeld nach Hause zu gehen.

Er fragte mich, ob er denn noch irgendein Arbeitszeug mitnehmen solle, und ich verneinte, da sein Kollege alles Nötige schon in meine Wohnung geschafft hätte.
Wir stiegen in meinen Wagen und fuhren nebeneinander sitzend zu mir. Wir plauderten über das Wetter und das Fußballspiel zwischen Ajax Amsterdam und dem AC Milan, das Ajax 1 : 0 gewonnen hatte. Er fragte mich, auf welchen Verein ich gesetzt hätte, und ich antwortete als Italienliebhaber, daß für mich eigentlich nur der AC Milan als Favorit in Frage gekommen war. Er war sehr froh, in mir einen Geistesverwandten gefunden zu haben, und so redeten wir noch lange über die Vorteile des italienischen Fußballs.
Unser Gespräch verlief sehr angeregt, und nur meine würgende Übelkeit, die mir manchmal aufstieg, wenn ich seinen Mund ansah und seine behaarten Hände beobachtete, auf denen weiße Farbspritzer zu sehen waren, erinnerten mich daran, daß ich keinen Gast zu einer Gartengrillparty chauffierte. Sekundenlang hatte ich Mühe, das Bedürfnis zu unterdrücken, ihn ins Gesicht zu schießen und aus dem fahrenden Wagen zu stoßen, aber ich wollte es ihm nicht verwehren, im Tode mit seinem besten Freund vereint zu sein, mit dem er gemeinsam so viele Pinsel in so viele Farbtöpfe getaucht hatte.
Ich parkte vor meinem Haus und ließ ihn vorgehen. Er stutzte kurz, als würde er die Adresse erkennen, aber bei seinem Beruf konnte es ein Irrtum sein. Er konnte sich nicht sicher sein, weil sich in dieser Gegend am Stadtrand die Häuser alle sehr ähneln. Ich führte ihn vorwärts und ins Haus und sagte: ›Ihr Freund ist wahrscheinlich im Keller und rührt die Farben an.‹

›Ja‹, antwortete er, ›er ist ein ganz Sauberer – bei dem werden Sie nie einen Farbspritzer am Fußboden sehen, wo er nicht hingehört.‹
Er öffnete die Kellertür und ging voraus.
Als wir unten angekommen waren, machte ich Licht, und er sah sich im Keller um. Nach einer Sekunde hatte er die Lage erfaßt und drehte sich zu mir. Ich war bereit, ihm mit der Waffe über den Kopf zu schlagen, aber er war unwahrscheinlich schnell und sprang mich so wuchtig an, daß ich hinfiel und unter ihm zu liegen kam. Er würgte mich blitzartig mit der linken Hand und wollte aufspringen und über mich wieder hinauslaufen. Er schaffte es auch, sich hochzureißen und war schon auf der ersten Treppenstufe, als ihn mein Schuß ins Becken traf.
Auf der Stelle knickte er ein, weil ich ihm offenbar das Rückgrat mit meiner Kugel zerschmettert hatte. Gott sei Dank hatte ich in der Hast keinen sofort tödlichen Schuß abgefeuert. Er lebte und zu meiner großen Überraschung schrie er auch nicht. Sollte er aus anderem Holz geschnitzt sein als sein Freund? Ich packte ihn am linken Bein und zog ihn in die Kellermitte. Diesem Mann wollte ich angesichts seiner Bemühung, mich nicht mit seinem Schreien zu irritieren, eine besonders lange Lektion erteilen. Ich hatte beim ersten Durchgang bemerkt, daß die Gefahr bestand, in Rage zu geraten, was die Tötung gefährlich beschleunigen konnte. Ich gab ihm zur Sicherheit auf der Stelle drei Injektionen. Zwei gegen die Schmerzen, die er haben mußte, und eine weitere für die Stabilisierung seines Kreislaufs. Während die Mittel zu wirken begannen, holte ich mehrere Stricke und fesselte seine Füße. Dann legte ich eine Schlinge um seinen Hals und

zog das Ende des Strickes zwischen seinen gefesselten Füßen durch und band es dort fest.
Wenn er erlahmen würde, hätte das ein Zusammenziehen der Schlinge um seinen Hals zur Folge.
Man konnte also sagen, daß es jetzt in seiner körperlichen Kraft lag, ob und wann sein Tod eintreten würde – wobei ich sagen muß, daß es in Wirklichkeit nur eine Frage des ›Wann‹ gab.
Die Hände fesselte ich auf seinem Rücken und ließ ihn so vor mir liegen. Er biß seine Zähne zusammen und hatte die Augen geschlossen. ›Du …‹, sagte er nach einer Weile und bestätigte mir, daß er tatsächlich aus einem anderen Holz geschnitzt war als sein Vorgänger. ›Ich dachte mir schon, daß ich das Haus kennen würde – deine Alte war wirklich ein verdammt guter Fick …‹
Er keuchte unter dem Strick, und ich betrachtete ihn lange und mit kühler Gelassenheit.
Er war nicht nur zäh, er war auch schlau. Er hatte erkannt, daß das der Raum und der Zeitpunkt war, wo sein Leben beendet würde, und er hatte erkannt, daß es keine Rettung für ihn gab. Die einzige Hoffnung, die ihm blieb, war, mich derart zu provozieren, daß ich sein Reden nicht mehr ertragen konnte und ihm deshalb schnell sein Licht ausblasen würde. Ich erkannte seine Strategie und beobachtete in mir, wie ich durch seinen Versuch, mich anzuheizen, immer kälter wurde.
Die Frage war nur, ob diese Schlinge um seinen Hals genug Strafe war. Seine Schmerzen hatte ich gelindert, und die Schlinge würde ihn fast gnädig aus diesem Leben abberufen.
Was also war zu tun?

Was mußte er erleben, um seine Einstellung zum Leben und seine Einstellung zur Würde fremder Frauen zu überdenken?
Ich drehte ihn wieder auf den Bauch und setzte mich vor ihm auf den Boden, um sein Gesicht zu sehen. Voller Haß starrten mich seine Vergewaltigeraugen an. Ich hoffte, daß sie in einem späteren Leben mehr Güte in sich haben würden, und sagte leise zu ihm: ›Der Herr ist mein Hirte, mir soll nichts mangeln – er hütet meine Schafe auf einer grünen Wiese.‹ schloß die Augen und stöhnte auf.
Ich bin mir nicht sicher, ob er diese letzten, so wichtigen Worte noch gehört hatte, weil er jetzt nämlich zu zucken und zu zappeln begann. Irgend etwas schien ihm in die Kehle gekommen zu sein, weil er hustete und hustete und damit nur erreichte, daß sich die Schlinge mit jeder Bewegung fester um seinen Hals zog. Er versuchte sich freizustrampeln und zog den Strick endgültig fest um seine Gurgel und erstickte.
Er hielt noch eine Sekunde lang seine Position und fiel dann wie in Zeitlupe zur Seite. Ich atmete aus und entspannte mich.
Es war vollbracht.
Eine tiefe Ruhe zog in mein Herz. Ich rutschte über den Boden an die Wand und lehnte mich dagegen. Mit einemmal war alle Spannung aus mir gewichen. Müde und still lehnte ich da und war froh darüber, daß der Boden des Kellerraums so gut isoliert war, daß ich nicht frieren mußte. Ich sah zu den beiden Toten hinüber, und dann fielen mir die Augen zu, und wir verbrachten die Nacht zu dritt und in tiefer Stille.«

Ich saß da und fing wieder an, meinen Körper zu spüren – war es der erste kühle Hauch des Abendwindes, der über die Piazza Navona zog, oder war es die Spannung, die sich in meinen Muskeln festgesetzt hatte, während ich der Erzählung des fremden Mannes lauschte, der mir gegenübersaß und nun eine Pause machen wollte.
Die vielen Gläser Averna waren wie weggefegt aus meinem Blut, so klar und wach und frisch empfand ich meinen Geist nach seinen Worten.
Ich versuchte, in seine Augen zu blicken, aber er hatte den Blick gesenkt, als wollte er sich noch einmal in die Bilder dieser Nacht vertiefen. Langsam griff ich zur Flasche mit Averna und öffnete den Verschluß. Der Averna floß langsam in mein Glas, und ohne zu fragen füllte ich auch das seine, das leer vor ihm stand.
»Ich danke Ihnen«, sagte er und prostete mir zu. »Auf Ihr Wohl, Herr Haller«, sagte er, und dann hob auch ich mein Glas, und wir tranken gemeinsam in stiller Eintracht.
»Wie lange ist das alles her?« fragte ich, nachdem ich mein Glas geleert hatte, und bot ihm eine Zigarette an. Ich nahm mir auch eine Muratti Ambassador und gab uns beiden Feuer.
»Es ist schon seltsam, nicht«, sagte er, »aber die Muratti ist wirklich die einzige Zigarette, die man in Italien rauchen kann – vor allem zum Geschmack des Averna bietet sie die vollständige Ergänzung.«
»Ja«, sagte ich und verfolgte den Geschmack des würzigen Tabaks in meinem Mund.
»Es ist schon so, daß jedes Land und jede Kultur die ihnen entsprechenden Genüsse hervorbringen. Und das zweite ist, daß diese aus dem Land entsprungenen Güter

nirgendwo besser schmecken als am Ort ihrer Entstehung.«
Ich mußte ihm beipflichten und füllte mein Glas wieder voll, um den Geschmack des Averna noch stärker mit dem Parfüm der Ambassador zu vermählen.
»Nehmen Sie zum Beispiel ein Stück Parmigiano und eine Scheibe Mortadella, und trinken Sie einen kühlen Soave dazu – machen Sie das alles in der Gegend von Pisa, und Sie werden fast ohnmächtig vor Genuß. Am nächsten Tag beschließen Sie, Parmesan, Wurst und Wein mit nach Hause zu nehmen, um am ersten Abend in Ihrer Wohnung den Urlaub noch ein wenig fortzusetzen, und Sie werden feststellen, daß es nur ähnlich schmeckt. Es ist alles, wie es sein soll, und doch fehlt das Entscheidende. Es fehlt die Luft, das Licht, die Düfte der Umgebung – es fehlt die Seele …«
Er machte eine Pause und rauchte.
»Man darf die Dinge eben nicht entwurzeln. Am besten schmeckt ein Apfel, wenn man ihn an den Stamm des Baumes gelehnt ißt, von dessen Ästen man ihn sich geholt hat. Das ist eine magische Angelegenheit, und wer das nicht begreift, der hat nichts begriffen.« Ich schwieg und dachte über seine Worte nach.
»Um auf Ihre Frage zurückzukommen, die ich nicht vergessen habe«, sprach er weiter, »was ich Ihnen erzählt habe, liegt über dreißig Jahre zurück, das ist keine kleine Strecke für ein Menschenleben, nicht wahr, und doch ergreift es mich immer noch so, als wäre es erst gestern geschehen.«
»Dreißig Jahre«, sagte ich und war nun, nach dieser Äußerung, völlig unfähig geworden, sein Alter zu schätzen.

»Versuchen Sie nicht, mein Alter zu ergründen«, sagte er lächelnd, weil er meine Gedanken gelesen hatte. »Es wird Ihnen nicht gelingen, und es ist auch nicht von Belang. Wichtig ist nur, daß wir miteinander reden und uns dabei näherkommen.«

»Dann darf ich Sie fragen, was nach diesem – diesem Erlebnis in Ihrem Keller geschehen ist?«

Er lächelte und ging in seine Erinnerung zurück.

»Am Tag nach diesem, wie haben Sie es so schön genannt, nach diesem Erlebnis, verließ ich mein Haus und fuhr zum Gericht. Vor den Treppen des Gerichtes wartete ich auf den Richter, der einen seiner Prozeßtage hinter sich liegen hatte. Ich trat auf ihn zu und schoß ihm sechsmal ins Gesicht. Nachdem ich mich vergewissert hatte, daß er wirklich tot in seinem Blut lag, ging ich zur Polizei, um mich zu stellen. Ich führte die Polizisten in meinen Keller und sah ihnen dabei zu, wie sie mit einer großen Irritation zu kämpfen hatten. Sie sahen mich sehr erstaunt an. Offenbar erwarteten sie einen verspäteten Fluchtversuch oder daß ich in Tränen der Reue ausbrechen würde. Ich sah weder für das eine noch das andere eine Veranlassung. Ich hielt ihnen meine Hände entgegen und wollte nur endlich meine Ruhe haben.

Ich erhielt einen Prozeß, in dem mein Anwalt darauf plädierte, mich als einen geistig abnormen Täter zu behandeln, wogegen ich heftig protestierte. Ich wurde von mehreren Experten examiniert, die sich alle meiner Selbsteinschätzung anschlossen und mich für voll zurechnungsfähig erklärten. Mein Anwalt verzweifelte an meiner Haltung und konnte auch nichts mehr daran ändern, daß ich vom Gericht die lebenslange Haftstrafe erhielt.

Die Tür zu meiner Einzelzelle fiel hinter mir ins Schloß, und ich hatte endlich meine Ruhe.
Ich wollte nicht mehr in der Außenwelt mitspielen. Ich wollte nicht mehr den äußeren Zielen einer Lebenskarriere hinterherlaufen. Ich wollte nicht mehr existieren, nur um das Geld für die Miete zu erarbeiten und meine Kleidung und Nahrung kaufen zu können. Ich wollte noch nicht sterben, aber ich wollte allein sein mit mir und meinen Gedanken an meine geliebte Frau. Meine Familie, meine Freunde, meine näheren Bekannten und Kollegen hatten mich während der Zeit des Prozesses immer wieder bestürmt, meine Haltung zu ändern und zumindest Reue zu zeigen. Sie erreichten mit ihren gut gemeinten Wünschen nichts bei mir.
Ich wollte weg aus der Mitte der Welt, um etwas anderes zu finden. Ich hatte erkannt, daß sich mein Dasein einer großen Suche zu widmen hatte. Ich hatte keine Ahnung, was es sein würde, aber ich wußte ganz genau, daß es nicht im Lärm der Welt zu finden war.
Ich glaube, daß Sie – mein lieber Herr Haller – im Augenblick in einer ähnlichen Verfassung sind, wie ich es in jenen Zeiten war, und darum möchte ich gern mit Ihnen meine Erfahrungen, die ich nach dem Verlust meiner Frau gemacht habe, teilen. Darf ich Ihnen weiter berichten?«
»Ich bitte Sie herzlich darum …«
»Die ersten Jahre meiner Haft waren von den widersprüchlichsten Erfahrungen geprägt. Das eigenartigste Phänomen, das ich beobachten konnte, war das Phänomen der Zeitverschiebung. In den ersten Wochen hatte ich Tage, in denen zwischen dem Wecken und dem Licht-

löschen vier Minuten vergangen waren. Dann wieder schien es mir, als mußte ich Jahre darauf warten, daß nach dem ersten Weckruf das Frühstück gereicht wurde. Dieses Phänomen hing offenbar damit zusammen, daß in meinem Denken die Erlebnisse der letzten Zeit auf unterschiedlichen Ebenen gelagert worden waren. Obwohl die Erziehung der beiden Männer doch auf den ersten Blick von größerer Bedeutung zu sein schien, drängten sich in manchen Zeiten völlig andere Bilder in den Vordergrund. Es gab Tage, an denen ich mich nur an die Farbe des Füllers erinnern konnte, den mein Anwalt als Zeichen seiner Nervosität immerzu zwischen den Fingern gerollt hatte.

Es war ein ochsenblutfarbener Füller mit Goldrand am unteren Ende der Verschlußkappe und einer Goldspange in der Form eines stumpfen Pfeiles an eben dieser Kappe. Mit Hilfe dieser Goldspange steckte er den Füller immer wieder an der Brusttasche seines Jacketts fest. An manchen Prozeßtagen wollte ihm das in seiner Hast nicht gelingen, und eines Tages brach er mit einer ungeduldigen Bewegung den Goldpfeil, den er zu weit aufgebogen hatte, ab. Ich hörte das Knacken an der Bruchstelle und sah seinen verärgerten Blick und sah, daß er mir und meinem Prozeß dafür die Schuld gab, daß dieser Goldpfeil nun für alle Zeiten verloren war.

Diese Bilder zogen magnetisch durch meinen Kopf, und erstaunlicherweise waren die Tage, an denen Eindrücke dieser monotonen Qualität sich einstellten, die schnellen Tage.

Wenn ich hingegen erleben mußte, immer und immer wieder erleben mußte, wie die beiden Vergewaltiger meiner Frau vor meinen Augen gestorben waren, verbreiteten sich die Sekunden zu Jahrmillionen.

Eigenartig, nicht? Man könnte doch meinen, daß das Gegenteil der Fall sein sollte. Würde man nicht annehmen, daß eine so abwechslungsreiche Erinnerung wie die Entfernung dieser beiden Körper von unserem Planeten mehr Kurzweil bietet als die Erinnerung an einen abgebrochen Goldpfeil an der Verschlußkappe eines ochsenblutfarbenen Füllfederhalters?

Wie gesagt, das Gegenteil war der Fall, und so versuchte ich nicht, mein Denken zu zügeln und ihm vorzuschreiben, was richtig und unrichtig war. Ich ließ es vielmehr zu, daß die Bilder der Vergangenheit so kommen und gehen konnten, wie sie es für gut befanden.

Ich erhob mich nicht zur Zensur meiner eigenen Vergangenheit – wenn Sie verstehen, was ich damit sagen will.«

»Ich verstehe vollkommen«, sagte ich und lehnte mich in meinem Stuhl zurück.

»So verbrachte ich also die ersten Jahre mit dem Durchwandern meiner jüngsten Vergangenheit. Nach fünf bis sechs Jahren hatte ich das Gefühl, daß es meinem Denken genug war, und es begann sich weiter nach hinten zu verlagern.

Ich hatte keine Gelegenheit mehr, einem Ziel nachzujagen, das außerhalb der Mauern dieses Gefängnisses lag – außerhalb meiner Zelle – außerhalb meines Körpers, und so blieb mir nichts anderes übrig, als meine Schritte in mein Herz zu lenken.

Die Gemeinschaft mit den Menschen war von den Menschen beendet worden. Ich war weggesperrt worden, weil

ich dem zu seinem Recht verholfen hatte, was meiner Meinung nach die einzig wahre Gerechtigkeit darstellte.
Dieses Weggesperrtsein bereitete mir aber keinen Schmerz, weil es nichts anderes war als eine Veränderung. Es war kein Ende, im Sinne eines Sterbens. Es war der Tod eines Menschen für seine Gesellschaft – aber für mich war es der Beginn eines Lebens, das mich selbst zum Ziel hatte.
Nachdem ich Jahr um Jahr die Gelegenheit wahrgenommen hatte, in einer Zelle Abschied zu nehmen, von dem, was ein Mann in unserer Welt erstreben soll, begann die Erinnerung an meine Jugend der Erinnerung an meine Kindheit zu weichen. Mit dem Hochkommen dieser fernen Bilder ging etwas Hand in Hand, das ich erst nach langen Jahren begreifen durfte. Ich verlor die Sprache der Menschen. Ich verlor den Umgang mit den Menschen. Ich verlor es, ein eingefügtes Teil im Gefüge der Welt zu sein.
Ich kam in meiner Besinnung in Zeiten an, in denen ich ungefähr vier oder fünf Jahre alt gewesen sein muß.
Ich sah plötzlich wieder, daß ich in diesem Lebensabschnitt ein Mensch gewesen war, der noch nicht völlig eingeordnet schien. Ich war sehr still und einsam und gern alleine. Ich sah, daß es mich zutiefst störte, den groben Spielen der anderen beiwohnen zu müssen, und sah, daß ich mich in diesen Jahren gern zurückgezogen hatte.
Ich wollte nicht mitspielen und lärmen und laut sein, und ich fand niemanden, der mich in meine Welt begleiten wollte – also blieb ich allein.
Ich hatte keinen Freund, und Mädchen waren noch nicht zu glitzernden Sternen geworden, die man zu verehren hatte.

Ich fand mich sehr oft bei den Tieren im Wald. Meine Eltern fuhren im Sommer immer mit mir aufs Land, und so hatte ich die Gelegenheit, auf einem einsam gelegenen Bauernhof, an einem See, die schönsten Monate im Jahr zu verbringen. Ich stand jeden Tag früh auf und sah dem Bauern zu, wie er den Kühen ihr Heu gab.

Ich höre noch heute das stille, stetige Kauen ihrer großen Mäuler, mit denen sie stundenlang das Heu zerbissen und von Zeit zu Zeit schnauften und mit den Ketten klirrten, die sie im Stall festhielten.

Ich ging in das warme, stark riechende Innere des Stalles, setzte mich ihnen gegenüber und sah ihnen zu. Sie standen nebeneinander und kauten. Mit der Zeit gewöhnten sie sich daran, daß ich jeden Morgen erschien, und drehten alle gleichzeitig ihre Köpfe zu mir, wenn ich durch das Stallfenster kletterte.

Ich setzte mich jeden Tag vor sie hin und sah ihnen tief in die Augen. Mit großen Blicken sahen sie mich ruhig und voller Gelassenheit an, und ich fühlte die Zeit ihres Lebens. Ich fühlte, daß diese Wesen in einem anderen Tempo lebten, in einem anderen Tempo schliefen, aßen, atmeten und redeten.

Von Zeit zu Zeit gab eine der Kühe einen Laut von sich, der in keinerlei Zusammenhang zu stehen schien. Die Nahrung war da, das Wasser war da, der Stall war frisch gekehrt und mit Stroh ausgelegt – alle Bedürfnisse, nach denen man hätte brüllen müssen, waren erfüllt. Und in diese Erfülltheit hinein brüllten sie manchmal. Ich begann in den langen Stunden des Zusehens, diese Laute zu begreifen. Sie waren ein Zeichen an das Leben. Die Sinfonien, die der Mensch schreiben kann, sind nichts anderes.

Es war die höchste aller Stufen, und es war die einfachste Stufe, die es geben konnte. Es waren die wichtigen Worte:
›Ich bin.‹
Ich bin …
›Ich bin …‹
Jeden Tag besuchte ich meine Freunde und lauschte ihrem Gesang und sah dem Bauern zu, wie er seinen Tieren die Bestätigung gab, daß er sie brauchte. Wenn es später wurde, verließ ich den Stall und besuchte meinen Freund.
Auf einem Hügel, der hoch über dem See lag, lebte ein weißer Hund auf einem Bauernhof. Er saß tagein, tagaus vor seiner Hütte und bewachte das Haus seines Herrn. Als ich ihn zum ersten Mal sah, waren wir beide sehr überrascht.
Ich war über die Wiesen gezogen und hatte ein Schmetterlingspaar verfolgt, das, sich in aberwitzigen Girlanden drehend, über die Hügel tanzte. Ich hatte jeden Weg aus den Augen verloren und hatte nur dieses Liebespaar im Blick und folgte ihm durch Blumen und Gräser, bis ich plötzlich durch ihren Flug gezogen, an der Rückseite eines Bauernhauses angekommen war, das auf der Hügelkuppe stand und über den See blickte.
Die Schmetterlinge flogen um eine Ecke des Hauses, und ich lief hinterher. Da sah ich an der Vorderseite des Gebäudes einen weißen Hund sitzen, der voller Abwehrbereitschaft zwei Radfahrer beobachtete, die auf der Landstraße vor dem Gehöft vorbeifuhren. Aufmerksam und mit nach vorne gedrehten Ohren saß er da und hätte in jeder Sekunde starten können, um bellend auf die beiden Radfahrer loszustürzen, wenn sie Anstalten gemacht hätten, sich seinem Revier zu nähern. So blieben sie jedoch

außerhalb der unsichtbaren Linie, deren Überschreiten seinen Verteidigungsreflex in Gang gesetzt hätte. Sie blieben seinem Reich fern, und es genügte ihm, sich den beiden offen zu zeigen, um sicherzustellen, daß sie weiterfahren würden.

Diese nach vorn gerichtete Aufmerksamkeit nahm ihn so in Besitz, daß er es völlig außer acht ließ, zu bedenken, daß es auch eine Welt in seinem Rücken gab, die verteidigt werden wollte. Er war so hingerissen vom Anblick der beiden Radfahrer, daß er mich erst hörte, als ich bereits um die Ecke gebogen war. Er drehte seinen Kopf um, in der sicheren Erwartung, einen Menschen seines Reiches zu sehen, und mußte einen Fremden erblicken. Ich werde nie vergessen, was sich in dieser Sekunde in seinen Augen abspielte. Er sah mich und war fassungslos. Es schien ihm undenkbar, daß ein Fremder ihn überrumpelt und er seine Pflicht vernachlässigt hatte. Im selben Atemzug sah ich, daß er erkannte, daß ich seine Schwäche hätte ausnützen können und es für mich ein leichtes gewesen wäre, ihm in den Rücken zu fallen. Ich hatte es aber nicht getan, also war ich offensichtlich kein allzu großer Feind seines Friedens und außerdem ein Mensch von einer Größe, die nicht als Gefahr eingestuft werden mußte. Trotzdem schämte er sich, daß ihm dieses Mißgeschick widerfahren war. Er sah sich bei einer Unachtsamkeit ertappt und hatte sein Gesicht verloren. Er mußte schnell etwas tun, um seine Würde wiederherzustellen, also stand er auf und lief den beiden Schmetterlingen hinterher und verbellte sie wütend, so, als hätte er mich nie gesehen und sein einziges Interesse bestünde darin, den Angriff dieser beiden Tiefflieger auf sein Dach zu verhindern.

Ich respektierte seine Schauspielkunst und lief schnell ein paar Schritte zur Seite, so daß er die Möglichkeit erhielt, mich im zweiten Anlauf noch einmal von vorn kommen zu sehen. Jetzt setzte er sich wieder hin und sah mich ein zweites Mal an. Er hatte nun das volle Recht, mich zu verbellen, und ich mußte stehenbleiben, um höflich zu sein.
Ich streckte meine Hand aus und ging in die Knie. Er sah ein, daß die Ouvertüre beendet war, und näherte sich mir schwanzwedelnd, weil ihm mein Niederknien als Geste der Freundschaft völlig genügte.
Er schnupperte an meiner Hand, lachte und begann sofort, mein Gesicht zu waschen, weil er ab sofort einen Freund hatte, mit dem er ein Geheimnis teilen konnte. Wir saßen dann lange zusammen im Gras, und ich streichelte sein Fell. Er hechelte zufrieden, und gemeinsam blickten wir alle Feinde, die die Landstraße entlangkamen, und sich überhaupt nicht für uns interessierten, in Grund und Boden.
Ich überlegte, wie ich ihn anreden sollte, und aufgrund seines wunderschönen, schneeweißen Fells nannte ich ihn ›Weißer‹.
Als er mich zum ersten Mal seinen neuen Namen rufen hörte, legte er die Ohren an, wedelte heftig und jaulte in den höchsten Tönen. Ich wußte, daß das heißen sollte, daß er mit der Wahl seines Namens zufrieden war, und mich in seine Familie aufgenommen hatte.
Jeden Tag besuchte ich nun in den Sommermonaten meinen Freund. Er hatte ein unglaubliches Gefühl für die Abfolge der Zeiten im Laufe eines Jahres, denn jedesmal, wenn der erste Ferientag gekommen war, saß er an der hinteren Ecke des Bauernhauses, weil er wußte, daß ich

jeden Sommer, so wie im ersten Jahr, den Weg zu ihm über den Hügel nehmen würde, der hinter seiner gefährlichen Landstraße lag. Schon ganz von fern sah ich ihn am Eck sitzen und konnte seine hochgespitzten Ohren erkennen. ›Weißer‹, rief ich dann jedes Jahr – und nur um sich ganz korrekt zu verhalten, stand er auf. ›Weißer!‹ rief ich dann noch einmal zu seiner Sicherheit, und dann rannte er los und lief mir lachend entgegen, und dann umarmten und küßten wir uns, wie es nur die besten Freunde tun.
Viele Stunden und Tage verbrachte ich mit meinem neuen Freund auf dem Hügel, der das Zentrum seiner Welt war, und bewachte mit ihm sein Reich. Wir saßen nebeneinander unter einem alten Apfelbaum – er hatte seine Pfote auf mein Bein gelegt und knurrte entspannt vor sich hin, wenn ich seinen Kopf streichelte.
An manchen Tagen liefen und sprangen wir um das Haus herum und waren glücklich, endlich jemanden gefunden zu haben, der uns verstand. Er wußte immer genau, wie es mir ging. Es gab Momente, da kam ich aus der Menschenwelt mit soviel Trauer und so einer Last, daß er sich vor mich hinsetzen mußte, mir tief in die Augen sah und mir erklärte, daß ich alles wieder vergessen sollte, was mein Herz so schwermachte.
Ich konnte nicht verstehen, warum bei den Menschen kein Lachen möglich war, das ohne Absicht einfach aus dem Körper herausflog und zu den Wolken stieg. Ich verstand nicht, warum man nicht einfach nebeneinander sitzen konnte, ohne Absicht und ohne Zeit und ohne Ziel – so wie mit ihm, meinem Freund, der seinen Atem mit mir teilte. Ich verstand nicht, warum die Stimmen der Menschen so hart und so häßlich wurden im Laufe ihrer Jahre,

und wenn mir all das zuviel wurde und mein Herz erdrückte, legte er seine Schnauze an mein Gesicht und sprach zu mir.

Fast immer gelang es ihm, mich wegzuholen von den Sackgassen des Denkens, und dann liefen wir wieder herum um den alten Apfelbaum, der vielleicht jetzt noch dort oben auf dem Hügel steht, wo ich vor vielen Jahren meinen ersten wirklichen Freund gefunden hatte.

In diesen Zeiten ging ich auch oft in den Wald. Rund um den See breiteten sich die großen, grünen Flächen eines riesigen Tannenwaldes aus, der ein richtiger Urwald war. Keine Forstmaschinen hatten ihn gezähmt und zur Ordnung gerufen. Der Wald lag riesig und an vielen Stellen fast undurchdringlich da und war für mich damals in meinem Alter der Ort, an dem ich mich verstecken konnte, wenn mich niemand finden sollte. Es gab eine kleine, holprige Straße durch den Wald – fast muß ich sagen, es war ein besserer Weg als eine Straße. Sie hatte zwei kleine Täler an ihren Seiten, von den unzähligen Fahrten, die die Bauern der Umgebung durch den Wald führten, wenn sie von einem Dorf zum anderen wollten. Die Räder ihrer Karren, die von Pferden gezogen wurden, hatten sich in die Erde gegraben und auf diese Weise Schienen herausgeschliffen, in denen die Karren, die nach ihnen kommen würden, Halt finden konnten.

Ich wanderte oft auf diesem Weg und verlor mich in meinen Träumereien. Links und rechts von mir ragten die hohen, dunkelgrünen Wände der Bäume in die Höhe, so daß ich nur ein schmales, langes Band sehen konnte, das vom Blau des Himmels über mir ausgedehnt wurde. Ich ging auf diesem Weg und sah nach oben. Weit, weit über

mir zogen weiße Wolken und wanderten über mein Blickfeld in den unendlichen Himmel. Sie zogen über die Gipfel der Bäume, und in dem kurzen Moment, in dem ich sie sehen konnte, veränderten sie unentwegt ihre Form. Manchmal blieb ich stehen und flog mit ihnen, und an einem Tag verließ ich den Weg und trat in den Wald.
Im selben Augenblick wurde es kühler und still.
Die heiße Sommerluft, die auf den Straßen von der Sonne aufgewärmt wurde, drang nicht hierher zwischen die dicken alten Stämme, die seit Hunderten von Jahren immer wieder dort nachgewachsen waren, wo ihre Vorfahren ihre Samen ausgeworfen hatten, um sich fortzupflanzen.
Der Waldboden war weich und gab unter meinen Füßen nach. Millionen von abgeworfenen Tannennadeln hatten einen dicken Teppich gewebt, auf dem ich manchmal einen dürren Ast zertrat, der knackend zerbrach. Dieses Geräusch weckte hin und wieder einen Vogel, der ohne Eile davonflog und einen Baum bezog, der etwas weiter entfernt stand.
An manchen Stellen war der Wald etwas lichter, und auf diesen kleinen Inseln standen Farne, die von den hellen Lichtfingern des schräg einfallenden Sonnenlichtes am Leben erhalten wurden. Ich setzte mich auf so eine Lichtung an einen riesigen, uralten Baum. Die Rinde drückte durch mein Hemd an meinen Rücken, und es roch nach frischem Harz. Je länger ich saß, um so entspannter wurde mein Körper, so daß ich die Rinde des Baumes wie einen Teil meiner Schultern empfand.
Über den Farnen tanzten einige Mücken, und kleine Straßen von Ameisen führten in Wellenlinien an den Wur-

zeln meines Baumes vorbei. Die Arbeiter trugen tote Käfer, Schmetterlingspuppen und kleine Zweige für die Befestigung ihrer Burg. Von ferne ertönte in regelmäßigen Abständen das schnelle Trommeln, wenn ein Specht einen Stamm nach Larven absuchte. Es war sehr warm, und nach einer Weile schlief ich ein.

Ich erwachte wieder vom Geräusch des Nachtwindes, der die Spitzen der Bäume hin und her bog und auch die tiefer unten lebenden Farne zum Rauschen brachte. Ich öffnete die Augen und sah ein eigenartiges Licht. Es kam von den Bäumen, die rund um mich standen.

Es kam aus ihrem Inneren und lag wie ein feiner Strahlenkranz um ihre Stämme, ihre Äste, ihre Nadeln. Es sah ein wenig aus wie das Licht einer matten Lampe, die auf einer einsamen Landstraße im Nebel steht. Wie durch Milchglas, hinter dem man den Kern der Lampe nicht sehen kann, so verschwommen glitt das Licht der Bäume aus ihnen heraus und verschmolz mit dem Licht, das die anderen Bäume aussendeten. Ich glaubte nicht zu atmen und fühlte auch meine Beine, meine Arme, meinen ganzen Körper nicht so wie sonst.

Als ich versuchte aufzustehen, hielt mich der Baum, an den ich angelehnt saß, fest. Ich war ein Teil von ihm geworden und bemerkte erst jetzt, daß auch mein Körper strahlte. Er war in das stille Licht getaucht, das all die Lebewesen rund um mich ausstrahlten, und dieses Licht war mit der Helligkeit meines Baumes verbunden. Ich war ein Teil von ihm geworden und war in seinem Inneren. Ich sah sein Blut in ihm auf- und niedersteigen. Ich bewegte mich mit ihm im Nachtwind, ich bog meine Zweige unter dem Gewicht der grünen Nadeln …

Ich wurde kleiner und kleiner und ging in die Wurzeln, die aus ihm herauswuchsen und sich in den Boden versenkten. Ich folgte ihrem Verlauf und trat unter die Erde ein.
Es war dunkel und kühl und warm zugleich …
Die Wurzeln wurden feiner und feiner, und an ihrer Spitze verließ ich den Baum und verlor mich in der Erde, die den Baum umgab und ihn festhielt …
Als ich aus den Enden des Baumes in das Erdreich gezogen wurde, spürte ich mit einemmal einen warmen, tiefen, breiten, weichen sanften Ton …
Es war ein Schwingen rund um mich herum, das mich durchdrang und ausfüllte und mich einhüllte und wärmte. Tiefer und tiefer dehnte ich mich in die Erde aus und wurde dabei immer weiter und formloser, bis ich so weit vorgedrungen war, daß ich das Gefühl hatte, die gesamte Erde zu spüren. Ich war ein Teil ihrer ewigen drehenden Reise, und ich spürte ihre Festigkeit und ihr Schweigen. In diesem Ton, der ein Teil von mir geworden war und dem ich einen Teil von mir gab, war ein Schweigen und ein Singen im selben Moment, das immer schon da war und niemals aufhörte.
Langsam, ganz langsam kam ich aus der Tiefe zurück, stieg wieder durch die Wurzeln, durch die Oberfläche des Bodens hinauf in den Stamm und stieg in die Äste. Ich zog hinauf bis zur Spitze des Baumes und dort oben, am höchsten Punkt, glitt ich hinaus und war in der Luft.
Ich wurde zum Wind, der die Wipfel bog, und wurde zum Licht, das alle Wipfel dieses Waldes miteinander verband. Wir waren alle miteinander verbunden durch dieses Licht, das uns einhüllte und diesen Wald mit seinen einzelnen Bäumen zu einem einzigen, riesigen Lebewesen

machte. Eine Bewegung ging durch uns Bäume hindurch, wenn der Wind über uns strich. Ein ewiges Licht verband uns miteinander und strömte hinauf bis zum schwarzblauen Nachthimmel …

Hoch oben sah ich einen Stern leuchten, und auch seine Strahlen waren mit dem Licht meines Waldes verbunden, und so sprachen wir miteinander …

Wir sprachen im Schweigen, und ich spürte das Klingen der Töne, die aus dem Wald kamen und in den Himmel zogen. Plötzlich – als ich soeben ganz hinaufsteigen wollte, um nach dem Stern zu greifen, zog es mich wieder hinunter zu meinem Baum, durch die Zweige, durch den Stamm, durch die Rinde, und ich war wieder in meinem Körper, und ich war wieder da.

Ich konnte meinen Körper wieder fühlen als etwas, das losgelöst von meinem Baum existierte. Ich blieb noch eine Weile sitzen, und dann stand ich auf.

Ich drehte mich um und umarmte diese riesige, alte Tanne …

Ich fühlte, wie sie sich noch einmal öffnete, um mich zu umarmen, und hatte das Gefühl einer Hand, die mir sanft über die Haare und den Rücken strich. Dann drehte ich mich um und ging aus dem Wald.

Von dieser Nacht an wußte ich, daß wir von Brüdern umgeben sind, die mit uns reden wollen, und daß sie uns am Leben erhalten und uns lieben und uns fliegen lassen können.

Immer wieder ging ich in diesem Sommer an diesen Platz und zu diesem Baum, um mir Kraft zu holen für die Welt, die schon damals zu planen begonnen hatte, wie sie diesen Wald am effizientesten umschneiden könnte.

Eine Zeitlang gab mir dieses Erlebnis die Kraft, den Wahnsinn der Menschenwelt zu ertragen. Wenn es mir zuviel wurde – immer wenn es mir zuviel wurde, die Kämpfe und Verletzungen, die in der Menschenwelt das Ziel aller Dinge waren, zu ertragen, besuchte ich in der Phantasie meinen Baum und redete mit ihm. Er tröstete mich und erinnerte mich wieder daran, wie es ist, mit tausend anderen Brüdern zu den Sternen zu fliegen und das Lied von der Erde mitzusingen. Er legte sein schützendes Licht um mich und erinnerte mich daran, wer ich in Wirklichkeit sein konnte. Er ließ mich atmen, er ließ mich schweigen, er ließ mich leben …

Das Schmerzhafte an diesem Erlebnis war, daß es mich unfähig machte, in der Menschenwelt zu leben. Ich war zerrissen von der Reise, die mich von den Schlachtfeldern des Alltags zu der Stille meiner Wahrheit führte und letztlich dafür sorgte, daß ich nicht wußte, wo ich hingehörte. Wenn ich aufstehen sollte, um zu kämpfen, dachte ich an meinen Baum und das Leben, das er mir gezeigt hatte, und das ein Teil von mir war …

Wenn ich aber seinem Rat folgte und zu ihm ging, trieb mich die Erregung, die ich vom Schlachtfeld des Lebens noch in mir hatte, wieder aus seinen Armen. Immer größer wurde die Spannung zwischen dem Lärm und der Stille, bis ich erkannte, daß ich mich entscheiden mußte. Ich mußte mich entscheiden zwischen den Städten, den Menschen, dem Streben nach Macht und Erfolg und der Einsamkeit und der Stille meiner wahren Herkunft.

Die Entscheidung wurde mir zum Teil abgenommen und aufgezwungen, weil der Stundenplan eines Erwachsenen sich auf mich legte und Stück für Stück diese Tür zumauerte, die zwischen dem Leben und meinem Erfolg in der Rennbahn stand. Ich sah, wie der letzte Ziegel eingesetzt wurde, und eines Tages war ein Wald nur ein Haufen Stroh für mich geworden, der Holz produzierte, und so mancher Autobahn im Wege stand.

In den langen Jahren meiner Gefängniszeit aber begannen die Samen, die damals in den ersten Jahren meines Lebens gelegt worden waren, wieder zu keimen, wurden größer, drängten sich wieder ans Licht, durchbrachen den Eisenbeton meiner Mauern, die um mein Herz lagen, stießen durch die Abwehrwände der Vernunft und ließen den Wind jener ersten Waldnacht wieder in meine Seele strömen.«

Der Fremde hörte auf zu sprechen.

Es war auch auf der Piazza Navona dunkel geworden. Die Straßenlaternen begannen zu glimmen und beleuchteten die Spaziergänger, die ermüdet von einem langen Gang durch Rom einen Platz zur Einkehr suchten. Sie zogen an uns vorbei, in das Innere des Cafés »La dolce vita« und bestellten gegrillten Fisch und kühlen Wein.

Ich zündete mir eine weitere Zigarette an, lehnte mich wieder in meinen Stuhl zurück und lauschte dem Fremden, der weiterzureden begann.

»Mit diesen Gedanken und diesen Empfindungen, die aus meiner verschütteten Kindheit wieder zu mir zu sprechen begannen, lebte ich die nächsten Jahre in meiner Zelle. Ich begann wieder zu fühlen, daß es eine Verbundenheit gab zwischen mir und dem Leben. Ich begann wieder zu fühlen, wo meine Herkunft lag, die in Wahrheit die Herkunft von uns allen ist. Wir kommen alle aus einer Wahrheit der Vereinigung mit dem Leben, und nur der Irrtum unseres Egoismus gaukelt uns vor, daß wir voneinander getrennt sind. Wir sind es nicht und dürfen diese Tatsache spätestens mit dem Moment unseres Todes wieder erfahren. Dieser Tod, der nur ein Tod der Verblendung ist, die uns einflüstert, wir wären auf diesem Planeten ein einmaliges Individuum. Diese Verblendung ist es, die uns Angst einflößt und uns glauben macht, daß wir etwas zu verlieren haben, wenn wir sterben – dabei ist es nur der Teil, den wir Persönlichkeit nennen und der gern Averna trinkt und Muratti raucht, der wieder vergeht. Der Rest, die Wurzel, das Eigentliche unseres Seins, erlebt nichts anderes als die Geburt seiner Freiheit.

Jahrelang suchte ich nun also in meiner Zelle diese Kinderzeit auf und meine Brüder und ihr sprechendes Schweigen, bis ich eines Tages noch weiter zurückflog, um noch einmal geboren zu werden.

Ich erwachte eines Nachts in meiner Zelle und sah mich in einem seltsamen Raum treiben.

Es war der Raum, der mich und Susanna umgeben hatte, in unserer ersten gemeinsamen Gewitternacht …

Er pulsierte, er lebte, er war kühl und heiß zugleich, er war voller Farben und gleichzeitig dunkel, er war wie ein sich öffnendes Feld und eine enge Schlucht …

Es war ein Raum, in dem ich nicht allein war. Ich hatte das Gefühl, durch die Anwesenheit anderer Wesen geweckt worden zu sein – ich fühlte ein Ziehen, einen Drang, eine Bewegung …

Ich fühlte, daß ich nach Ewigkeiten des Schlafens wieder erwachen sollte. Ich fühlte, daß ich vor meiner Geburt stand.

Jetzt, im Eintreten in mein neues Leben, sah ich wie in

einem Blitzschlag alles, was auf mich wartete. Ich sah die Welt, die Bäume, die Frauen, die Männer, die Schmerzen, die auf mich zukommen würden, und ich sah in einer Millionstel Sekunde, in der ich alles erfassen durfte, meine Aufgabe in diesem neuen Leben.

Ich sah den Tod.

Er stand an beiden Enden meines Lebens und ließ mich durch das eine Tor in meine Persönlichkeit steigen und entließ mich nach einem Lidschlag der Jahrmillionen wieder, am anderen Ende meines Daseins. Dazwischen aber hatte er mir die Aufgabe gestellt.

Ich schwebte über meiner Geburt ... Ich schwebte über den Schwellen meiner zukünftigen Existenz und sah, daß man mir eine Aufgabe zugedacht hatte, vor der ich erschrak.

Ich sah meine Sehnsucht nach Liebe, nach Glück und Erfolg. Ich sah meine Sehnsucht nach Kindern und Tieren und einer Zukunft in der Gemeinschaft von Menschen, die ich lieben konnte und die meine Freunde waren. Ich sah den Wunsch, das Leben eines normalen Menschen zu durchwandern und endlich ein Leben zu führen, das mit den Leben vor ihm Frieden schließen konnte. Ich sah all das in meinem Erwachen aus der Ewigkeit, und ich sah, daß nichts von alledem sich erfüllen würde.

Ich sah, wie der Tod meine Wünsche deutlich vor mir aufbaute, und ich sah, daß das Schicksal sie mir wieder entreißen mußte, um mich bereit zu machen für meine eigentliche Aufgabe.

Die wahrhaftigste Liebe all meiner Lieben wurde mir entrissen, die Zukunft als der Mensch, der anderen Menschen mit seinem Beruf als Arzt zu helfen vermag, wurde mir verwehrt, alles, was ich als schön und gut in mir empfand, wurde verbrannt, als ich diese beiden Männer in meinem Keller töten mußte. Es war geschehen, um mich auf meine wahre Bestimmung hinzuführen. Vor meiner Geburt wandte sich der Tod zu meiner Seele um und sprach die einzigen Worte, die ich ihn jemals sagen gehört hatte: ›Du wirst ein Töter sein.‹

Der Tod zeigte mir mit einer Bewegung seiner Hand das ganze Leben.

Er zeigte mir das Weltall und die Sterne, er zeigte mir den Atem, der zwischen den fernen Sonnen liegt, und zeigte mir die Erde.

Er zeigte mir ihr Herz und ihre Seele …

Er zeigte mir die Flüsse und die Seen und die Bäche und das Meer.

Er zeigte mir das Leuchten in den kleinsten Fischen und die Strahlen in jeder Blume.

Er zeigte mir die Welt und ihre Ewigkeit …

Dann streckte er den Arm aus und zeigte mir die Menschen. Er zeigte mir den Anfang unseres Lebens, in dem wir noch nicht vergessen haben, woher wir kommen, und daß es unsere Pflicht ist, das Leben zu erhalten und zu pflegen. Er führte mich in die nächste Stufe, in der die Dunkelheit beginnt, und zeigte mir, daß die Menschen den Verstand verloren haben.

Er zeigte mir die stählernen Messer des blinden Hasses, der in ihren Herzen tobt, und zeigte mir die zähen Schlingen der Gewalt, die sie in ihrem Denken tragen und die sie einander um den Hals legen, und zeigte mir die Gier, die hinter allem stand.

Er zeigte mir, wie diese Gier aus ihnen hervorwuchs wie

schwere, lange, fasrige Fäden, die sie hinter sich nachschleiften und die um sie herum zuckten auf der Suche nach Beute. Sie schlugen mit diesen Spinnenbeinen ihr eigenes Herz tot. Sie schlugen ihr Kinderwissen und das Lachen tot. Sie schlugen ihre Liebe tot. Sie schlugen ihre Träume tot. Sie schlugen ihre Liebsten tot.

Dieses Meer der tobenden, herumirrenden schwarzen Geister legte sich wie eine dumpfe, graue, schleimige Masse aus stinkendem Teer über ihre hellen Strahlen und verdunkelte das helle, freie Licht ihrer gemeinsamen Seele.

Er zeigte mir, wie alle Lebewesen in ihrem Volk verbunden waren. Er zeigte mir das Licht der Familie der Tiere. Er zeigte mir das Licht der Pflanzenseele und zeigte mir das Licht der Menschenseele. Düster und matt glühte es auf unserer Erde und hatte begonnen, sich nach den anderen Seelen auszustrecken.

Schmutzige Risse hatte es in die Waldseele geschlagen, tiefe, blutende Wunden in den Erdboden gekratzt, eiternde Öffnungen in die Seele der Tierfamilie gebrannt.

Das Denken war der Führer dieser dunklen Pest. Das Denken, das auf falsche Ziele ausgerichtet war und die Wahrheit von Gut und Böse in das Gegenteil verkehrte. Es gab keine Liebe, es gab keine Güte, es gab keine Zärtlichkeit, es gab keine Empfindungen mehr.

Die Kinder wurden ihrem Herzen entfremdet, und die Eltern stachen einander ins Mark. Die Führer der Menschen trugen schwarze Kappen, die ihre glänzenden Funkenaugen kaum verdeckten. Diese Funkenaugen waren auf das Licht der Welt gerichtet und unternahmen alles, um es auszulöschen. Sie taten dies unter dem Vorwand, ein bes-

seres Leben anzustreben. In Wahrheit aber stand der schwarze Geist der Finsternis hinter ihnen und peitschte sie weiter in die Richtung des endgültigen Abgrundes.
Die Menschen, die ihnen ausgeliefert waren, konnten es nicht besser wissen und glaubten ihren Versprechungen.
Sie folgten den Befehlen ihrer Führer und stießen feurige Schwerter in die Wurzeln ihres Daseins. Sie vergifteten das Wasser, das sie erfrischte, sie zerstörten die Wurzeln der Bäume, die ihre Erde zusammenhielten, sie rissen Wunden in die Haut des Planeten, um an die Geheimnisse seiner Tiefen heranzukommen. Sie töteten ohne Hemmung die Familien ihrer Brüder, sie fraßen und zerfraßen die Quellen ihres Herzens und ihrer Zukunft.
Wie noch kein Geschlecht vor ihnen, führten sie nicht nur einen nicht endenden Krieg gegeneinander, sie waren auch das erste Geschlecht, das unserer Mutter die Augen ausriß und ihren Leib zerstückelte.
Stöhnend versuchte sich die Erde unter der Last dieser Krankheit zu winden, aber ihre Gegenwehr war zu gering, um die Millionen an Bakterien, zu denen die Menschheit für sie geworden war, abzuschütteln.
Der Tod breitete beide Arme aus, zeigte mir noch einmal den Ursprung dieser Satanswelt und gab mir zu verstehen, daß sich die Waage verschoben hatte. Das Gleichgewicht der schwarzen und der weißen Kräfte, die unser Herz in seinen beiden Kammern birgt, war aus dem Lot gerissen worden. Wie die Sonne, die unaufhaltsam von den Gipfeln stürzt, war nun die Zeit herangerückt, in der es scheinbar keinen Ausweg gab. Die Springflut des Bösen rollte an allen Küsten, an die Bauwerke der Lebendigkeit und tarnte sich als Verbesserung.

Unter dem Mantel der Entwicklung verloren Millionen und Milliarden ihre Zukunft, weil sie nicht sehen konnten, womit sie ihre kurze Verbesserung des Alltags zu bezahlen hatten.
Kriege brannten auf in den Familien, Kriege brannten auf in den Staaten, Kriege umzogen den Erdball mit der Feuerflut der äußeren Zerstörung. Diese äußere Zerstörung war jedoch nur das letzte Signal einer Verwesung, die lange zuvor in den Seelen begonnen hatte.
Die alten Werte von der Liebe, von der Güte und von der Gerechtigkeit hatten ihre Kraft verloren.
Sie hatten sie nicht einmal stürzen müssen. Wenn sie offen Hand an sie gelegt hätten, wären einige der Menschen vielleicht aufgestanden und hätten sie gegen einen direkten Angriff verteidigt. Der Krieg, den die Verblendeten gegen unser Erbe führten, war viel grausamer und verschlagener. Sie griffen nicht von vorn an, sie stießen in das Mark der Wahrheit vor wie Krebs.
Wie Krebs, der einen Brückenkopf im Leben formt und dann damit beginnt, das Fleisch mit seinen Metastasen aufzufüllen, verätzten sie die Liebe, die Güte und die Gerechtigkeit mit dem Gift des Spottes und der Lächerlichkeit. Es kam soweit, daß jeder, der sich nicht von seiner wahren Herkunft trennen wollte, ausgestoßen und den Wölfen der Lächerlichkeit preisgegeben wurde.
Sie schlugen ihre Zähne des Zynismus und der feigen Rache in sein Fleisch und leckten ihm das Blut aus seiner offenen Brust. Das taten sie so lange und so oft, bis niemand mehr den Mut hatte, aufzustehen und zu bekennen –
›Ich glaube ...‹

Ich glaube an das Leben und seine Kraft. Ich glaube an die Welt und ihren Schutz, der sie umgibt. Ich glaube an die Seele und die Zärtlichkeit, die Offenheit und die Güte. Ich glaube an den Frieden und die Hoffnung, an die Zukunft im Einklang mit den Brüdern hier auf unserer Welt.
Wehe dem, der das sagte.
Wehe dem, der das tat.
Der Spinnenfinger des Zynismus wurde auf ihn gerichtet und seine Existenz aus dem Zusammenhang der Menschenwelt gestoßen. Verlacht und erniedrigt mußte dieser Mensch dann vegetieren und von dem Staub sich ernähren, den die Horden seiner Gegner in seine Augen stampften.
Das alles zeigte mir der Tod mit seiner Hand und ließ mich meine Aufgabe sehen.
Nachdem ich alles Glück verloren hatte, mußte ich in die Einsamkeit meiner Zelle gehen, um zu erkennen, daß ich ein Gesandter seiner Macht war.
Es war meine Bestimmung hinzugehen und alle diejenigen abzuberufen, die an der Spitze dieser Vernichtung standen.
Es war meine Aufgabe geworden, die tödliche Krankheit derer zu werden, die ihr Leben mißbrauchten, um unsere Herzen, unseren Frieden, unsere Gerechtigkeit, unseren Glauben und unsere Erde zu verwüsten.
Er gab mir den Dolch, mit dem ich eines Tages sein Bote auf Erden sein sollte, in die Hand, und ließ mich in den Nebel der Geburt gleiten, der sich erst in jener Nacht in meiner Zelle zu lichten begonnen hatte.«
Der Unbekannte schwieg und sah mich an.
Seine Augen glänzten im Widerschein der Laternen, die wie

schimmernde Perlen an den Seiten der Piazza Navona aufgereiht waren. Sie leuchteten hell aus seinem Gesicht, das im Halbdunkel lag, und dem ich immer weniger ein Alter zuordnen konnte. Ein feines Lächeln umspielte seine Züge, so, als warte er auf eine Frage. Ich bemerkte, daß meine Zigaretten ausgegangen waren, und rief nach dem Ober. Er kam heran und fragte, ob wir noch einen Wunsch hätten.

»Wollen Sie noch etwas trinken?« fragte ich den Mann, der nicht aufhörte zu lächeln und dann sagte: »Was halten Sie davon, wenn wir uns mit einem guten, alten, italienischen Rotwein ein wenig erwärmen?«

Ich mußte ihm zustimmen und bat den Ober, uns seinen ältesten, milden »Rosso di Montalcino« zu bringen, und wartete schweigend, bis er wiederkam und die Flasche für uns öffnete.

Er ließ mich einen kleinen Schluck kosten, und ich nickte zustimmend, worauf er die beiden runden, bauchigen Weingläser zur Hälfte füllte, uns eine kleine Schale mit gerösteten und gesalzenen Mandeln hinstellte und wieder ging.

»Dieser Wein hat eine große Seele«, sagte der Mann und ließ den zweiten Schluck langsam in seinem Mund zergehen. »Man fühlt die Sonne, die ihn hat reifen lassen, und den starken Boden, aus dem er seine Kraft gezogen hat – nicht wahr?«

Es war so, wie er sagte. Ich schloß meine Augen und atmete tief den Duft der südlichen Sonne, die in jedem Schluck dieses Rotweines eingeschlossen war. Ich nahm ein paar Mandeln, um den Geschmack zu verlieren, zündete mir eine Zigarette an und blies den Rauch langsam vor mich hin.

»Ich sehe, daß wir einander sehr ähnlich sind«, sagte der ältere Mann, »ich liebe es auch, die verschiedenen Geschmacksrichtungen zu vermischen, auf diese Weise entsteht eine neue Welt, mit unzähligen Farben und Nuancen.« Auch er nahm einige Mandeln und trank den Wein hinterher.
»Erlauben Sie?« Er nahm eine Ambassador aus der Schachtel, und ich gab ihm Feuer. »Das Leben ist so einfach«, sagte er. »Alles, was wir brauchen, ist Gesundheit, gute Freunde, ein wenig Geld und Respekt vor allem, was uns umgibt.«
»Sie haben die Liebe vergessen«, sagte ich und blickte ihn an.
»Ja, die Liebe ...«, erwiderte er, »die Liebe ist ein Geschenk, das man erhält oder nicht, zum Leben – zum Überleben – brauchen wir sie nicht. Ich weiß, daß Sie nach der Trennung von Ihrer Liebsten solche Worte nicht hören wollen, aber wissen Sie, wie viele Milliarden von Menschen es gibt, die niemals ... niemals in ihrem ganzen Leben so ein Glück erleben durften, wie es Ihnen geschenkt wurde? Und wenn es nur für die Dauer eines Blickes gewesen wäre – Sie haben es erlebt, das ist mehr, als Sie erwarten durften. Die Frage ist eine ganz andere: Die Frage, die Sie sich stellen müssen, lautet: Warum wurde mir die Liebe, die ich erleben durfte, wieder fortgenommen?«
Ich sah ihn an und rauchte. Mir fiel keine Antwort ein. Das einzige, woran ich denken konnte, waren die Küsse von Maria, und falls es einen Sinn in ihrem Verlust gegeben haben sollte, so war er mir verborgen geblieben.
»Haben Sie eine Antwort auf unsere Niederlage?« fragte ich ihn deshalb und war auf seine Antwort gespannt.

»Ich freue mich sehr, daß Sie zum ersten Mal das Wort ›unsere‹ verwendet haben«, sagte der Mann und lächelte mich an.
»Das Wort ›Niederlage‹ allerdings möchte ich gern vermeiden und durch ›Bestimmung‹ ersetzen.«
»Welche Bestimmung meinen Sie?«
Er fuhr fort: »Sie und ich, wir haben den größten Wunsch erfüllt bekommen, den es im Leben eines Menschen gibt, wir haben die Erfüllung in der Liebe erlebt. Es gibt keinen höheren Wunsch und kein höheres Geschenk. Diese Erfüllung aber ist so umfassend und endgültig, daß damit etwas verbunden ist, was dem Leben widerspricht.«
»Und das wäre?«
»Stillstand – die höchste Erfüllung trägt in sich die Wahrheit, daß es keine Wünsche mehr gibt. Unsere Wünsche aber sind der Anlaß für Veränderung. Veränderung ist das Element des Lebens. Erfüllung aber bedeutet Wunschlosigkeit und schließt den Wunsch nach Veränderung aus.
Die Erfüllung genügt sich selbst und will sich nicht verändern – weil jede Veränderung wiederum eine Gefahr für die Erfüllung unserer höchsten Sehnsucht darstellt. Wir wollen, ob wir uns dagegen wehren oder nicht, daß der Zustand des Glückes niemals vergeht.
Wenn wir diesen Punkt der Erfülltheit erreicht haben, wird unser ganzes Leben nur mehr ein Ziel haben: dieses Glück zu bewahren. Wir werden alles tun, um stehenzubleiben. Stehenbleiben ist jedoch die Todsünde gegen das Leben. Das größte Glück schließt also in dem Moment, in dem wir es erreicht haben, die größte Todsünde gegen das Leben mit ein.
Im höchsten Moment, den die Lebendigkeit uns schenkt,

wären wir bereit, sogar den Tod um Hilfe zu bitten, damit er jedes Weiterschreiten verhindert. Wir würden uns nach Innen kehren, um uns von den Irritationen der Außenwelt abzuwenden, bis unsere Augen keine Realität mehr ertragen könnten. Dann würden wir mitten auf dem Gipfel erblinden und sterben, nur um nicht den Anblick ertragen zu müssen, dem wir ausgesetzt wären, wenn sich unser Glück im Strom des Lebens verändert. Aus diesem Grund hat uns das Schicksal das Gefäß unserer Liebe zerschlagen, um uns stark zu machen für ein noch größeres, anderes Schicksal, als es die Liebe zwischen zwei Menschen ist. Wir sind durch den Verlust der Liebe zu etwas anderem vorbereitet worden, für die Liebe zur Welt.«

Er sprach mit einer unerbittlichen Ruhe, die mich verzweifeln ließ. Mir war völlig bewußt, daß es niemals mehr eine Frau wie Maria in meinem Leben geben konnte. Mir war völlig bewußt, daß es nach dem Blick in die Sonne kein zweites Licht mehr für mich geben konnte, das ich als hell bezeichnen wollte. Mir war völlig klar, daß ich mit dem Kennenlernen und dem Verlust des Schönsten im Leben verdorben und zerstört war für alle Begegnungen, die danach kommen würden.

»Halten Sie nicht an Ihrer Sehnsucht fest«, sagte der Mann und legte seine Hand auf meinen Arm. »Es gibt kein Zurück in Ihr Paradies, und es gibt kein zweites Paradies, in das Sie sich retten können. Sie sind erweckt worden aus der Suche nach dem persönlichen Glück, um etwas anderes, weitaus Größeres zu erleben, als es die Zweisamkeit ist.

Es gibt einen Wendepunkt im Leben mancher Menschen, an dem sie gerufen werden, die Vergangenheit abzuwerfen. Dieser Punkt liegt schon heute hinter Ihnen, und Sie versuchen immer noch, zurückzugehen. Wir können nicht mehr in die Schuhe der Kindheit schlüpfen, wir können nicht einmal den letzten Atemzug wiederholen – also lassen Sie los, und nehmen Sie Ihr Schicksal und Ihre Berufung an. Ich weiß, wie sehr Sie sich immer noch dagegen wehren. Ich weiß, daß Sie allein sind und niemanden haben, mit dem Sie darüber sprechen können. All das ist der Grund für unsere Begegnung. Das ist der Grund, warum wir hier zusammengeführt wurden.

Ich darf Ihnen berichten, daß es für Sie ein anderes Leben geben kann, von dem Sie jetzt noch nicht einmal zu träumen wagen. Noch hängt Ihr Denken an der alten Burgmauer Ihrer Sehnsucht fest. Doch das Leben ist weitergezogen und interessiert sich nicht für Ihr persönliches Schicksal. Nehmen Sie die Zügel wieder selbst in die Hand. Verlassen Sie Ihre sichere Burg, die für Sie zum Gefängnis geworden ist, und gehen Sie wieder dem Schicksal voran.«

»Haben wir nicht vorhin einmal gesagt, daß nichts sterben will, was lebt?« fragte ich, und er antwortete: »Das, von dem Sie hoffen, daß es noch lebt und auf dessen nächsten Atemzug Sie warten, ist tot.

Nur Ihre Phantasie läßt in dem Körper Ihrer Sehnsucht, den Sie auf dem Rücken tragen, warmes Blut kreisen. Wenn Sie sich umdrehen, werden Sie erkennen, daß Sie sich mit einem Leichnam belasten. Ich sage es Ihnen klar und deutlich. Auch wenn es in manchen Filmen, die gemacht wurden, um uns sentimental zu stimmen, anders ist: Maria wird nie mehr auf dieser Piazza auftauchen und an Ihrer Seite leben.

Diese Liebe ist tot, und sie war so groß, daß es nie mehr eine zweite Liebe für Sie geben wird. Also lassen Sie los, und wenden Sie Ihre Liebe auf ein anderes Ziel. Es gibt nur zwei Wege, auf denen man diesen Schmerz der Erweiterung geschenkt bekommt. Der Schlag kommt von außen wie bei mir, oder er kommt von innen, so wie Sie es erleben mußten.

Das Geschenk, das dieser Verlust bedeutet, erkennen wir nicht sofort – ich aber sage Ihnen, daß nichts in diesem Universum vergeht, ohne einem anderen Leben Platz zu machen. Beugen Sie sich nicht länger über das Grab Ihres Herzens, sondern heben Sie das Haupt, und erkennen Sie, welch großer Baum dort schon längst gewachsen ist, während Sie noch Ihre Verzweiflung gepflegt haben.«

»Was könnte ich dann, Ihrer Meinung nach, erkennen?« fragte ich ihn und trank einen Schluck Rotwein.

»Die endgültige Antwort werde ich Ihnen geben, nachdem ich Ihnen berichtet habe, was nach meinem Leben in der Zelle geschehen ist – für den Moment will ich Ihnen nur sagen, daß wir die Möglichkeit haben, auf demselben Weg zu gehen.«

Er sagte diese Sätze mit solch einem Nachdruck, daß ich nichts mehr erwidern konnte. Ich fühlte, wie seine Stimme in mein Denken griff und seine Augen mich festbannten, so daß ich nicht ausweichen konnte. Ein eigenartiger Klang war wieder in mir und diese nervöse Unruhe, die ich gespürt hatte, als er mich am Vormittag noch aus der Distanz beobachtet hatte.

Es war dieselbe nervöse Unruhe, die ich beim Abflug nach Rom gespürt hatte und die mich davor zurückhalten wollte, die Reise anzutreten. Gleichzeitig zu dieser stillen

Warnung war aber noch dieser Sog da, der von meinem Tischnachbarn auszugehen schien und der es mir unmöglich machte, vor seinen Erzählungen die Ohren zu verschließen. Er drang auf einem mir unbekannten Wege in mein Denken und mein Fühlen ein – und so sehr es mich zeitweilig erschreckte, was er berichtete, so sehr konnte ich es nicht vermeiden, wissen zu wollen, was in seinem Leben, nach seiner Zeit in der Zelle, vorgefallen war, also sagte ich: »Ich bitte Sie, mir weiter zu erzählen, ich werde Ihnen gern zuhören.«

Er nahm einen Schluck Rotwein und sprach weiter.

»Nachdem mir der Tod meine wahre Bestimmung gezeigt hatte, erkannte ich, daß meine Zeit im Gefängnis abgelaufen war. Ich hatte in den Jahren mein Schicksal und meine Wünsche immer wieder und wieder in meinem Denken durchlaufen, bis ich an dem Punkt angekommen war, an dem ich sauber war. Ich war gesäubert worden im glühenden Wirbelsturm meiner Gefühle, meines Hasses und meiner Erinnerung an meine Liebe, bis nichts anderes übrigblieb als eine stille Kühle. Ich konnte mich nicht mehr erregen über das, was gewesen ist, ich hatte keine Bedürfnisse für mein persönliches Leben, ich war still und klar und kühl geworden und hatte es angenommen, was mir geschehen war.

Lange Jahre hatte ich mich in meiner Zelle gegen die Vorstellung gewehrt, andere Menschen, die meine persönliche Rache nicht heraufbeschworen haben, zu töten. Nun aber hatte ich erkannt, daß ich zum Diener einer viel größeren Rache, einer viel größeren Vergeltung werden sollte. Ich war zum Diener geworden an der Macht des Todes.

Ich war sein Diener geworden, der das auszuführen hatte, was er mir befahl. Ich mußte aus dem Körper der Menschengemeinschaft die schwarzen Stellen herausschneiden, und ich war klar und kalt genug geworden, diese Aufgabe ohne Erregung zu meistern.
Nach fünfundzwanzig Jahren im Gefängnis verhalf mir das Schicksal zu einer Begnadigung, die mir die Tür meiner Zelle öffnete und mich hinausließ unter die Menschen, um mein Werk zu beginnen.
Als erstes reiste ich zu meinem Wald, um den Baum zu besuchen, der mir in meiner Kindheit soviel Kraft gegeben hatte.
Ich stieg aus dem Zug, der an der Bahnstation hielt, die in der Nähe des stillen Sees lag, und wanderte zu Fuß, um meinen Wald aufzusuchen.
Es gab ihn nicht mehr.
Dort, wo früher dichte, atmende Bäume gestanden hatten, zogen sich die breiten, schwarzen Asphaltbänder einer Autobahn quer über das Land. Das Tal, in dem mein Baum gestanden hatte, war verwüstet, öd und leer. Fünfzig Meter hohe, riesige Betonpfeiler waren in den Boden getrieben worden wie die Zyklopenbeine der Apokalypse.
Es war schon früher Abend, als ich neben einem der gigantischen Betonquader stand, der ununterbrochen unter dem Ansturm der Hunderten von Wagen bebte, die hoch oben über das Tal donnerten. Ich sah hinauf, und dort, wo früher die Baumwipfel in die Sterne gegriffen hatten, war jetzt nur Eisen, Stahl und Beton zu sehen, die den Blick in den Himmel versperrten. Ich stand da und fühlte, wie mein Herz zu Stein wurde.
Ich lehnte mich an den riesigen Pfeiler und suchte den

Geist meines Baumes. Nichts umfing mich, nichts tröstete mich, nichts gab mir auf geheimnisvolle Weise die Kraft, weiterzuleben. Nur das Vibrieren des Stahlbetons erschütterte meinen Körper. Ich kniete mich hin und legte meine Hände auf die Erde. Sie war zutiefst verwundet und schrie wie ein sterbendes Tier.

Sie hatten ihr zehn Meter tief die Gewalt unserer Zeit in das Fleisch getrieben und ihre Wasseradern zerstört. Dort, wo früher der Boden mit den Wurzeln der Bäume ein Geflecht gebildet hatte, war nur noch tote, trockene Einöde zu finden.

Ich saß da und schloß die Augen.

Ich bat den Boden um Verzeihung, für das, was man ihm angetan hatte, und machte mich auf den Weg.

Ich verbrachte die nächsten Tage und Wochen damit herauszufinden, wer die erste und oberste Entscheidung getroffen hatte, die Brücke an dieser Stelle zu bauen, und fand einen Mann in den oberen Rängen unserer Gesellschaft.

Viele andere waren wie er an dem Bau dieser Zerstörungskraft beteiligt gewesen, ich aber wollte mit demjenigen beginnen, dessen Name mit diesem Jahrhundertwerk in stolzem Zusammenhang genannt wurde.

Ich fand heraus, wo er arbeitete und wo er lebte, und beobachtete ihn während vieler Wochen und Monate. Nachdem ich all seine Gewohnheiten so gründlich studiert hatte und kannte, als wären sie die meinen, konnte ich endlich handeln.

Als er an einem Wochenende wieder einmal eine mir bekannte Strecke von seinem Golfclub nach Hause fuhr, hielt ich mich auf der engen, kurvenreichen Straße auf,

die zu seinem Haus führte. Als ich seinen Wagen herankommen sah und mich vergewissert hatte, daß wir völlig allein auf dieser Straße waren, trat ich in seinen Weg. Ich täuschte einen Unfall vor und bat ihn, mich zur nächsten Telefonzelle mitzunehmen. Kaum saß ich in seinem Wagen, zog ich meinen Revolver hervor und schlug ihm so schwer gegen die Schläfe, daß er benommen zusammensackte. Ich schlug noch zwei-, dreimal zu, um sicherzugehen, daß er mir keine Schwierigkeiten machen würde – dann injizierte ich ihm, wie ich es gewohnt war, ein schweres Beruhigungsmittel. Nachdem ich ihn auf den Beifahrersitz gesetzt hatte, fuhr ich ein paar hundert Meter in den Wald, in dem sich ein Fahrzeug befand, das ich eine Stunde zuvor bereitgestellt hatte. Wir wechselten den Wagen und fuhren zu seiner Brücke, bei der wir in der Dämmerung ankamen. Keine Häuser oder späte Spaziergänger konnten mich an diesem Ort stören, da es niemand schätzte, an dieser Stätte der Verwüstung zu verweilen.
Ich zog ihn aus dem Wagen auf die Erde. Dann entkleidete ich ihn und legte meinen Revolver griffbereit auf die Kühlerhaube. Ich hatte mir dasselbe Modell besorgt, mit dem ich schon meine ersten Aktionen durchgeführt hatte. Ich mochte diese Waffe, weil sie sehr handlich war und weil ich mich hatte davon überzeugen dürfen, daß sie im geeigneten Moment sehr treffsicher war.
Ich spreizte seine Arme und Beine weit vom Körper ab und fesselte ihn an vier Eisenstangen, die ich tief in den Boden trieb, damit sie jeder Belastung standhalten konnten. Als dies geschehen war, spritzte ich ihm ein belebendes Medikament in die Blutbahn, weil ich meine Zeit nicht damit vertun wollte, auf sein Erwachen zu warten …

Ich hatte während meiner Reisen in die Parallelwelt unserer Seelen erfahren, daß es für die Seele eine enorme Bedeutung hat, welche Erfahrungen sie in ihrem Körper gemacht hat, um diese Information für ein späteres Leben zu verwerten. Es war also wichtig, daß er die Botschaft, die seinem Körper geschenkt wurde, bei vollem Bewußtsein erleben konnte. Ich hatte aus diesem Grund keine Morphiumspritzen dabei, weil es mir in seinem Fall nicht so sehr um eine lang andauernde Unterrichtung ging. Diese Brücke war ja auch in Rekordzeit errichtet worden, und nun würde er eben in Rekordzeit ein anderes Echo dafür erhalten, als er es gewohnt war.
Als er voll erwacht war, begann ich mit ihm zu reden, um seinem Geist die Gelegenheit zu geben zu begreifen, warum alles mit ihm so geschah, wie ich es nun begann.
›Der ewige Weltgeist sei deiner Seele gnädig und erlöse deine Seele von dem Verbrechen, das du unserer Erde angetan hast‹, sagte ich und schlug bei diesen Worten mit einem schweren Vorschlaghammer auf seine Knie.
›Ich schenke dir die Schmerzen, die du unserer Erde angetan hast, damit dein Geist lernen kann und in einem nächsten Leben seine Kraft der Liebe widmen kann und Abstand nimmt von jeglicher Zerstörung unseres Lebensgrundes.‹ Mit diesen Sätzen, die er nie wieder vergessen würde, zertrümmerte ich mit wuchtigen Schlägen seine Füße, seine Schienbeine, die Oberschenkel, sein Becken, die Arme und die Finger. Ich wollte, daß er wußte, wie sich der Boden gefühlt hatte, als man die zehn Meter tiefen Betonkeile in ihn getrieben hatte. Ich hatte aus diesem Grund einen sehr schweren Hammer besorgt, und es machte mir schon Mühe, ihn so hoch ich konnte über mei-

nen Kopf zu heben. Immer wieder ließ ich den schweren Eisenklotz, der am Ende des Holzstieles angebracht war, auf seinen Körper sausen. Nach jedem dritten oder vierten Schlag trat ich zurück und machte ein Foto von seinem sich fortwährend verändernden Körper. Den Film würde ich später verwenden, um meine Belehrung zu erweitern, und ich prüfte, ob noch genügend Licht unter der Brücke war, um alle Details genau zu erkennen. Die Polaroid-Fotos erstaunten mich in ihrer farblichen Wiedergabequalität, und das Blitzlicht leistete für eine genaue Ausleuchtung des Geschehens hervorragende Dienste. Nachdem ich ihm seine Extremitäten völlig zertrümmert hatte, hielt ich inne. Kurz überlegte ich, ob sein anfängliches Schreien, das nun in ein Wimmern übergegangen war, jemanden anlocken konnte, aber der wahnsinnige Lärm über unseren Köpfen beruhigte meine Gedanken.
Ich ging nun zum Brückenpfeiler und holte einen großen Bottich, einen Sack Zement und mehrere Wasserkanister hervor, die ich schon Tage vor dieser lauen Juninacht dort deponiert hatte. Ich hatte genau den Zement ausgewählt, der beim Bau dieser Brücke verwendet worden war, und rührte nun in dem Bottich mit zügigen Bewegungen den cremigen, grauen Beton an. Als die erste Ladung fertig war, ließ ich den Brei in seinen weit aufgerissenen Mund fließen, bis es ihm über die Wangen tropfte und auf den Boden neben seinem Kopf fiel, auf dem schon seit Jahren kein Gras mehr gewachsen war. Schritt für Schritt vollzog ich meine Rache und erstickte auch sein Leben in der grauen Masse.«
Der Fremde sah mich forschend an und nahm einen Schluck Rotwein. Ich wußte nicht mehr, was ich von der

Situation halten sollte. Er sah mich mit immer stärker werdendem Spott an und ließ dabei einen Finger über den Rand seines Rotweinglases kreisen. Es entstand ein besonders hoher, leise singender Ton dabei, der mir durch Mark und Bein fuhr. Hatte es dieser Fremde darauf abgesehen, sein Spiel mit mir zu treiben, weil ich in einer melancholischen Verfassung war? Wollte er wissen, wie lange ich bereit war, ihm zuzuhören und seinen Phantasiegeschichten zu folgen?

Andererseits hielt mich doch die Beständigkeit und die Genauigkeit, mit der er jedes Detail schilderte, an unserem Tisch. War es meine berufliche Neugier, die mich nicht gehen ließ? Wollte ich unbewußt Stoff für einen neuen Film sammeln und folgte deswegen seinen Erzählungen, so, als wären sie Realität? Ich war mir nicht mehr sicher, was in mir an jenem Abend auf der Piazza Navona vorging. Ich weiß nur, daß ich genau spürte, daß der Mann sich über mich amüsierte und auf etwas zu warten schien. Ich ließ mir nichts von meinen Gedanken anmerken und sagte: »Und nachdem sie ihn also mit Beton übergossen hatten – wie ging es dann weiter?«

Der Fremde lachte mich an, weil er die Absicht meines belanglosen Tones erkannt hatte, und sagte: »Nun, ich wartete, bis der Beton getrocknet war, und fuhr wieder in die Stadt.

Als ich dort angekommen war, arbeitete ich meine Polaroid-Fotos aus. Ich vergrößerte und kopierte die besten Aufnahmen mehrfach und steckte sie in größere Briefumschläge. Dann setzte ich mich hin und verfaßte einen Brief, den ich an die wichtigsten Leute verschickte, die mit dem Bau dieser Brücke und dieser Straße durch meinen Wald in Zusammenhang standen. Ich schrieb in etwa folgenden Wortlaut:

> Sehr geehrte Damen und Herren,
> ich bitte Sie von ganzem Herzen, sich die beigelegten Fotos genau anzusehen. Sie zeigen in chronologischer Reihenfolge die einzelnen Bauabschnitte meiner Rache.
> Ihr Verbrechen an unserem Wald ist beantwortet worden. Verinnerlichen Sie bitte diese Bilder auf das genaueste, und stellen Sie sich vor, welche außergewöhnlichen Empfindungen Ihr Kollege bei der Erfahrung hatte, daß man Leben nicht zerstören soll.
> Ich ersuche Sie in Zukunft zu bedenken, welche Reaktionen auf Ihre Zerstörungsarbeit erfolgen könnten.
> Leben Sie wohl.

Dann klebte ich die Kuverts zu und fuhr zum Hauptbahnhof, frankierte die Briefe und gab sie auf. Ich bin leider nicht daneben gesessen, als die führenden Persönlichkeiten mit diesem Schreiben konfrontiert wurden, aber ich kann nur hoffen, daß es ihnen zu einer gewissen Nachdenklichkeit verholfen hat.
Im Anschluß an diese Aktion packte ich meine Koffer und verließ das Land.«
Der Fremde atmete tief durch und fuhr sich mit der Hand über die Augen, so, als wollte er die wiederaufgetauchten Bilder verscheuchen, die bei seinem Bericht hochgekommen waren.
»Darf ich Sie fragen, wie Sie all das bewerkstelligt haben? Wo haben Sie gewohnt? Woher hatten Sie das Geld, um sich bewegen zu können? Wie sind Sie danach in einem

fremden Land zurechtgekommen?« Ich wollte wissen, was für Fakten mir dieser Mann liefern konnte, damit ich seinen Erzählungen tatsächlich den Mantel der Möglichkeit umhängen konnte.

»Sind Sie Sherlock Holmes?« fragte er und schüttelte lachend den Kopf.

»Nein, das bin ich nicht, aber es interessiert mich, ob es eine reale Möglichkeit gibt, Ihnen zu glauben, und dazu brauche ich einen konkreten Anknüpfungspunkt.«

Er wurde schlagartig ernst.

»Die Realität *Ihres* Willens ist der einzige Angriffspunkt, den Sie haben, verlassen Sie *Ihre* Vorstellungen der Realität und erkennen Sie, daß die Realität von *Ihnen* selbst geschaffen wird. Solange Sie an den Formen hängen, die unser Leben bestimmen, und an Sie glauben, so lange kleben Sie an dieser Realität. All diese Formen sind jedoch nur geschaffen worden, um den Aufbruch einer anderen Realität zu verhindern.

Häuser, Essen, Kleider, Beruf, alles das ist für Sie eine Realität, die Sie um jeden Preis erhalten müssen. Auch nur der Gedanke daran, nicht regelmäßig Geld zu verdienen, macht Sie krank. Der Gedanke, keine Wohnung zu haben, fesselt Sie an Ihren Küchenstuhl, den Sie mit soviel Liebe eingekauft haben. Wenn keine Arbeit an Sie herangetragen wird, versinken Sie in einer Existenzkrise, das ist Ihre Realität. Erkennen Sie, was hinter dieser Realität steht? Das Wort heißt *Angst*.

Sie haben Angst, ohne Ihre Gewohnheiten leben zu müssen. Sie haben Angst, unabhängig zu sein, und während Sie angstvoll an Ihrer Realität kleben, haben andere die Möglichkeit, die Welt rund um Ihre kleine, reale Küche in

Schutt und Asche zu legen. Wenn Sie das nicht länger dulden wollen, müssen Sie aufstehen und kämpfen. Dann müssen Sie Krieg führen. Und die Realität eines Kriegers sieht anders aus als die Ihre. Erst wenn Sie jede Angst um Ihre Existenz abgelegt haben, erst wenn Sie bereit sind, für Ihre Überzeugung zu sterben, sind Sie ein unbesiegbarer Kämpfer. Glauben Sie, ich hätte einen einzigen meiner Schritte ausführen können, nachdem ich das Gefängnis verlassen hatte, wenn ich Bedenken gehabt hätte? Ich war bereit, jedesmal an Ort und Stelle für meine Belehrungen hingerichtet zu werden. Ich mußte es tun, weil der Wahnsinn sonst widerstandslos um sich greifen kann, und ich konnte es tun, weil meine Realität und meine konkreten Angriffspunkte woanders zu finden sind als die meiner Gegner.

Ich habe nichts, das mich behindert und mich durch Angst und Sorge lähmt. Keine Familie, keinen Beruf und keine Religion. Ich bin ein Priester der Liebe und der Freiheit, und das gibt mir die Kraft, die Brandfackel der Vergeltung in die Strohhütten unserer Feinde zu schleudern.

Geld, Flugticket, Wohnung …

In welchen Dimensionen denken Sie, wenn Sie in den Krieg ziehen?

Ich nenne Ihnen die Realität eines Kämpfers: Sie machen sich unsichtbar, weil Sie allein kämpfen und keine Beziehungen haben, die Ihnen zur Falle werden. Sie nehmen sich, was Sie brauchen, um zu überleben. Sie schlagen zu und verlassen den Ort des Geschehens, noch bevor das Echo Ihres Schusses verhallt ist. Sie leben als Schatten und lösen sich auf, noch bevor sie eine Spur hinterlassen

können. Das alles tun sie in der Bereitschaft, für jeden ihrer Schläge sofort zu sterben. Wenn sie diese Bereitschaft nicht in sich tragen, haben sie verloren, noch bevor sie zur Waffe gegriffen haben.
Das ist die Realität des Krieges, Herr Haller. Haben Sie endlich den Mut, sich dieses Leben vorzustellen. Als Künstler sollte es doch Ihre Aufgabe sein, dem Unvorstellbaren eine Lebenschance zu geben.«
Er hatte sich weit vorgebeugt und fixierte mein Gesicht aus nächster Nähe.
»Auch wenn Sie sich noch so sehr dagegen wehren, Herr Haller – auch Sie sind aus Ihrer Realität herausgeschleudert worden. Auch Sie sitzen hier auf der Piazza Navona, weil Sie überhaupt keine Chance mehr haben, woanders zu sitzen. Man hat Ihnen Ihre Fluchtburg genommen, und Sie wissen nicht, wohin.
Seien Sie nicht schwach. Lassen Sie sich nicht von der Welle der Ereignisse treiben. Seien Sie schneller. Stellen Sie sich an die Spitze Ihres Verlustes, und seien Sie dadurch stark! Machen Sie sich unabhängig von der Realität der Welt, die man Ihnen eingehämmert hat, und ergreifen Sie eine andere Wahrheit.«
»Und diese Wahrheit ist Mord?«
Ich wich zurück und versuchte, seinem Zugriff zu entgehen.
»Diese Wahrheit ist Notwehr. Diese Wahrheit ist der Gegenschlag. Diese Wahrheit ist ein Zeichen für diejenigen, die sich auf ewig sicher und unangreifbar gefühlt haben, daß sie es nicht mehr sind. Der Geist der Ungeduld mit dem herrschenden Wahnsinn lebt überall auf. Ich bin nur einer von vielen Kämpfern, die sich auf den Weg gemacht

haben, den König der herrschenden Realität vom Thron zu stürzen. Die Realität, die uns beherrscht, ist dabei, das Leben auf diesem Planeten auszulöschen. Wir werden das nicht erdulden, wie Schafe, die man zur Schlachtbank führt. Wir greifen zum Schwert und schlagen zurück.
Nennen Sie es in Ihrem Denken Mord. Ich nenne es Notwehr. Warum greifen Sie nicht die an, die tatsächlich morden, auch wenn ihr Töten so verspiegelt ist, daß man nicht immer auf den ersten Blick den Täter erkennt. Die Opfer sind da.
Das Opfer ist unsere Welt, wie wir sie kennen, Herr Haller. Bleiben Sie ruhig sitzen, und halten Sie die Tür im Zimmer Ihrer Realität zu. Ich bin im Freien und schlage meine Gegner von vorn ins Gesicht, weil sie sich genau das in ihrer Abgesichertheit nicht vorstellen können.
Ihre Angst, Herr Haller, ist die Sicherheit unserer Feinde. So – und jetzt schenken Sie mir bitte noch Rotwein ein.«
Er sah mir zu, wie ich Wein in sein Glas füllte, und sagte nach einer Pause: »Seien Sie mir nicht böse, wenn ich Ihnen von Zeit zu Zeit sehr direkt sagen muß, was ich über Sie denke. Ich sehe nur, daß Ihnen zur Zeit niemand die Hand reicht. Niemand ist in Ihrem Leben, der sie versteht und mit Ihnen zusammen den Weg geht. Das einzige, was ich möchte, ist, Ihnen sagen, daß Sie nicht wirklich allein sind. Einsamkeit ist eine Illusion. Sie sind, genau wie ich, aufgehoben in einer Welt, die tausendmal größer ist, als Sie und ich es uns vorstellen können. Von Zeit zu Zeit erlaube ich mir einfach, Sie daran zu erinnern. Ich hoffe, Sie verstehen meine liebevoll gemeinten Versuche. Ich darf auf Ihr Wohl trinken, Herr Haller.«
Ich mußte lachen, als er diese Sätze nicht ohne Ironie,

aber doch mit einer großen Herzlichkeit sprach. Er war mir in diesen Stunden auf der Piazza Navona zu einem guten Bekannten geworden. Nein – nein, das ist das falsche Wort … Er war zu einem Menschen geworden, der sich so selbstlos öffnete und sein Innerstes offenbarte, daß ich das Gefühl hatte, einem alten Freund gegenüberzusitzen.

Ich sah ihn an, wie er vor mir saß und sein Rotweinglas hielt, ich sah in seinen Augen tiefes Mitgefühl und Verständnis. Ich sah sein ehrliches Bemühen, mich nicht in meinem Zustand versinken zu lassen.

Er hatte es schon sehr weit gebracht. Ich war im tiefsten Inneren ein Mensch, dessen größtes Glück darin bestand, sich zurückzuziehen. Nichts war mir jemals lieber gewesen, als einen stillen Raum in meinem Herzen aufzusuchen, zu dem nur ich Zugang hatte, dessen Geheimnisse nur ich kannte.

Dieser Fremde schien mir dorthin zu folgen, wo die geheimsten Wünsche meines Herzens zu Hause waren. Er klopfte nicht an meine Tür – er öffnete sie und trat einfach ein. Er stand plötzlich in meinem Raum und berührte mich. Ich weiß nicht, warum ich mich nicht dagegen wehrte. Vielleicht hatte ich immer darauf gewartet, daß genau das eines Tages geschehen würde. Vielleicht war meine Abwehr und mein Rückzug nur die Einladung an einen Menschen, diese meine Scheu zu überspringen und einfach da zu sein – und mit mir zu sein. Ich fühlte mich sehr entspannt und wohl in diesem Moment und sagte: »Ich glaube, wir können gute Freunde werden.«

»Das sind wir schon«, antwortete er, und dann tranken wir unseren Wein und schwiegen eine Weile.

»Wie ging es nach Ihrer Ankunft in dem neuen Land weiter, in das sie nach der ›Brücke‹ geflogen waren?« fragte ich ihn, als mir unser Schweigen zu tief geworden war.
»Ich sah mich um.«
»Sie haben sich umgesehen – wie meinen Sie das?«
»Ich hatte mir vorgenommen, keinen festen Plan zu verfolgen in meinen Reisen und in meinen Taten. Ein fester Plan enthält eine Struktur, und das ist eine Gefahr. Wenn sie damit beginnen, eine Reise von A über B nach C zu unternehmen, könnte es sein, daß ihre Gegner sie eines Tages bei D erwarten, weil ihre Schritte vorhersehbar geworden sind. Ich ließ mich also wie absichtslos durch die Länder treiben und überließ es dem Zufall, wer meine nächste Begegnung sein würde.«
»Und wie haben Sie das entschieden?«
»Ich habe es nicht entschieden – ich habe es dem jeweiligen Schutzengel des Menschen überlassen, ihn in meine Hände zu führen. Ich darf also sagen, daß diejenigen, von denen beschlossen war, daß ihr körperliches Leben zu Ende gehen sollte, mir zugeführt wurden. Ich war nichts anderes als die Endstation ihres materiellen Erscheinungsbildes auf dieser Erde. Um zu erfahren, wer im jeweiligen Land vorgesehen war, diesen Planeten zu verlassen, mußte ich nur die Zeitung aufschlagen und mit offenen Augen zu lesen beginnen. Am Tag nach meiner Ankunft in dem ›neuen Land‹, wie Sie es nennen, saß ich in einem Restaurant und las eine Zeitung beim Frühstück.
Ich entdeckte einen Artikel, in dem junge Mütter davor gewarnt wurden, ihre Kinder länger als eine halbe Stunde in der prallen Sonne spielen zu lassen, weil sonst die Gefahr von Hautkrebs bestehe. Ich las zu meinem Erstau-

nen, daß es eine schützende Schicht in unserer Atmosphäre gab, die schädliche Strahlen unseres lebenspendenden Sterns abhalten konnte. Diese Schicht war durch die ständigen Verbesserungen für unsere Bequemlichkeit so zerstört worden, daß man die Kinder nicht mehr ins Freie lassen konnte. Ich war sehr berührt, als ich diese Zeilen laß, weil ich erkennen mußte, wieviel sich in den fünfundzwanzig Jahren meiner Einsamkeit tatsächlich geändert hatte.

Die Zerstörung war so weltumspannend geworden, wie ich es in meiner Jugend nicht einmal in meinen apokalyptischsten Visionen zu denken gewagt hatte. Ich hatte mich im Gefängnis nicht mit den Veränderungen des Lebens beschäftigt, die vor meiner Zellentür stattfanden, und war wirklich in höchstem Maße entsetzt.

Es hatte keinen Sinn mehr zu fliehen. Es hatte keinen Sinn mehr, einfach die Örtlichkeit zu wechseln, um der Katastrophe zu entgehen. Sie war allgegenwärtig und ausweglos. Ich versuchte mir vorzustellen, wie es für die Kinder sein mußte, die den Beginn ihres Lebens, den Beginn ihrer Bewegungslust in dunklen Zimmern erleiden mußten, weil es zur Gefahr geworden war, ins Freie zu laufen.

Ich mußte die Zeitung beiseite legen und hatte mit einemmal den Appetit auf mein sehr gutes Frühstück verloren. Ich sah das Ausmaß und die Tragweite dieses Vergleichs vor meinem inneren Auge und war kurz davor, in Trauer auszubrechen.

In dem Artikel hatte unter anderem gestanden, daß nicht nur der Aufenthalt in der Sonne gefährlich sei und die Schafe in Neuseeland aufgrund der hohen Strahlung erblindeten – es war auch zu lesen gewesen, daß durch die

harten Strahlenbombardements die Luft am Boden sich veränderte. Ich bin kein Chemiker, aber soviel ich verstanden hatte, wurden die Moleküle der Luft, die uns am Atmen hält, so zerstört, daß ein Gas entstand, das die Lungen und die Atemwege und die Augen beschädigen konnte. Sie hatten es also fast geschafft. Die Gaskammern hatten sich für ihre Absichten als zu klein erwiesen. Die Geister der Schwärze hatten aus unserer Welt eine Gaskammer gemacht, deren Wirkung sich mit jedem Jahr erhöhte. Die Werte für diese Gaskonzentration stiegen jedes Jahr an und wurden gefährlicher und gefährlicher.
Die Sommer wurden immer heißer und die Krebsgefahr immer realer. So weit waren sie also schon vorangekommen. Wenn ich auf ihrer Seite gestanden hätte, hätte ich sie fast bewundert für diese Raffinesse.
Sie waren nicht mehr so plump, eine offensichtliche Gefahr in das Leben der Menschen einzuführen. Sie ließen es langsam angehen. Langsam erhöhten sie unmerklich die Dosis des Giftgases und lenkten es in die Räume und Zustände, die die Menschen voller Vertrauen und voller Lebensfreude betraten. Sie vergifteten die freie Luft und zerstörten die Möglichkeit, sich der Sonne hinzugeben, die unser aller Lebensspender ist.
Teuflisches Raffinement steckte hinter diesem Vorgehen. Zehntausendmal raffinierter war diese Arbeitsweise des Satans, als es die Atombombe jemals gewesen war. Ihr hoher Flammensturm war als Bedrohung so erkennbar gewesen, daß sie unter Verschluß genommen wurde. Dieser Todesschlag, den unsere Todesführer nun schon seit Jahren wohldosiert gegen die Menschheit führten, hatte eine andere Qualität. Man konnte es nicht glauben. Man

wollte es verharmlosen. Man konnte es nicht wahrhaben, daß man eines Tages überhaupt nie mehr in die Sonne durfte.

Ich hatte dem Artikel auch entnommen, daß niemand an eine Umkehr dachte. Selbst wenn man auf der Stelle aufgehört hätte, industrielle Prozesse weiterzuführen, die verantwortlich waren dafür, daß die Luft zerstört wurde – selbst ein sofortiger Verzicht auf diesen Wahnsinn hätte nur erreicht, daß frühestens in fünfzig Jahren der Zustand wieder so war wie früher, als wir Kinder im Sand spielen durften. Niemand war tatsächlich dazu bereit. Die ›Verbesserungen‹ unseres Alltags waren wichtiger als die Zukunft unseres Planeten.

Da haben Sie eine Ihrer Realitäten, Herr Haller. In Szene gesetzt von denjenigen, von denen Sie dulden, daß sie Autorität über Sie haben – was denken Sie darüber?«

»Ich kenne diese Tatsachen.«

»Und was tun Sie?«

Ich mußte schweigen. Plötzlich begann ich zu sehen, was er vorhin gemeint hatte. Ich hatte immer nur mit einem Ohr und einem Auge auf diese Katastrophe geachtet – meinen Alltag hatte sie nie erreicht. Ich war viel zu sehr mit meinem privaten Leben beschäftigt, um so etwas wie Verantwortung zu fühlen für meine Umgebung. Ich war an die Prüfungen der Zweisamkeit gefesselt und hätte nicht eine Stunde Zeit gehabt, mir Gedanken zu machen über die Zukunft meiner Kinder, die ich mit Maria hatte haben wollen.

»Der Rest ist Schweigen«, unterbrach der Fremde meine Überlegungen, »wissen Sie, Herr Haller, eines Tages wird der ganze Planet schweigen, wenn alle immerwährend so stillsitzen wie Sie, und wie ich es getan habe – bevor ich erkennen mußte, daß ich mich erheben soll.

Ich faltete also an jenem Morgen die Zeitung zusammen, bezahlte meinen Kaffee und meinen Toast und ging los.

Ich hatte schon so etwas wie Übung im Auffinden und Beobachten derjenigen, die Verantwortung tragen. Obwohl diese Menschen fast immer bewacht werden, kann man an sie herankommen. Sie lassen sich so sehr bewachen, weil sie ganz genau wissen, daß ihre gerechte Strafe der Tod ist. Doch auch sie haben eine Sehnsucht nach Stille und Ruhe, und diese Sehnsucht, die sie mit uns anderen Menschen verbindet, ist ihre Achillesferse. Irgendwann wollen auch sie ungestört und allein sein, und das ist die Schwachstelle ihrer Festung. Und wenn die Festung auf einer fernen, kleinen Insel liegt, die nicht einmal auf einer Karte zu finden ist – man kann sie finden, wenn man es will, und man kann durch die Bresche ihrer Sentimentalität in ihre Burg eindringen – sie auffinden und verändern.

Ich hatte also einen Mann ausgewählt, der erfolgreich mitverhindert hatte, daß sich an den Zuständen etwas änderte. Monatelang war ich zu seinem Schatten geworden, bis der Abend kam, an dem er allein in einem kleinen Ferienhaus seinen Portwein trank.

Ich stand hinter ihm und preßte ihm ein Tuch mit Chloroform auf Mund und Nase, und nach einer halben Minute hörte er auf zu zappeln. Ich entkleidete ihn und rasierte ihm sämtliche Haare ab.

Danach schleifte ich ihn in seinen Keller und wuchtete ihn auf die Plexiglasplatte seines TurboSonnenbräuners. Er hatte eines dieser Geräte im Keller stehen, die so stark sind, daß zehn Minuten Bestrahlung völlig ausreichend sind, um eine natürlich wirkende Bräune zu erzielen. Ich nahm die Gürtel einiger seiner flauschigen Bademäntel, die an den Wänden hingen, und verknotete sie fest an seinen Handgelenken und Füßen, damit er sich nicht seinem Turbobräuner entwinden konnte. Ich schaltete das Gerät ein und spazierte ein wenig durchs Haus, nachdem ich ein erstes Foto gemacht hatte, das den Hausherren mit fassungslosem Gesicht und noch ziemlich natürlich wirkender Bräune zeigte.

Ich bewunderte seine Mineraliensammlung und das Bassin mit den leuchtend blauen und hellorangen Fischen, die er in seinem Schlafzimmer vor seinem Wasserbett schwimmen ließ. Als ich auf die Terrasse trat und einen kleinen Schluck Whisky trank, den ich in seiner Hausbar gefunden hatte, bemerkte ich die überdimensional große Sonnenabdeckung in Gelb und Weiß, die er ausgespannt hatte. Nachdenklich hörte ich, wie die Eiswürfel kühl aneinanderklickten und wie das feine Geräusch dann immer mehr von seinem Schreien überlagert wurde.

Nach zwei Stunden ging ich hinunter, um zu sehen, wie weit er war. Krebsrot und mit ausgedörrten Augen lag er da und schnappte nach Luft. Ich machte einige Fotos und schaltete das Tonband ein, das ich diesmal mitgebracht hatte, in Erwartung der sehr außergewöhnlichen Toneinspielung einer menschlichen Stimme. Er war tatsächlich bereit, meine Erwartungen zu übertreffen. Sein Schreien war so langgedehnt und hemmungslos, daß ihn so mancher Opernsänger um die Kraft seiner Stimmbänder beneidet hätte. Nach einer weiteren Stunde aber erschlafften auch diese Muskeln, und er keuchte nur mehr, und

von Zeit zu Zeit klang sein Atem wie das Rasseln einer Klapperschlange in der heißen Wüste von New Mexico.
Mehrmals hatte ich leise mit seiner Seele darüber gesprochen, wie wichtig es ist, in Demut gegenüber allem Lebendigen zu sein, und ich war mir ganz sicher, daß sie erleichtert darüber war, diese Persönlichkeit verlassen zu dürfen, die zeitlebens gegen das Gebot der Bescheidenheit verstoßen hatte.
Die hohen Politiker des Landes erhielten in den nächsten Tagen große Briefumschläge mit dem Vermerk ›privat‹ unter ihrer Adresse. Als sie aber die Tonbänder in ihre Abspielgeräte legten, war ich schon längst Zehntausende Kilometer von diesem idyllischen Ferienhaus entfernt.
Das Meer braust jetzt, in diese Sekunde, an den Felsen des kleinen Privathafens, der sich unterhalb des Anwesens befindet, und die Gischt wird sicher bei gutem Wind bis hinauf zur Terrasse getragen. Es tat mir sehr leid, diesen Ort doch recht schnell wieder verlassen zu haben. Ich bin mir sicher, daß er ein Paradies sein kann. Die Fenster sind alle so angelegt, daß man auf das offene Meer blicken und die wärmenden letzten Sonnenstrahlen in sich aufnehmen kann, wenn der gleißende Himmelsgott im Meer versinkt.
Der Himmel färbt sich nach dem letzten Aufblitzen des Sterns tiefrot und dann violett, und riesige Seevögel kreisen um die Felsen, an denen sich die Brandung bricht, die man ununterbrochen hört – egal, in welchem Raum des Hauses man sich aufhält.
Auf meiner nächsten Station wollte ich eigentlich eine Zeitlang nur träumen und den Herbst genießen, der in dieser Stadt zu den schönsten Jahreszeiten gehört. Sie

liegt an einem Fluß, der eine weiche Biegung macht und in vielen Liedern besungen wurde. Die Luft hat eine unwiderstehliche Milde und Süße, und das Gefährliche an dieser Stadt ist, daß man sie nie wieder verlassen möchte.
Die Innenstadt ist wunderschön renoviert, und die Farben der Häuser wetteifern miteinander in den zauberhaftesten Pastelltönen. Das Leben-Können ist die Hauptmelodie dieser Metropole, und Menschen aus der ganzen Welt reisen hierher, um wenigsten ein paar Tage lang an ihrem Flair teilhaben zu können.
Sie schlendern langsam durch die harmonisch angelegten Straßen, sie verlieren sich in den Cafés, und obwohl sie dorthin gefahren sind, um in die Museen und Konzerte zu gehen, kommt die Stunde, in der sie einfach nur dasitzen – einen Tee trinken – und sich darüber freuen, am Leben zu sein. Dorthin also hatte ich meine Schritte gelenkt, weil auch ich mich von dem Bild der Lebensfreude und der Magie hatte verzaubern lassen, das von dieser Stadt in alle Welt ausstrahlt.
Ich stieg aus dem Taxi, das mich zu einem kleinen Hotel in der Innenstadt gebracht hatte, trug meinen Koffer zur Rezeption, erhielt meinen Schlüssel und betrat kurz darauf mein Zimmer.
Ich öffnete die Fensterläden und hatte einen wunderschönen Blick auf einen der ältesten Plätze der Stadt. Ein Brunnen lag direkt unter meinem Fenster, und wenn ich die Augen schloß, konnte ich mir vorstellen, wie die Bürger vor hundert Jahren ihr Wasser dort geholt hatten, wo sich jetzt Touristenscharen für ein Foto anstellten.
Ich schaltete den Fernseher ein und ging ins Bad, um mir die Hände zu waschen. Ich war in eine Nachrichten-

sendung geraten, deren Informationen mich plötzlich aus dem Bad zurück vor den Fernseher holten. Ich setzte mich auf die Bettkante und verfolgte das Interview eines jungen Mannes, der ganz offensichtlich in eine schwere seelische Krise geraten war. Bleich, mit nervösem Blick und stotternder Sprache, gab er darüber Auskunft, in seiner Kindheit von einem hohen geistlichen Würdenträger mißbraucht worden zu sein. Sein Leben lang hatte er dieses schreckliche Geheimnis mit sich herumgetragen, nun aber konnte er es nicht mehr länger für sich behalten.

Der hohe Geistliche hatte sich in einer Erklärung gegen ungezügelte sexuelle Lust und Knabenliebe ausgesprochen und denjenigen Schafen, die ihm glaubten, den Zutritt in das Paradies damit verschlossen. Der junge Mann war in eine tiefe Existenzkrise geraten, da er an die Autorität seiner Kirche immer zutiefst geglaubt hatte, und sein Leben wirklich nur danach ausgerichtet war, eines Tages doch Einlaß ins Paradies zu finden.

Ich schaltete ab und blickte vor mich hin. Es war nicht das Schicksal dieses armen, verirrten jungen Mannes, das mich beschäftigte. Mir war nur an seinem Beispiel wieder einmal bewußt geworden, welche teuflischen Mächte seit zweitausend Jahren unsere Seelen und Körper in ihrer Gewalt haben.

Jahrtausendelang waren wir in den Haß auf unsere eigene Lebendigkeit hineingetrieben worden. Jahrtausendelang hatte man uns eingepflanzt, daß der Körper die Sünde sei, die es zu überwinden galt. Jahrtausendelang war Zärtlichkeit, Hingabe und Lust unterdrückt worden, bis sich in den Herzen der gequälten Menschen, die diesen Betrügern geglaubt hatten, eine dunkle, schleimige Schicht gebildet hatte, die ihnen den Sinn für Gottes Schöpfung völlig verdreckte.

Unsere wunderbaren Körper, die geschaffen wurden, um die Melodien der Liebe auf ihnen zu spielen, um mit ihrer Hilfe in die höchsten Höhen der Ekstase und der Verzückung aufzusteigen, waren uns zum Feind gemacht worden. Eingesperrt, geschunden und verängstigt lag unsere Fähigkeit zu offener, gebender Liebe in den eingequetschten Körpern und schrie um Hilfe.

Die wenigen Jahrzehnte, in denen es sich eine Minderheit gegönnt hatte, all diese kranken Irrlehren zumindest einmal in Frage zu stellen, konnten doch niemals die Jahrtausende an kollektiver Qual aufwiegen.

Selbst wenn einige Menschen sich vorgewagt hatten, um sich selbst und ihre Liebesfähigkeit zu erforschen – die große Mehrheit aller Menschen empfand immer noch so wie dieser junge Mann. Entsetzt von ihrer eigenen Lust irrten sie in den Katakomben des Selbsthasses umher, in die man sie gestoßen hatte. Wenn schon einmal das Leben sich sein Recht holte, war es doch immer mit dem Gefühl der Schuld verbunden. Diese Schuld war es, die sich auf die Gesundheit der Seele legte und von dort aus anfing, die Gesundheit des Körpers zu zerstören.

Es berührte mich zutiefst, durch diese Fernsehsendung so deutlich auf diesen teuflischen Stachel im Fleisch unserer Liebesfähigkeit aufmerksam geworden zu sein. War das nicht überhaupt die Wurzel zu allem anderen Übel?

Waren nicht diejenigen, die sich anmaßten, ein Einspruchsrecht in unsere menschliche Natur zu haben, am schuldigsten?

Hatten nicht sie den Boden geebnet für die Verblendeten,

die ihren Luststau auf andere Ziele auszurichten begannen? Konnte man nicht bei aller Perversion diejenigen fast wieder verstehen, die in der Gier nach Ruhm, Geld und Macht ihr Heil suchten?
Niemand hatte ihnen jemals gezeigt, daß es eine andere Welt zu erfahren gab. Niemand sie in ihrer Jugend unterstützt und ihnen geholfen, die Lust in ihnen zu vergrößern und Zärtlichkeit zu entwickeln.
Niemand hatte sie darauf aufmerksam gemacht, wie man aus purer Liebe und Zuneigung höchste Lust erfährt.
Warum haben sie ihnen diese Vorstufe zur Erleuchtung so konsequent verwehrt und sie verteufelt? Hatten sie Angst, einen Menschen zu erschaffen, der ohne Furcht und aufrecht in sein Leben geht?
Hatten Sie Angst, eine Unabhängigkeit zu entfalten, die sich keiner lebensfeindlichen Diktatur mehr beugen wird?
Das war der Schlüssel zum großen Elend, das dazu führte, daß die verblendeten Liebessucher sich auf andere Ziele stürzten, wie vorwärtsgepeitscht von einer Frustration, die sie ein Leben lang nicht mehr verlassen würde.
Das Entsetzliche war, daß hier ein alter Mann seine Macht benutzt hatte, um seine Lust an einem ohnmächtigen Kind zu löschen. Und das Entsetzliche war, daß dieser junge Mann sein Leben lang den Fehler bei sich gesucht hatte, anstatt bei dem Vergewaltiger seiner Seelennatur.
Mir wurde kalt bei dem Gedanken, wie viele Frauen immer noch in ihren Betten lagen, wenn ihr Mann sich zu ihnen legte, und nicht glücklich werden konnten, weil sie das, was zwischen ihnen geschah, als Schuld empfanden. Ein Leben lang konnten sie versuchen, erwachsen zu sein

und Spaß daran zu haben. Die ersten Sätze, die man ihnen ins Ohr geflüstert hatte, als sie noch ein weißes Kleidchen und eine Kerze getragen hatten, waren die Worte: ›Sünde, Sünde, Sünde …‹

Diese ersten Gefühle vergißt man nicht, diese Behauptung von der Schuld der Geschlechter wird man nie wieder los.

Selbst wenn man sie mit Gewalt abwerfen will – in dieser Gewalt liegt ja auch schon wieder der Wahnsinn, sich überhaupt wehren zu müssen, nur um der zu sein, als den Gott uns angeblich haben möchte.

Welch wahnwitzige Spirale der feinst gesponnenen Vergewaltigung!

Unter den bunten Farben unserer Freizeitkleidung tragen wir allen Freiheitsschreien zum Trotz immer noch das Büßerhemd.

Es war an der Zeit, wenigstens einem Mitglied der schwarzen Bruderschaft zu zeigen, daß auch er nur ein hilfloses, verwundbares Wesen war.

Ich machte mich also in den darauffolgenden Zeiten an eine meiner schwersten Aufgaben.

Dieser hohe Würdenträger war nämlich in seinem Dasein so ununterbrochen abgeschirmt von der Welt der normalen Menschen, für die er eigentlich erreichbar sein sollte, daß es fast unmöglich schien, an ihn heranzukommen. Immerzu war er von anderen Helfern umgeben, die ihn unterstützten und berieten und auf seine Nachfolge warteten.

Es dauerte fast ein halbes Jahr, bis ich eine Gelegenheit fand, seiner habhaft zu werden, um ihm den Spiegel nie gekannter Qualen vorzuhalten.

Er war in einem kleinen Dorf auf dem Lande geboren, und einmal im Jahr fuhr er dorthin, um der Stätte seiner Herkunft nahe zu sein. Auch dort war er ständig von zwei Sekretären begleitet, die ihn auf jedem Schritt folgten. Es wurde mir klar, daß ich es in Kauf nehmen mußte, die eifrigen Nachfolger seiner Irrlehre mit ihm gemeinsam zu entfernen.
An einem Nachmittag im Mai war es endlich soweit.
Sie fuhren wieder einmal zu dritt in einem Geländewagen durch die Wälder, die um sein Heimatdorf lagen, um dann auszusteigen und ein wenig spazierenzugehen. Er hatte diesen Weg in den letzten Tagen schon mehrmals genommen, und einmal waren sogar Pressefotografen dabei gewesen, um den Würdenträger, der seit dem Interview seines ehemaligen Schülers im Mittelpunkt der Aufmerksamkeit stand, dabei zu fotografieren, wie er in völliger Abgeschiedenheit unter dem Dach einer kleinen Waldkapelle betete. Ganz entrückt hatte er gewartet, bis alle Fotos im Kasten waren, und dann die Fotografen zu einem Schinkenbrot eingeladen, das seine Sekretäre zufällig dabei hatten.
In dieser Gegend nun stiegen sie tatsächlich wie schon in den zwei vorangegangenen Tagen aus dem Wagen, um ein wenig Luft zu schnappen.
Ich erschoß die beiden Diener mit meinem Revolver, dessen Krachen ich mit einem sehr großen Schalldämpfer zu einem dumpfen Klopfen herabgemildert hatte. Daraufhin bat ich seine Exzellenz, mir in den Wald zu folgen.
Wir gingen ungefähr eine Stunde zu einer verfallenen Holzhütte, in der ich schon seit einiger Zeit meine Vorbereitungen getroffen hatte. Es galt nicht nur, seine Seele zu

befreien, sondern in der Auflösung seines Körpers auch die zweitausend Jahre Satanswahn zu zerreiben, in dessen Tradition jeder Knochen von ihm gestanden hatte. Er ging vor mir, drehte sich hin und wieder um und versuchte, das Wort an mich zu richten. Selbst in dieser für ihn so bedenklichen Lage war kein einziges menschliches Wort von ihm zu hören. Mit einer Mischung aus Autorität und gottgewollter Ungeduld versuchte er, mich zur Umkehr zu bewegen, und erst nachdem ich ihm den Unterarm zerschossen hatte, begann er zu begreifen, daß ich kein Mensch war, auf den sein Geplapper Eindruck machen konnte.

Diese Leute lernen ja in ihren Seminaren, so unnatürlich wie möglich zu sprechen, um noch zusätzlich zu ihren kranken Ideen eine Distanz zwischen sich und dem Volk zu schaffen.

Nachdem die Kugel sein Fleisch durchschlagen hatte, bekam er es mit der Angst zu tun und versuchte davonzulaufen, was aber überhaupt keinen Sinn hatte, da wir schon bei der Hütte angelangt waren, die seine Hölle werden sollte.

Ich stieß ihn hinein und verriegelte die Tür von innen. Er flüchtete in eine Ecke und starrte mich von dort aus völlig verwirrt an. Ich nahm eine schwarze, lange Lederpeitsche und befahl ihm, sich auszuziehen.

Er wollte nicht gleich reagieren, also fing ich an, ihn in der Ecke auszupeitschen, in die er sich am liebsten verkrochen hätte wie der Schatten seiner selbst. Ich sprach mit jedem Schlag, den ich ausführte, zu den bösen Geistern, die ihn besessen hielten. Ich erklärte ihnen, daß ihre Schuld darin bestanden hatte, das Kostbarste zerstört zu haben, was die Menschen besitzen. Ich machte ihnen ihre Todessünde deutlich, die darin bestanden hatte, in das frisch gepflügte Beet unschuldiger Kinderseelen den Haß gepflanzt zu haben.

Ich beschuldigte sie, den Haß auf den Körper entfaltet zu haben. Ich beschuldigte sie, die Sexualität mit dem Odem der Sünde vergiftet zu haben. Ich beschuldigte sie des größten aller Verbrechens – ich beschuldigte sie, den Namen der Liebe pervertiert und mißbraucht zu haben und die Liebe unseres höchsten Gottes als Vorwand genommen zu haben, den Selbsthaß als Tugend zu empfinden.

Hunderte junge Seelen mochte dieser böse alte Mann vergewaltigt haben. Millionen von Seelen hat die Organisation, der er angehörte, in den Wahnsinn getrieben, ohne mit der Wimper zu zucken. Mit jedem Satz, den ich dem Teufel in ihm entgegenschrie, weckte ich die Wut des Satans und den Versuch, sich gegen meine Austreibung zu wehren. Er fing an zu fauchen und zu spucken und wand sich in den aberwitzigsten Verrenkungen, so daß ich tatsächlich sehen konnte, wie sein verborgener Teufel zum Vorschein kam.

Sein lippenloser, harter Mund verzerrte sich zur Fratze, aus der seine spitze Zunge hervorbleckte, seine kalten Augen, die so viel Unterwerfung erlebt hatten, füllten sich mit schleimigem Wasser, seine knochigen Hände fuchtelten wie aufgezogen umher, um die Schläge meiner Peitsche abzuhalten.

Es half ihm nichts. Nach ungefähr einer halben Stunde der Einleitung gab er die Gegenwehr auf und blieb stumm in der Ecke liegen. Wie er sich wohl fühlte, in den ersten ohnmächtigen Momenten seines Daseins? Immer nur waren die Menschen vor ihm niedergekniet und hatten seinen Ring geküßt, und er hatte über sie hinweggesehen.

Was er sich wohl in diesen Momenten gedacht hatte? Waren ihm unheilige Gedanken durch den Kopf gegangen? Hatte er sich vorgestellt, was man alles mit den jungen Menschenmündern tun konnte, während sie so rührend vor ihm knieten und sein Kostüm verehrten?

Wie auch immer – jetzt war er es, der demütig seinen Kopf beugen mußte, um zu erleben, daß alles im Universum sein Echo erhält. Nichts bleibt ungesühnt, und jetzt, in diesem Moment, erlebte er dieses kosmische Prinzip am eigenen Leib.

Ich zog mir Arbeitshandschuhe an und schüttete Benzin auf einen großen Kohlengrill, den ich mit feinster Grillholzkohle angefüllt hatte. Während die schwarzen Brocken durchglühten und langsam mit weißer Asche überzogen wurden, entkleidete ich ihn und sprach dabei zu seiner Seele. Ich bat sie, die Schmerzen zu benützen, um sich daran zu erinnern, daß es eine Tugend war, seinen Nächsten zu lieben, und daß man sein Leben nicht darauf verwenden sollte, die Seele des Nächsten mit Angst und Neid und Bosheit zu vergiften.

Ich erklärte ihr, daß sie nun bald das leblose Gefängnis eines Molekülhaufens verlassen durfte, der die Tätigkeit seines kranken Gehirnes ein Leben lang dazu benutzt hatte, Macht über andere Menschen zu erlangen. Diese Macht hatte er ausschließlich dazu benutzt, Furcht und Schrecken zu verbreiten und den Geist der Unterdrückung am Leben zu erhalten.

Nachdem ich ihn ausgezogen hatte, hob ich ihn hoch und preßte seine Füße auf die glühenden Kohlen. Dieser Schmerz brachte ihn zur Besinnung, und er fing wieder an zu toben, so daß ich keine andere Wahl hatte, als ihn zu fesseln. Ich band seine Hände zusammen, schlang zwischen den Handgelenken ein Seil durch die Stricke und zog ihn so mit ausgestreckten Armen an einem Dachbalken in die Höhe, daß er kaum noch stehen konnte. In dieser Haltung drückte ich ihm immer wieder die rotglühenden Gitter des Fleischgrills auf seinen Körper, bis er nach einer Weile aussah, als hätte man ein schwarzes Netz über ihn geworfen.
Ich wollte, daß er begriff, daß niemand die sensibelste Grenze des Menschen verletzen darf. So oft hatte er es mit seinen Lehren zerstört, daß Menschen einander liebevoll in die Arme nehmen konnten, weil sie bei den Berührungen ihrer Haut zusammenzuckten und sich sündig fühlten. So oft hatten er und seinesgleichen gegen die Freiheit gelästert, daß ich jetzt zur nächsten Etappe schreiten durfte. Ich trat das Kohlebecken um, so daß die Glut an den Wänden zu liegen kam.
Sie griff auf das ausgedörrte Holz der Waldhütte über, und dann machte ich noch ein letztes Foto von dem Gekreuzigten und ging hinaus in den Wald.
Ich stand in der Dunkelheit vor der hell auflodernden Hütte und sah zu, wie die Flammen immer mehr von ihr Besitz ergriffen.
Sie sprangen bis zu dem schon halb eingestürzten Dach hinauf, schlugen durch die morschen Holzschindeln und loderten meterhoch in den Himmel.
Fast schien es mir, als wußten sie, welch unheilbringendes

Übel sie zerfressen durften, um einer unsterblichen Seele wieder den Weg freizugeben, hinauf in die unendlichen Weiten des Kosmos.

Millionen von glühenden Funken krachten wirbelnd und sich im Feuersturm drehend in die Höhe ... Das alte, ausgetrocknete Harz an den Holzbohlen begann zu schmelzen und mit einem süßlichen Duft von Weihrauch zu verbrennen.

Sein Duft begleitete die Feuerwolke, die das alte Haus immer ungezähmter einzuäschern begann, in die kalte Nachtluft, die den Ort dieses Fegefeuers einschloß und eine Grenze zog, um keinen Ausweg offenzulassen. Ich blickte in einen Himmel, in dem sich die Lichter der Sterne mit den tanzenden Funken verbanden, und bat um Verzeihung.

Ich bat die Millionen von Menschen um Verzeihung, die im Namen der Organisation dieses Wesens, das hier verbrannte, den grausamsten Tod gefunden hatten.

Ich bat die Millionen von Männern um Vergebung, die im Namen Gottes gefoltert, zerstückelt, zerhackt und verbrannt worden waren. Ich hob die Arme empor und bat die Millionen von Frauen um Vergebung, die im Namen des Herren gedemütigt, gefoltert, vergewaltigt und ersäuft worden waren. Ich bat die ungeborenen Kinder um Vergebung, die mit ihnen untergegangen waren. Ich bat die Alten, die Hilflosen und die Tiere um Vergebung, die im Namen einer der größten Geistesverwirrung, die jemals die Menschen befallen hatte, ihr Leben verloren hatten.

Die Zeit hatte die Mittel dieser Organisation geändert – nicht aber ihre Inhalte. Niemals war dieser Organisation der Prozeß gemacht worden. Niemals ihre Geschichte bearbeitet worden. Niemals hatte es einen Bruch in ihrer Geschichte gegeben. Unverändert lag ihr Machtanspruch auf den Menschenseelen. Nur ihre Folteranwendung hatte sich von der körperlichen Ebene auf die geistige Ebene verlagert – sonst hatte sich nichts an ihrem Zerstörungswerk an der Schönheit der menschlichen Natur geändert.

Ich ließ diesen einen stellvertretend für seine mordenden Horden im Feuerorkan zerplatzen und zu Asche zerfallen, jetzt stürzte die gesamte Hütte krachend in sich zusammen und zerbrach seinen grinsenden Totenschädel, bis auch die letzten Reste von ihm bis zur Unkenntlichkeit zerstört, zerbrochen und verbrannt waren.

Ich beendete mein Gebet und blickte stumm auf den riesigen Gluthaufen, der leise pulsierend vor mir lag.

Hin und wieder zuckte noch eine kleine Flamme hell und aufgeregt aus dem dunkelroten Glutberg, dann war nur mehr eine große, strahlende Hitze übrig, die mir den Rücken wärmte, als ich mich umdrehte und ging.

In einem anderen Land und einer anderen Stadt erhielt ich einen Bericht von einem bemerkenswerten Mann.

Er war Mitglied einer Umweltschutzorganisation und verbrachte sein Leben damit, die Schiffe von Walfängern zu rammen. Er war zu der Erkenntnis gelangt, daß Worte nicht mehr ausreichten im Krieg um unseren Planeten, und hatte begonnen, zur Tat zu schreiten. Einsam und nur auf sich und seine idealistische Mannschaft gestellt, fuhr er den Walfängern entgegen und rammte mit seinem Schiff ihre stählernen Leiber, in denen sie den zerstückelten Fisch nach Hause fahren wollten.

Ich sah die Bilder von den riesigen Lebewesen, wie sie mit langen Messern an Deck zerfetzt wurden. Ich sah, wie ihnen die Flossen noch bei lebendigem Leib aus dem Körper gerissen wurden und ihr Blut in breiten Bächen über das Deck floß.
Andere Schiffe wiederum waren auf der Jagd nach Thunfischen, um sie zu Dosenfutter zu verarbeiten. Im Zuge dieser Jagd legten sie kilometerlange Netze um die Thunfischschwärme und zogen dabei auch Tausende von Delphinen in den sicheren Tod. Die beiden Fischarten waren auf eine für uns unerkennbare Weise befreundet, weil sie immer miteinander durch die Meere zogen. Die Jäger mußten nur Ausschau halten, wo sie die in der Luft springenden Familien der Delphine sahen, und wußten, daß sich zehn Meter darunter ein Thunfischschwarm befand. Sie umkreisten die Tiere mit ihrem Netz und zogen alles, was lebte, an ihr Deck. Tausende von Delphinen ertranken bei dieser Jagd qualvoll, und die übrigen wurden beim Einholen des Fangnetzes in der großen Metallwinde bei lebendigem Leib zerquetscht. Dieser Fischbrei wurde dann achtlos über Bord gestoßen und lockte die Haie an, die mit einemmal den Menschen als ihren besten Freund erlebten.
Ich sah einen Bericht von diesen Jagden und mußte den Fernseher ausschalten, weil ich die Tonaufnahmen der Todesschreie der verzweifelten, sterbenden Delphine nicht mehr ertragen konnte.
Dieser einsame Kämpfer nun, dem der Bericht gewidmet war, hatte erkannt, daß wir am Ende einer Epoche standen, in der es an der Zeit war zurückzuschlagen. Auch er hatte jahrelang Spenden gesammelt und Flugzettel vor

Parlamenten verteilt und hatte erleben müssen, daß seine Bemühungen, Leben zu retten, nur auf höhnisches Gelächter der tatsächlich Mächtigen stieß.

Ich hatte vor, ihm zur Seite zu stehen und dafür zu sorgen, daß zumindest einem dieser Verbrecher das Lachen vergehen würde.

Er konnte so viele Schiffe rammen wie er wollte, die Kapitäne würden ein neues besteigen.

Er konnte selbst die Kapitäne versenken, ihr Arbeitgeber würde neue anheuern.

Er konnte den Arbeitgeber der Kapitäne ersäufen, die Industrie, die hinter all dem stand, würde weiter existieren …

Ich schloß meine Augen und ließ alle meine guten Gedanken zu diesem grenzenlos mutigen Mann fliegen, der mit seinem aussichtslosen Kampf dafür sorgte, daß dieses ungeheure Unrecht bewußt gemacht wurde. Ich sprach ein Gebet für ihn und beschloß, einen der Köpfe, die hinter diesem blutigen Feldzug gegen unsere Brüder standen, aus seinem festen Lebensgefüge zu lösen und an ihm ein Exempel zu statuieren.

Ich entführte den Fischereiminister eines der Länder, die ihre Mordflotten in alle Meere der Welt schickten, und lehrte ihn die Magie des nassen Elementes schätzen.

Wir verbrachten einen Abend in einem Garten am Stadtrand, in dem sich ein kleiner Swimmingpool befand, in dessen Nähe ein uralter Walnußbaum lebte.

Dieser Baum ließ einen seiner riesigen, dicken Äste über den Pool ragen, und dieser Ast war für mich und mein Vorhaben von entscheidender Bedeutung.

Ich hatte ein dickes langes Seil um den Ast geworfen und

das eine Ende zweimal um den Stamm eines anderen Baumes geschlungen. Das andere Ende wiederum band ich um die gefesselten Füße des mächtigen Ministers.
In diesem gefesselten Zustand ließ ich ihn nun mit dem Kopf nach unten über der Wasseroberfläche baumeln und wartete, bis er aus seiner Chloroformbetäubung wieder erwachte. Sein fetter, wabbeliger Körper fing zu beben an, und dann öffnete er langsam die Augen und erlebte, wie es ist, wenn die Welt, die man kennt, plötzlich auf dem Kopf steht. Er pendelte hin und her und versuchte herauszufinden, wer ihn in diese Lage gebracht hatte.
Als sich unsere Augen trafen, versuchte er, sich zu verdrehen, um mein auf dem Kopf stehendes Gesicht zu erkennen. Ich kam ihm bei dieser Bemühung entgegen und drehte meinerseits den Kopf, um mit ihm von Angesicht zu Angesicht reden zu können.
Ich wünschte ihm einen guten Abend und empfahl ihm, mit dem Beten zu beginnen, um mit seiner Seele in Kontakt zu treten.
Ein klares Gebet aus tiefem Herzensgrund kann unsere Seele erreichen und sie erwecken, auch wenn sie schon viele Jahre lang schlafen mußte.
Er schien mir nicht zuzuhören, da er zu schreien angefangen hatte. Es klang wie das Gurgeln eines erstickten Schweines, also ging ich zu dem Seilende, das außerhalb des Schwimmbeckens befestigt war, und ließ seinen Körper langsam tiefer gleiten.
Als er Zentimeter für Zentimeter tiefer rutschte, erkannte er, warum die Wasseroberfläche so trüb wirkte, obwohl die Unterwasserscheinwerfer eingeschaltet waren. Ich hatte kurzgeschnittenes Gras und Erdreich vermischt und

auf das Wasser gestreut, so daß sich eine zentimeterdicke Schicht gebildet hatte. Durch diesen künstlichen Algenteppich ließ ich nun seinen Kopf unter Wasser absinken, bis er bis zum Brustbein verschwunden war.
Er schrie noch kurz unter Wasser weiter, verschluckte sich aber ganz jämmerlich und drohte so schnell zu ersticken, daß ich ihn wieder ein wenig emporziehen mußte.
Ich berechnete das Seil dergestalt, daß seine Nase und sein Mund mitten in dem Grasteppich ankamen und er den grünen Filz einatmen mußte. Er keuchte hustend, und dann senkte ich ihn auch schon wieder ab.
Es gelang ihm tatsächlich, so verzweifelt zu strampeln, daß er Luft schnappen konnte. Als die Pausen, in denen ihm die Kräfte in den Beinen schwanden, immer länger wurden und er immer öfter versank, leitete ich den letzten Akt ein.
Ich holte einen Kanister, den ich mit einem Gemisch aus Motoröl und Benzin angefüllt hatte, und leerte ihn in das Schwimmbecken.
Anschließend entzündete ich einen Packen Streichhölzer und warf sie auf die leicht entzündliche Flüssigkeit. Mit einem dumpfen Geräusch sprang das Feuer über die gesamte rechteckige, rötlich schäumende Fläche. Es klang wie ein hohler, dumpfer Schrei, als sich die beiden Elemente begegneten.
Er war eben wieder einmal unter Wasser gewesen, als ich seine Abschiedsbeleuchtung entzündet hatte, und tauchte nun zu seiner großen Überraschung mitten in das Flammeninferno hinein auf. Er atmete brennendes Öl-Benzin-Gemisch ein, und ich kann nicht mit Sicherheit sagen, ob ihn dieser Geschmack an seine Schiffe erinnerte, die ihre Tanks immer auf hoher See zu säubern pflegten und rie-

sige Giftteppiche verursachten, als er mit diesem letzten Erlebnis in seinem Dasein lautlos versank.
Als nächstes war es nur unausweichlich, der Macht des Geldes die Grenzen zu zeigen. War es akzeptabel, zu beobachten, wie die Aufteilung der Macht auf diesem Planeten stattfand?
War es mit dem Gewissen eines Beobachters zu vereinbaren, mitansehen zu müssen, wie eine Handvoll skrupelloser Finanzjongleure zwei Drittel der Welt in die Armut stießen, nur um selbst wie Maden im Speck zu überleben? Nichts hatte sich in den letzten fünfhundert Jahren an der Sklavenhaltermentalität geändert. Ausbeutung war die Überschrift und das Fundament der leuchtenden Glitzerwelt unserer Zivilisation. Unterdrückung und Ausbeutung und die Zementierung der Hilflosigkeit in den unterentwickelten Ländern waren die finsteren Melodien, die als Todeswalzer gespielt wurden. Ein Todeswalzer, zu dem sich unser Geldadel immer rasender zu drehen beginnt.
Ich konnte es nicht ertragen zuzusehen, wie hunderttausend hungrige, unausgebildete, hoffnungslose Menschen an die Abwehrzäune unserer Kulturfestungen drängten und hilflos zusehen mußten, wie unser Reichtum ihre Armut immer weiter vergrößerte.
Als ich einen der mächtigsten Bankherren unserer Hemisphäre in meine Gewalt gebracht hatte, ließ ich ihn fühlen, was es bedeutete, Sklave zu sein.
Ich ließ ihn die Gefühle derjenigen verstehen, die in den Netzen seiner Kredite hängengeblieben waren. Ich gab seiner Seele zu verstehen, was es bedeutet, wenn man seine Zähne allzu gierig in das Fleisch und das Brot schlägt – das man teilen müßte.

Teilen sollte er lernen ... Aufteilen ... Teilhaben lassen ... Teilnehmen lassen am Überfluß, in dem er und seinesgleichen sich nicht schämten zu ersticken.
Ich hatte einen Keller in einem Abbruchhaus als seine letzte Erlebnisstätte ausersehen und viel Mühe darauf verwendet, die Sinneseindrücke für ihn unvergeßlich zu machen.
Er saß nackt in einem extra für ihn gebauten Holzstuhl mit Nackenstütze. Ich hatte als Vorlage die Bauweise des klassischen, allseits bekannten elektrischen Stuhls aus den amerikanischen Hinrichtungszellen gewählt. Diese Wahl entstand nicht aus einer Laune heraus, sondern diente vor allem dazu, den Betrachtern seiner Exekutionsfotos zu einer gewissen Nachdenklichkeit zu verhelfen.
Während meiner Arbeit ließ ich seinen Geist wissen, daß diese Aktion dazu dienen sollte, zu erkennen, daß man seine Gier zu bezähmen hat.
Es ist Sünde, den Nächsten das wegzufressen, was man selbst nicht braucht.
Es ist Sünde, mehr zu horten, als man selbst braucht.
Es ist Sünde, bei vollem Teller das Verhungern seines Nachbarn zu ignorieren. Was wir zum Leben brauchen, sind ein Stück Brot und einen Krug Wasser, Zärtlichkeit, Freundschaft und Liebe.
Solange große Teile der Menschheit verhungern, ist alles andere eine Sünde. Es ist Sünde, die Macht des Geldes nicht dazu zu verwenden, allen Menschen jeden Tag die Möglichkeit zu geben, sich satt zu essen. Es hätte in seiner Macht und der Macht seiner Geldkollegen gelegen, dieses Paradies auf Erden zu ermöglichen. Seine Gier war ihm auf diesem Weg ein Hindernis gewesen. Nun durfte er

lernen, daß es Momente gibt, an denen man sich die Zähne ausbeißt.
Ich hatte aus vielen verschiedenen Geldscheinen einen Knebel gerollt, den ich ihm nun in den Schlund stieß, um sein Grölen etwas zu dämpfen.
Der Geldknebel drückte seine Zunge nach hinten und zwang ihn dazu, seine Atemluft panisch durch die Nase einzusaugen.
Wie oft hatte seine Raffgier ihn dazu getrieben, Schuldenrückzahlungen der armen Länder nicht zu stornieren? Wie oft hatte er seinen Würgegriff um die Ärmsten der Armen gelegt, um ihren Lebensnerv zu erdrosseln.
Nun wurden ihm die Krallen gestutzt.
Er versuchte, sich in seinem Stuhl hin und her zu werfen, aber meine Spezialkonstruktion hielt ihn unbarmherzig fest. Jede einzelne Aktion wurde von mir auf Polaroid gebannt, um in den Führungsetagen der internationalen Bankhäuser für einen besinnlichen Nachmittag zu sorgen.
Ob er es kurz bereute, sein Leben dem Mammon geweiht zu haben, anstatt der Nächstenliebe?
Ob es ihm jetzt leid tat, in gepanzerten Limousinen hinter getönten Scheiben vollklimatisiert an dem Elend vorbeigerauscht zu sein, das er mitorganisiert hatte?
Ich beugte mich zu seinem Kopf und sagte leise: ›Druck erzeugt Gegendruck …‹
Noch bevor er sich zu sehr Gedanken darüber machen konnte, was mit diesem Satz gemeint war, lieferte ich ihm eine fühlbare Erklärung. Alle seine Taten hatten die Tonnenlasten unabtragbarer Schulden auf die ärmsten Länder gestemmt. Jetzt erfuhr er, was Druck aus einem hilflosen Menschen machen kann.

Um ein beeindruckendes Schlußfoto zu erhalten, überschüttete ich ihn mit grüner Ölfarbe, die mich an ein internationales Zahlungsmittel erinnerte, und klebte einige hundert Geldscheine auf seinen Körper.
Das Teeren und Federn früherer Zeiten kam mir in den Sinn, als ich ihn in dieser Lage von allen Seiten porträtierte. Danach hielt ich ein Streichholz an die Farbe, die von seinen Händen tropfte, und nach wenigen Sekunden standen sein Stuhl und er selbst in hellen Flammen. Ich empfand es bei diesem Anblick als sehr passend, daß dieser Priester des Mammonkultes auf ähnliche Weise zu seiner Asche fand wie sein Kollege aus dem religiösen Lager und wünschte beiden Seelen ein nächstes Leben, in denen ihre Wege nicht zu so einem schrecklichen Ende führen mußten.
Die Aufforderung zu meiner nächsten Reise erhielt ich, als ich einen Bericht über Kinderarbeit in einem unterentwickelten Land des Ostens sah.
In riesigen, dunklen, dumpfen Wellblechbaracken saßen Hunderte von kleinen Kindern und nähten Stoffe für einen Milliardär unseres humanistischen Abendlandes zusammen.
Unterernährt, verwahrlost und verängstigt blickten sie in die Kamera, die mir ihre verzweifelten Augen über das Fernsehen in mein Hotelzimmer schickte, in dem ich eine kurze Rast auf meinem Bett halten wollte.
Ich packte meine Sachen und flog zu dem Besitzer der Firma, der für teures Geld verkaufte, was in diesem fernen Land mit Sklavenarbeit für ihn produziert wurde.
Er war auch Vorstandsvorsitzender in mehreren anderen renommierten Chemiefirmen, die das Land dieser Kinder nicht nur ausbeuteten, sondern konsequent vergifteten.

Diese Leute verhinderten den Aufbau von sozialen Strukturen, die ein menschenwürdiges Leben ermöglichen konnten, um den Teufelskreis aus Armut und Abhängigkeit aufrechtzuerhalten. Niemals würde es in diesem Menschenleben gelingen, in der Heimat dieser Kinder zumindest die Zustände herzustellen, die bei uns vor fünfzig Jahren geherrscht hatten.
Ich verwendete die Zeit meines Fluges darauf, Entspannungs- und Atemübungen zu machen, die den Zweck hatten, mich zu beruhigen. Niemals wollte ich bei meinen Arbeiten in Hitze geraten und mich durch den Einfluß zu starker Emotionen in eine Raserei treiben lassen. Es war eine Meditationsübung, bei allen meinen Erweiterungen den Einsatz der Mittel zügig und mit einem gewissen Tempo zu betreiben.
Gleichzeitig aber durfte es nie in Zorn oder gar Jähzorn ausarten. Immer mußte als oberste Maxime das Ziel im Auge behalten werden. Dieses Ziel hieß Heilung.
Eine tiefe, allumfassende Heilung des Unsichtbaren war es, die ich mit meinen Tötungen erzielen wollte, und um dieses Ergebnis zu erreichen, war ein kraftvolles, aber gelassenes Vorgehen nötig.
Genaueste Vorbereitung war der halbe Erfolg.
Ich hatte diesen Satz in meinem Kopf, als ich vor seinem prächtigen Anwesen stand, das hell erleuchtet vor mir lag. Diesmal war eine Entführung absolut aussichtslos gewesen, also mußte ich mich in das Herz des Feindes begeben, in seinen umzäunten Sicherheitsraum, den er für sich und seine Familie geschaffen hatte, um ruhig schlafen zu können, während in einem anderen Teil der Welt für ihn gelitten wurde.

Sein Haus war mehr als eine Villa – es war ein Palast. Das riesige weiße Gebäude mit seinen griechischen Säulen lag hoch oben auf einem Hügel am Rande eines Waldes. Es war umzäunt, und zwei Wachmänner mit Hunden zogen ihre Runden.
Ein dritter saß in einem Wärterhaus und überwachte mit Videokameras die prächtige Auffahrt. Ich stieg ungefähr fünfzig Meter vom Zaun entfernt auf einen Baum und wartete.
Die beiden Wächter kamen im Abstand von zehn Minuten an der Stelle des Zaunes vorbei, die meinem Baum am nächsten lag, und diesen Moment mußte ich ausnutzen. Ich wartete und sah durch das Zielfernrohr meines Gewehres, wie sich einer der beiden Männer mit seinem Bluthund näherte. Als ich schon fast die Farbe seiner Augen erkennen konnte, drückte ich ab.
Ich hatte ein erstklassiges Betäubungsgewehr besorgt und mit Lähmungsspritzen geladen, die einen Bullen für zehn Stunden ins Land der Träume schicken konnten. Das Geschoß schlug in seinen Oberarm ein, und noch ehe er begriff, was geschehen war und vielleicht sogar vermutete, daß ein Insekt ihn gestochen habe, taumelte der Wächter und schlug hin. Ich hatte schnell nachgeladen und schoß dem Hund in den Leib, worauf er sich neben seinen Herren zum Schlafen legte.
Nach zehn Minuten beugte sich der andere Wachmann über den Körper seines Arbeitskollegen und blieb Sekunden später samt seinem Hund mit ausgebreiteten Armen träumend auf der Brust seines Kollegen liegen.
Als nächstes näherte ich mich ungesehen dem Eingangstor. Die Fenster zum Wachhaus standen offen, und ich

hatte freies Schußfeld, um meine dritte Injektion in den Nacken des Privatpolizisten zu setzen, der daraufhin vornübersackte und über den Schwarzweiß-Monitoren seines Überwachungssystems zusammenbrach.
Ich stieg durch das Fenster zu ihm in sein Haus, weil ein Übersteigen des Zaunes unweigerlich einen Alarm ausgelöst hätte.
Sie sehen, Herr Haller – es gibt keine Burg der Welt, in der nicht ein Ziegel lose sitzt.
In dem kleinen Raum des Wachhauses zog ich mir die Uniform des Ohnmächtigen an und schaltete sämtliche Videoanlagen aus, da ich nicht der Hauptdarsteller in einer Fernsehaufzeichnung werden wollte.
Im Schutz der Uniform näherte ich mich dem Anwesen. Ich hatte das auffällige Gewehr gegen einen großkalibrigen Spezialrevolver eingetauscht, mit dem man dieselben Betäubungsgeschosse verfeuern konnte.
Dies tat ich dann auch, als ich dem Gärtner, dem Butler, dem Koch und den beiden Zimmermädchen begegnet war.
Die Herrschaften waren wie üblich im ersten Stock, also lenkte ich meine Schritte über die prächtige Marmortreppe, deren roter Teppich den Klang meiner Schuhe wohltuend abdämpfte.
Ich war froh, daß sich meine Beschäftigung in einem kinderlosen Haushalt abspielte. Nur sehr ungern hätte ich es in Kauf genommen, jungen Menschen einen nicht mehr gutzumachenden Schrecken einzujagen. Ich nahm an, daß sich der oberste Hausherr in seinem Arbeitszimmer befand und suchte daher zunächst seine Frau.
Ich fand sie in ihrem Bad, als sie soeben aus der Wanne

stieg. In dem Augenblick, als sie mich entdeckte, brach sie auch schon getroffen zusammen und sank nackt und glänzend in meine Arme. Zarte Schaumreste lagen noch auf ihrem Busen und ihren Hüften, und sie roch nach Rosen und Bougainvillea.

Ihr edles Badeöl war mit rückfettenden Substanzen versetzt, um die Haut geschmeidig zu halten, und so hatte ich alle Mühe, zu verhindern, daß sie mir naß und glitschig aus den Händen rutschte. Ich legte sie vorsichtig auf den dicken, weichen Badezimmerteppich und konnte nicht umhin, ihren herrlichen Körper zu bewundern.

Ihr langes, helles Haar, das sie in der Wanne unter einem zum Turban geschlungenen Handtuch getragen hatte, fiel ihr nun in breiten Locken über die Wangen. Ihr Busen war rund und groß, und ich war mir nicht sicher, ob sie dabei der Natur nicht ein wenig nachgeholfen hatte. Wenn es so war, dann hatte sie es perfekt machen lassen. Dieser wunderbare Busen lag nun vor mir und setzte sich in eine geschwungene Taille fort, die in ein weibliches Becken mündete, das als Beginn für unendliche Beine diente.

Ihre feinen Zehen waren dunkelrot lackiert und erinnerten mich daran, wie sehr ich diese Farben früher an Frauenfüßen geliebt hatte. Ich mußte lächeln, als ich sah, daß sie sich ihr Schamhaar entfernt hatte, was ihrem herrlichen, reifen Körper den Hauch einer kindlichen Unschuld verlieh. Der Mann, neben den sie sich ins Bett legte, war um sie zu beneiden.

Ich seufzte auf, als ich sie mit einem dicken weißen Badetuch zudeckte und ihr ein zweites Tuch unter den Kopf schob, damit sie nicht zu hart auf den Carrara-Fliesen lie-

gen mußte. Wenn sie morgen erwachte, würde ihr Geldgeber nicht mehr so sein, wie sie ihn kannte, dachte ich und besann mich auf den eigentlichen Grund meines ungebetenen Erscheinens.
Ich lud die Waffe zur Sicherheit nach und fand den Milliardär und Herr über Tausende von Arbeitssklaven in seinem Arbeitszimmer. Ich wollte ihm keine Betäubungspatrone einschießen, da ich mir nicht sicher war, wie schnell das Gegenmittel wirkte, das ich bei mir hatte. Da ich die Größe seines Raumes unterschätzt hatte, blieb mir aber nichts anderes übrig. Ich öffnete die Tür und sah ihn zehn Meter von mir entfernt an seinem Schreibtisch sitzen. Er drehte sich zu mir um und war erstaunt, nicht den gepflegten Körper seiner Frau zu sehen. Seine Reaktionszeit war bewundernswert und von meiner kaum zu unterscheiden – schon sank er getroffen über dem Telefon zusammen, mit dem er hatte um Hilfe rufen wollen.
Es war knapp gewesen, und ich setzte mich eine Minute hin, um mich zu sammeln, bevor ich ihn in den Teil des Gartens schleifte, in dem sein Privatzoo untergebracht war.
Er hatte richtige kleine Gehege bauen lassen, in denen sich Affen, Flamingos, Schlangen und ein kleiner Elefant aufhielten. Sein Prunkstück war jedoch ein bengalischer Tiger, und dorthin verfrachtete ich ihn. Der Tiger sah mir ruhig dabei zu, wie ich seinen Herrn vor dem Käfig zu Boden legte und noch einmal ins Haus zurückging, um meinen schwarzen Arbeitskoffer zu holen. Als ich das Wohnzimmer durchquerte, das man wohl besser eine Wohnhalle nennen sollte, fiel mein Blick auf ein riesiges Glas mit Halbedelsteinen. Sie brachten mich auf eine

Idee, und so holte ich eine Schubkarre und transportierte die mindesten zehn Kilo schweren Hunderte von bunten Steinen und ein paar Behälter zum Tigerkäfig.
Dort angekommen, begann ich wie immer damit, meinen Schüler zu entkleiden. Das war eine unumstößliche Notwendigkeit.
Erstens war dieser Zustand der größtmögliche Zustand des Ausgeliefertseins, und zweitens konnte die Seele, wenn sie sich vom Körper verabschiedet hatte und einen letzten Blick zurückwarf, sehen, was die Wahrheit darstellte.
Keine Kostüme, keine Verschönerungen, keine Überdeckungen täuschten etwas anderes vor als die blanke, nackte Wahrheit der Existenz. Sicher hatte ich oft mit Übelkeit zu kämpfen, wenn ich sah, wie wissentlich viele meiner Schüler mit ihrem Körper umgegangen waren. Andererseits erstaunte es mich nicht, daß jemand, dem das Leben außerhalb seines Ichs nichts bedeutete, auch die Wurzel seines eigenen, möglichen Glücks wissentlich mißhandelte.
Ich holte nun meine für die heutige Szene unentbehrlichen Requisiten hervor und begann mit der Arbeit.
Es war mir überhaupt nicht unlieb, daß das belebende Gegenmittel so zögerlich wirkte, weil ich durch seine dumpfe Stimmung in meiner Arbeit nicht gestört wurde.
Ich richtete ihn in eine sitzende Position auf, rollte eine bunte Zeitschrift zusammen und führte sie ihm durch den Mund und den Rachen bis in den Schlund.
In diesen so gebildeten Gang ließ ich nun Hände voll Halbedelsteine rieseln, bis sie anfingen, sich im Rachenraum zu stauen. Sein Bauch hatte eine richtige kleine

Wölbung erhalten durch die kostbaren Steine, die ihm wahrscheinlich von einem Direktor der Fabriken im fernen Osten geschenkt worden waren.
Krankheit und Pestilenz wüteten dort, wo diese Steine gefunden worden waren, aber nun lagen sie wieder im Dunklen, und wenn es auch nur das Dunkel des Bauches eines Mannes war, den die Spur der Verwüstung, die er zog, nie interessiert hatte.
Der Tiger war mittlerweile unruhig geworden. Er ging heiß und erregt an seinem Gitter auf und ab. Ich entschied, ihm ein letztes Mal in seinem Leben die Chance zu geben, an seine Natur erinnert zu werden, und holte eine lange Stange, mit der ich den stöhnenden Körper seines Besitzers an die Gitterstäbe preßte. Zuerst schlug ihm der Tiger nur zaghaft mit der Pranke ins Gesicht – als der Mann aber, der ihn hinter Gitter gebracht hatte, anfing zu wimmern, zerfetzte der Tiger ihm mit unglaublich schnellen und sicheren Schlägen die Gurgel, das Gesicht und den Bauch, aus dem die aufgehäuften Schätze in den Käfig quollen.
Der Tiger riß ein großes Fleischstück von seinem Besitzer ab, und ich bedauerte, daß ich diese große Katze nicht streicheln konnte, und wanderte weiter.
Ich hörte im Weggehen hinter mir das schmatzende Geräusch, mit dem das Tier sein blutiges Festmahl feierte. Ich dachte noch einmal an die nackte Schönheit, die dort oben im ersten Stock im Badezimmer lag. Ich hoffte, daß ihr die Bediensteten den Anblick ersparen würden, der sich im Privatzoo bot. Es wäre schade gewesen um ihre so gepflegten und vom Reichtum umschmeichelten Nerven.
Ich warf einen letzten Blick auf das herrschaftliche Gut,

bevor ich ins Hotel ging und die vielfältige Post an die Bekannten des Tigerfutters vorbereitete.«
Ich saß da und war unfähig, etwas zu sagen. Der Fremde hatte aufgehört zu erzählen und sah mich an.
Es war spät geworden auf der Piazza Navona.
Vereinzelte Liebespaare gingen eng umschlungen umher und schmiegten sich aneinander. Ihr Leben war voller Lachen und Glück und Zärtlichkeit. Nur die Hoffnung und die Freude auf eine geliebte Zukunft war aus ihren Stimmen zu hören, die leise an mein Ohr drangen.
Ich wußte nicht, was ich sagen sollte, und sah zu, wie der Unbekannte den Ober an unseren Tisch bat und die Rechnung beglich.
»Ich darf Sie einladen«, sagte er, und bevor ich antworten konnte, setzte er hinzu: »Ich bestehe darauf.«
Ich nickte und blickte über den Platz.
Sein Bericht hatte etwas in mir bewirkt, dem ich noch niemals in meinem Leben so direkt ins Gesicht geschaut hatte. Mit jedem seiner Sätze hatte er eine seltsame Erregung und eine Kraft in mir wachgerufen, die ich niemals zuvor in mir gefühlt hatte. Wenn all das, was er mir offenbart hatte, der Wirklichkeit entsprach, konnte mein Leben nie mehr wieder so weitergehen wie bisher.
Warum lieferte er sich mir so bedingungslos aus? Warum öffnete er sein Herz und seine Gedanken so rückhaltlos vor einem Fremden? Was veranlaßte ihn, sich in eine so große Gefahr zu begeben? Eine Gewalt aus uralten Zeiten schien ihren Kopf zu heben und sah mich herausfordernd an …
Ich fühlte eine Spannung in meinem Körper, die sich entladen wollte und noch keinen Ausweg aus ihrem Käfig fand.

»Warum erzählen Sie mir das alles?« fragte ich nach einer langen Pause.
»Ihr Leben kann heute abend beginnen«, antwortete er. »Sie haben es in Ihrer Hand, wohin Ihr Weg Sie führen wird. Sie wissen, daß ich Ihnen mit allem, was ich gesagt habe, gezeigt habe: Es gibt einen Weg aus der Ohnmacht. Es gibt ein Leben jenseits der Hilflosigkeit. Es gibt eine Rache, die unser ist.
Es gibt eine Gerechtigkeit.«
Er schwieg.
Nach einer Weile fragte ich ihn: »Warum ist diesmal Rom ihre Station.«
Er lächelte –
»In dieser Woche treffen sich die obersten Männer unserer unheiligen Regierungen mit dem höchsten religiösen Führer zu einer Konferenz, in der wieder einmal über die Aufteilung ihrer Beute verhandelt wird. Es ist an der Zeit für mich, einen Dolch in das Herz der Hydra zu stoßen.«
»Das ist nicht ihr Ernst –«
»Sehe ich aus, als würde ich scherzen?«
»Wie wollen Sie das tun?«
»Das überlasse ich Ihrer Phantasie, doch bedenken Sie, keine Festung der Welt ist so sicher, daß man nicht einen losen Stein in ihren Mauern findet.«
Ich begann, ihm zu glauben. Seine Erzählungen hatten mir gezeigt, daß nichts unmöglich war. Nichts war einem entschlossenen Willen unmöglich, der bereit war, sein eigenes Leben in die Waagschale zu werfen.
»Ich bitte Sie, warum erzählen Sie mir all das?« fragte ich ihn noch einmal so eindringlich, wie ich nur konnte.
»Ich möchte, daß Sie mein Nachfolger werden ...«

Diese Worte trafen mich mit dumpfer Gewalt mitten in meine Brust. Ich mußte aufstehen und sah ihn nicht an.
Ich ging zu dem erleuchteten Brunnen in der Mitte der Piazza und beugte mich über seinen Rand.
Das Wasser schimmerte hell unter mir, und dann griff ich hinein und senkte mein Gesicht in das kühle Naß.
Er stand plötzlich neben mir und sprach weiter.
»Hören Sie mir bitte gut zu. Ich werde diese Stadt in keinem Fall lebend verlassen können. Die Strecke meines Weges ist an diesem Punkt zu Ende. Meine Pflicht ist getan. Ich habe den Gewalten der Finsternis die Stirn geboten und heilige Rache geübt, so wie es mir aufgetragen worden war.
Sie sind ein Mann, dem das Schicksal, so wie mir, die Gnade geschenkt hat, sein persönliches Schicksal zu verlieren. Wenn Sie jetzt an den Beginn des Tages denken, wissen Sie nicht einmal mehr, worin Ihr Schmerz bestand. Etwas anderes hat von Ihnen Besitz ergriffen.
Mein Reden hat Ihrem Denken gezeigt, daß das Verbotene, das Unvorstellbare denkbar ist.
Sie werden niemals mehr in Ihre Vergangenheit zurückkehren. Die Aufgabe, für die Sie auserkoren sind, ist die Aufgabe, gegen die auch ich mich einmal gewehrt habe. Vergessen Sie Ihre Furcht, und greifen Sie zu.«
Er stand neben mir und sprach mit warmer, freundlicher Stimme. Ich fühlte mich zerrissen und hilflos und glaubte zu stürzen. In diesem Augenblick legte er einen Revolver vor mir auf den Beckenrand.
»Das ist die Waffe, die mich auf all meinen Reisen begleitet hat«, sagte er: »Ich schenke sie Ihnen. Sie ist geladen und schußbereit. Jetzt gehört sie Ihnen.«

Ich starrte auf das mattschwarze Metall, auf dem sich die Wasserringe der erleuchteten Brunnenoberfläche spiegelten. »Sie stehen an einem Punkt, an dem Ihr Gewissen Sie betrügen will. Sie wissen, daß ich mit meiner Arbeit weitermachen werde. Sie wissen, daß ich mit meinem Krieg weitermachen muß, gegen die Feinde unserer Zukunft. Sie wissen nicht, wie Sie mich daran hindern sollen, und vor allem wissen Sie nicht, ob Sie das überhaupt wollen.
Sie erkennen, daß man zum Schwert greifen muß, obwohl das Böse schon soweit fortgeschritten ist, daß jeder Widerstand zwecklos scheint.
Ich aber sage Ihnen: Widerstand ist so sinnlos geworden, daß man ihn leisten muß. Wir sind Diener in der heiligsten Schlacht, die jemals auf dieser Erde geführt wurde, und Sie haben die Möglichkeit, sich an die Seite der Gerechtigkeit zu stellen.
Sie sind gefangen in einer einzigen Frage. Sollen Sie mich gehen lassen und mir folgen und mit mir den heiligen Krieg weiterführen? Oder sollen Sie mich aufhalten?
Der einzige Weg, mich zu hindern, ist diese Waffe.
Sie wissen aus meinen Berichten, daß keine Polizei und kein Gericht und keine Macht der Welt mich beeindrucken. Das ist so – also ist es einzig Ihre Wahl, mich zu töten.
Lassen Sie mich leben, wissen Sie, daß ich wieder töten werde, und Sie haben den Tod meiner Feinde mitzutragen.
Wollen Sie mich aufhalten, müssen Sie mich erschießen.
Meine letzte Tat wird die furchtbarste sein, und ich habe Ihnen gesagt, daß ich diese Stadt nicht lebend verlassen werde.

Die Frage an das Schicksal lautet nur, ob ich im Kampf sterben werde oder ob Sie mich töten dürfen, damit die Fackel des lebenden Todes an Sie weitergereicht wird.
Wie auch immer Sie sich entscheiden, den Tod haben Sie ab jetzt auf jeden Fall zu tragen.
Wenn Sie von diesen Überlegungen überwältigt sein sollten, habe ich Verständnis für Sie und den Abgrund, in den Sie glauben, blicken zu müssen. Die Lösung wäre, sich eine Kugel in den Kopf zu jagen. Denn weiterleben wie bisher ist Ihnen nach diesem heutigen Tag für ewige Zeiten verwehrt.
Bedenken Sie Ihre Schritte und Ihre Wahl voller Liebe. Sie ist – wie immer Sie handeln, der Maßstab aller Dinge. Die Entscheidung liegt bei Ihnen.«
Er blieb noch einen Moment neben mir stehen und verließ dann die Piazza …
Ich sah ihm nach. Aufrecht und gelassen ging er über die uralten Steine.

Die Luft war süß und zart in dieser milden römischen Nacht – und als er durch die schlafenden Tauben schritt, erwachten sie und flatterten hoch.